MORDSSCHNITZEL

Ulrike Moshammer wurde 1975 in Vöcklabruck geboren, wo sie auch heute noch mit ihrer Familie lebt. Eine zweite Heimat hat sie in dem kleinen Kurort Bad Gastein gefunden, der sie mit seinem morbiden Charme und seiner mondänen Geschichte schon lange fasziniert. Sie hat in Salzburg Germanistik studiert, schreibt für ein Schülermagazin und arbeitet als freie Lektorin für Verlage und Selfpublisher.

ULRIKE MOSHAMMER

MORDSSCHNITZEL

Kriminalroman

emons:

Bibliografische Information der Deutschen Nationalbibliothek
Die Deutsche Nationalbibliothek verzeichnet diese Publikation
in der Deutschen Nationalbibliografie; detaillierte bibliografische
Daten sind im Internet über http://dnb.d-nb.de abrufbar.

© Emons Verlag GmbH
Alle Rechte vorbehalten
Umschlagmotiv: shutterstock.com/from my point of view,
shutterstock.com/koosen, shutterstock.com/nelea33,
shutterstock.com/pixelliebe, shutterstock.com/stockphoto mania
Umschlaggestaltung: Nina Schäfer, nach einem Konzept
von Leonardo Magrelli und Nina Schäfer
Umsetzung: Tobias Doetsch
Gestaltung Innenteil: DÜDE Satz und Grafik, Odenthal
Druck und Bindung: CPI – Clausen & Bosse, Leck
Printed in Germany 2024
ISBN 978-3-7408-2042-8
Originalausgabe

Unser Newsletter informiert Sie
regelmäßig über Neues von emons:
Kostenlos bestellen unter
www.emons-verlag.de

Begierde ist des Menschen Wesen selbst.

Baruch de Spinoza, 1632–1677

EINS

»So mäßigen Sie sich bitte, meine Damen und Herren! Wir können doch vernünftig über alles reden.«

Die Bad Gasteiner Bürgermeisterin Gabriele Roither konnte trotz des Mikrofons den Lärm nur mit Mühe übertönen. Aufgrund der hitzigen Debatten war der Geräuschpegel sowohl im voll besetzten Gemeindesaal als auch draußen vor dem Gebäude, wo sich Einheimische mit Transparenten versammelt hatten, hoch. Die Kuhglocken, die eine Gruppe Jugendlicher mitgebracht hatte, taten ihr Übriges.

Valerie Thaller, Besitzerin des Grand Hotels in Bad Gastein, verfolgte besorgt das Szenario. Da sie am Rand der Stuhlreihe saß, stand sie auf und schloss die Fenster.

Dankbar nickte ihr Gabriele Roither zu. Sie hatte sich ein Jahr zuvor im männerdominierten Gemeinderat durchgesetzt und war mit knapper Mehrheit zur Bürgermeisterin gewählt worden. Gabriele Roither war eine sympathische Mittfünfzigerin, die die Sorgen und Nöte der Leute in Bad Gastein ernst nahm und eine Meisterin darin war, Lösungen und Kompromisse zum Wohle aller zu finden.

Nun stand sie vor ihrer bisher größten Herausforderung. Eine derartig verfahrene Situation hatte Valerie noch nie erlebt. In dem sonst eher beschaulichen Kurort gingen seit einigen Wochen die Wogen hoch, nachdem bekannt geworden war, dass die Pongauer Seilbahnen AG den Lift auf den Bad Gasteiner Hausberg, den Graukogel, samt Grundstücken zum Verkauf ausgeschrieben hatte. Seit Längerem war diese Entwicklung absehbar gewesen, weil die Betriebsgenehmigung der Anlage auslief, das war allgemein bekannt. Dennoch hatten sich viele Hiesige gewünscht, dass die Seilbahnen AG das Geld aufbringen und den Zweiersessellift in ähnlicher Form neu errichten würde. Ein großes Prestigeobjekt im Nachbartal, eine Gondelbahn mit riesiger Bergstation, hatte allerdings Unsummen verschlungen, weshalb ein Neubau am Graukogel offiziell nicht finanzierbar war. Durch den Verkauf der Liftanlage an einen Grazer Investor und eine im Raum stehende Umwidmung drohte ein Megaprojekt. Allein die Gerüchte darüber sorgten für heftige Diskussionen.

Einige Begrüßungssätze Gabriele Roithers genügten jedoch, damit die Anwesenden ihre Debatten unterbrachen und wie Valerie ihre Aufmerksamkeit nach vorn richteten.

Auf einem Podest war ein langer Tisch mit Mikrofonen aufgebaut, an dessen Mitte die Bürgermeisterin saß, an ihrer rechten Seite der Geschäftsführer der Pongauer Seilbahnen AG, Anton Sailer, und zu ihrer Linken ein Herr um die fünfzig, mit grau meliertem Haar, das zu einem Mittelscheitel frisiert war und über die Ohren reichte. Sein Sakko hing über der Stuhllehne, das Hemd hatte er oben aufgeknöpft und dessen Ärmel hochgekrempelt, sodass seine goldene Uhr von Weitem zu sehen war. Optisch ein Durchschnittstyp, wären da nicht eine gewisse Arroganz und Abgehobenheit gewesen, die sich in seiner Körperhaltung und Mimik bemerkbar machten.

Valerie konzentrierte sich wieder auf Gabriele. Dass der Bürgermeisterin unbehaglich zumute war, war nicht schwer zu erraten. Kein Wunder, lastete doch wegen dieser unseligen Geschichte ein enormer Druck auf ihr. Um nichts auf der Welt würde Valerie in ihrer Haut stecken wollen. Jeder Einzelne im Raum war gespannt, ob und wie sich Gabriele Roither positionieren würde. Es jedem recht zu machen war ein Ding der Unmöglichkeit.

Noch immer war von draußen das Gebimmel der Kuhglocken zu hören. Es weckte zwar beim Wandern auf der Alm ein wohliges Gefühl in Valerie, jetzt aber erschien es ihr bedrohlich. Dabei konnte sie es den Jugendlichen nicht einmal verübeln. Soweit sie es im Vorübergehen hatte erkennen können, handelte es sich um eine Gruppe, die von Kindesbeinen an im Skiclub des Ortes am Graukogel trainiert hatte. Gab es grünes Licht für den Neubau, stand die Zukunft der Übungshänge in den Sternen. Mit der Ruhe am Hausberg wäre es allemal vorbei.

Gabriele Roither hatte es geschafft, ihre einleitenden Worte auf eine Weise zu formulieren, die nicht durchblicken ließ, welchen Standpunkt sie selbst vertrat. Dem Hören nach hatte der Gemeinderat die Pläne bis dato nicht gesehen und demnach auch nicht offiziell Stellung bezogen. Die Verantwortlichen wollten nach der folgenden Präsentation abwägen, ob das Projekt des Investors forciert und die entsprechenden Umwidmungen vorgenommen werden sollten oder nicht.

Valerie reckte den Kopf, um besser sehen zu können. Gabriele Roither hatte eben Anton Sailer vorgestellt und ihm das Wort übergeben. In den regionalen Medien war er in letzter Zeit ab und an erwähnt worden. Wie perfekt doch sein Name zum Job passte. Valerie fragte sich, ob er aus diesem Grund eingestellt worden war. Ein Sailer bei den Seilbahnen – das konnte sich jeder merken. Sie kicherte leise.

Ein sanfter Stoß in die Rippen ließ sie rasch verstummen. Ihr Mann Viktor, der neben ihr saß, bedeutete ihr, still zu sein. Berechtigterweise, wie Valerie sich eingestand. Schließlich wollte auch sie nicht verpassen, was nun kam.

Anton Sailer räusperte sich und setzte zu seiner Rede an: »Liebe Bürgerinnen und Bürger, verehrte Frau Bürgermeisterin, sehr geehrter Herr ...«, hektisch suchte er in seinen Unterlagen, »... ähm, Herr Baumgartinger, ehrenwerte Vertreterinnen und Vertreter der Presse und des Gemeinderats.«

Valerie lehnte sich zurück. Gewiss gehörte Sailer zu jenen Menschen, die in allen Lebenslagen versuchen, jedwede Verantwortung von sich zu schieben. Die zehnminütige Rede, die folgte, gab ihr recht. Außer heißer Luft war nicht viel Brauchbares zu hören – unter Umständen sollte Sailer vom Geschäftsführer zum Politiker umsatteln. Die Quintessenz des Gesagten fand sich in den letzten paar Sätzen wieder.

»Es tut mir überaus leid, Ihnen mitteilen zu müssen, dass die Pongauer Seilbahnen AG sich außerstande sieht, den Lift auf den Graukogel zu erneuern«, sagte er mit nasaler Stimme. »Wir haben großes Verständnis für Ihre Sorgen und Nöte, liebe Bad Gasteinerinnen und Bad Gasteiner, aber wie es schon im alten Rom hieß: ›*Alea iacta est.*‹ Die Würfel sind gefallen. Unsere Entscheidung steht fest. Wir als Pongauer Seilbahnen AG müssen Ballast abwerfen, damit wir Neues schaffen können. Und Sie werden sehen, dass wir unsere Energie in Projekte stecken, die für Sie alle, liebe Bürgerinnen und Bürger, von Vorteil sein werden.«

Widerstand regte sich nicht nur in Valerie. Buh-Rufe erfüllten den Raum, und ein Skiclub-Trainer rief erzürnt nach vorn: »Soll das heißen, dass ihr das Geld für unseren Lift sogar hättet und es lieber woanders investiert? Ihr seids allesamt Halunken. Nur scharf auf Profit. Bringt euch ein Zweiersessellift am Hausberg zu wenig, oder wie? Was ist mit Tradition? Mit uns Ortsbewohnern?«

Ein anderer erhob sich und blies in das gleiche Horn. »Bei Ihrem Vorgänger wär das nicht passiert. Der war einer von uns. Der hat drauf g'schaut, dass es für alle passt.«

Nun nahm Gabriele Roither wieder das Mikrofon zur Hand. »Liebe Freunde aus Bad Gastein, ich verstehe euren Unmut nur zu gut.«

Ob sie bewusst ins vertrautere Du gewechselt hat?, fragte sich Valerie. Um dadurch Nähe zu den Einheimischen zu demonstrieren? Das wäre bei dieser aufgeheizten Stimmung ein kluger Schachzug.

»Ich verspreche euch, dass wir eure Einwände ernst, sehr ernst nehmen und im Gemeinderat keine voreilige Entscheidung treffen werden. Aber wichtig ist uns dennoch der Dialog. Ich bitte darum, dass ihr euch zumindest anhört, was unser möglicher Investor, Herr Baumgartinger, zu sagen hat. Ein Projekt in dieser Größenordnung will wohlüberlegt sein, aber ehe nicht alle Fakten auf dem Tisch liegen, ist es unmöglich zu beurteilen, ob eine Realisierung für uns Sinn macht oder nicht. Im Anschluss daran seid ihr an der Reihe. Unser geschätzter

Bernhard Lederer wird euren Standpunkt erläutern. Soweit ich informiert bin, ist er der Sprecher für jene, die dem Projekt kritisch gegenüberstehen.« Gabriele Roither drehte sich zur Seite und gab das Mikrofon weiter.

Stille trat ein. Stille, die Peter Baumgartinger, alleiniger Eigentümer der Firma »Mountain Invest«, füllen sollte. Im Hintergrund war das Klicken der Fotoapparate zu hören. Vertreter diverser regionaler Medien waren zugegen, um über das geplante Projekt zu berichten.

Baumgartinger fuhr sich mit großspuriger Geste durch das Haar, schob seine Hemdsärmel noch höher und betätigte eine Fernbedienung. Wie von Geisterhand fuhren die Jalousien vor den Fenstern hinunter und verdunkelten den Sitzungssaal. In Gelb und Grün erstrahlte das »Mountain Invest«-Logo auf der Leinwand, die sich hinter dem Podium lautlos von der Decke gesenkt hatte. Alle sahen ungeduldig nach vorn. Mit dem Tonfall eines von sich selbst überzeugten Mannes legte der Investor mit seiner Rede los.

»Sehr geehrte Anwesende, es ist mir eine Freude, Ihnen heute ein Projekt nahezubringen, das einen Meilenstein für die Entwicklung Bad Gasteins darstellen wird. Ein Projekt, das eine Lücke schließt und eine Klientel anspricht, deren gehobene Bedürfnisse bisher nicht erfüllt werden konnten.«

Hinter Valerie war lauter Protest zu vernehmen. Auch sie fühlte sich in ihrer Hoteliersehre gekränkt. Wie sie an Viktors gefurchter Stirn sehen konnte, ging es ihm nicht anders. Ein Lebtag lang kümmerte man sich als Ortsgemeinschaft darum, tunlichst alle Gäste zufriedenzustellen, hatte in Kooperation mit dem Kur- und Tourismusverband tolle Konzepte und Veranstaltungen für Winter- und Sommertourismus erarbeitet und stellte Übernachtungsmöglichkeiten für jedes Preissegment zur Verfügung. Musste man sich dann von einem Auswärtigen sagen lassen, dass man die Bedürfnisse der Gäste nicht bediente?

Sie verkniff sich einen Laut der Erzürnung. Freunde machte sich Baumgartinger mit dieser Aussage definitiv keine – oder besser gesagt wenige –, denn vereinzelte Anhänger, die sich Profit von dem Projekt versprachen, hatte er ja unter den Einheimischen.

Widerwillig schenkte sie Baumgartinger erneut Gehör. Er wirkte überheblich, fast als wäre er der Heilsbringer des Ortes, auf den alle nur gewartet hatten.

»Ich spreche von Gästen, die sowohl ihre Ruhe als auch den nötigen Komfort suchen, die gern unter ihresgleichen bleiben und für die Geld keine Rolle spielt. Ich spreche von im alpenländischen Stil erbauten Chalets, die den Erholungsuchenden suggerieren, sie wären mit Heidi beim Almöhi zu Besuch, die aber dennoch über jeden erdenklichen Luxus verfügen. So zum Beispiel Whirlpools, die mit bombastischer Sicht auf die umliegenden Berge standardmäßig zu jedem Haus gehören, Fitnessräume, ein riesiger Spa-Bereich und ein großer Indoorpool im Hauptgebäude der neuen Anlage. Zudem wird es einen ganzjährig warmen Infinitypool im Freien geben, der den Gästen das Gefühl vermittelt, direkt im blauen Himmel zu baden. Sie sehen, meine Damen und Herren, es handelt sich fürwahr um ein außergewöhnliches Projekt.«

Parallel zu Baumgartingers Rede lief eine Videopräsentation ab, die ein Bild davon entstehen ließ, wie die noblen Chalets aussehen und eingerichtet sein würden. Nichts wurde dem Zufall überlassen. Alles war bis ins Detail durchgeplant.

Valerie musste Peter Baumgartinger zugestehen, dass die Hütten optisch viel hermachten. Doch ob er sie mit Gästen füllen konnte? Menschen, die sich einen gewissen Luxus leisteten, waren zwar schon immer ins Gasteiner Tal gereist, aber dafür brauchte es keine Chalet-Anlage am Berg. Denn an Quartieren mangelte es nicht. Darüber hinaus war im Zentrum noch Potenzial zum Bettenausbau vorhanden. Einige ältere Häuser aus der Zeit der Belle Époque, in der ein wahrer Bauboom in Bad Gastein geherrscht hatte, standen leer. Gebäude, die nur auf Investoren warteten, um wiederentdeckt und als Hotel neu eröffnet zu werden.

Valerie schlug die Beine übereinander und wippte mit dem freien Fuß. Das machte sie immer, wenn sie hibbelig wurde. Sie hatte ihre liebe Not damit, ruhig zu bleiben und sich detailreich über die luxuriöse Einrichtung und Verpflegung auf Fünf-Sterne-Niveau informieren zu lassen, während der entscheidende Punkt, die wahre Größendimension des Projekts, noch nicht einmal erwähnt worden war. Bisher gab es dazu nur vage Vermutungen.

Die Taktik Baumgartingers war erstaunlich durchschaubar: anfangs die Leute begeistern, um die kritischen Punkte erst anzusprechen, wenn er die Zuhörer auf seine Seite geholt hatte. Da unterschätzte er aber die Bad Gasteiner. Die meisten saßen mit ausdruckslosen Mienen da. Allem Anschein nach war Valerie nicht die Einzige, der es ein Dorn im Auge war, dass Baumgartinger zwischen den Zeilen vieles schlechtredete. Der Tourismus war seit Jahrhunderten ihr Hauptgeschäft. Nicht umsonst waren Kaiser, Fürsten, Musiker und Schauspieler in beträchtlicher Anzahl zur Kur oder zum Skifahren und Wandern in Bad Gastein gewesen. Die Einwohner des Ortes brauchten keinen Investor aus Graz, der ihnen, ohne aus der Branche zu stammen, zeigen wollte, wie gute Gästebetreuung aussah.

Eine Wortmeldung in der Reihe hinter ihr riss Valerie aus ihren Gedanken. »Und was passiert mit dem Lift?«

Baumgartinger bedankte sich höflich für die Frage. »So wie jetzt wird es ihn nicht mehr geben«, erklärte er. »Aber ich habe an alles gedacht, keine Sorge. Schließlich müssen meine zahlungskräftigen Kunden ja auch auf den Berg hinauf. Und das zweifelsohne nicht zu Fuß.« Ein arrogantes Lachen entrang sich seiner Kehle.

Valerie öffnete ihre zu Fäusten geballten Hände, lockerte sie etwas, straffte den Gummi, mit dem sie ihr blondes Haar hinten zusammengefasst hatte, und zählte bis drei. Bedächtig atmete sie ein und aus. Dieser Mann weckte mit seiner großspurigen Art negative Gefühle in ihr, die für sie gänzlich untypisch waren.

»Von einem simplen Lift zu sprechen wäre wahrlich zu wenig«, fuhr er fort. »Sehen Sie selbst.«

Durch einen Klick auf den vor Baumgartinger stehenden Laptop wurde auf der Leinwand ein Bild sichtbar, das aus der Vogelperspektive das gesamte Ausmaß der geplanten Veränderungen am Hausberg verdeutlichte.

Ein Raunen ging durch die Anwesenden. Allein die Chalet-Anlage mit dem Haupthaus nahm einen riesigen Bereich ein. Valeries Befürchtungen, dass die intakte Natur am Graukogel und damit auch der Erholungswert empfindlich gestört werden könnten, bestätigten sich, als sich Baumgartinger mit stolzgeschwellter Brust daranmachte, die Details zu erläutern.

»Wie Sie alle verstehen werden, ist ein Projekt dieser Art nur sinnvoll, wenn man sich gedanklich keine Grenzen setzt. Der Aufwand lohnt sich nur bei einer entsprechenden Größe. Dafür bedarf es einer gewissen Infrastruktur. Zuallererst geht es um die Zufahrt. Für einen Betrieb wie diesen reicht die geschotterte Forststraße nicht aus.«

Valerie hörte aufgeregtes Gemurmel.

»Was soll das konkret heißen? Wollen Sie eine asphaltierte Straße bauen? Durch die unberührte Natur?«, fragte eine Pensionswirtin.

Baumgartinger lehnte sich nach hinten und reckte das Kinn hoch. »Eine asphaltierte Straße?«, fragte er gelassen. »Unter allen Umständen braucht es die. In Zukunft wird sie aber nicht wie der aktuelle Forstweg den besten Skihang queren. Die Zufahrt wird von der Kötschachtalstraße aus erfolgen und am Bergrücken entlang in Serpentinen bis zur jetzigen Bergstation führen. Dort, wo derzeit der Zweiersessellift verläuft, wird eine Gondelbahn errichtet, die pro Stunde zweieinhalbtausend Personen befördern kann. Darüber hinaus wird es einen Vierersessellift vom Bauernhof bis in die Nähe des Gipfels geben, südlich davon eine kleinere Gondelbahn und zusätzlich zu dem einen bestehenden Schlepplift vier neue, die dafür sorgen werden, dass jeder seinem Können nach genügend Möglichkeiten findet, einen wunderbaren Skitag zu erleben. Zudem wird der Berg auch schneesicher sein. Es ist nicht zeitgemäß, dass es dort keine Schneekanonen gibt. Von Anfang Dezember bis Ostern soll der Graukogel in Zukunft beschneit werden. Um die Genehmigungen für die entsprechenden Speicherteiche habe ich zeitgerecht beim Land angesucht.«

Es herrschte Totenstille im Saal. Allen hatte es die Sprache verschlagen.

Valerie beobachtete diejenigen, die anfangs für den Bau eingetreten waren. Auf ihren Gesichtern machte sich Unbehagen breit. Diese Größendimension hatten auch sie nicht erwartet. Und jeder, der nur einen Funken Anstand verspürte, musste wissen, dass ein solches Vorhaben für die Natur am Graukogel eine Katastrophe bedeutete.

Anton Sailer schien die Betroffenheit der Anwesenden nicht wahrzunehmen. Lautstark klatschte er, wurde aber zögerlich, da sich ihm niemand anschloss. Wenig später erstarb sein Applaus, und er griff nach dem vor ihm stehenden Wasserglas, ein durchschaubarer Versuch, die peinliche Situation zu überspielen. Seine Gesichtsfarbe hatte von einem ungesund fahl wirkenden Grau zu einem ausgeprägten Rotton gewechselt.

Die Sekunden zogen sich in die Länge, dann setzte der Trubel ein. Die einen diskutierten heftig untereinander, während die anderen tuschelten oder auf sonstige Art ihren Unmut kundtaten. Die Fotografen nutzten die Szene und schossen Bilder für sensationslüsterne Leser.

Valerie war fassungslos. War das ein schlechter Scherz? Wie wenig Empathie und Naturverbundenheit konnte ein Mensch haben?

Sie sah zu Viktor hinüber, der wie versteinert auf seinem Platz saß. Nur eine tiefe Falte zwischen den Augenbrauen ließ erahnen, wie sehr er mit sich kämpfte, um nicht wie manch andere unflätig zu werden.

Vorn am Podest machte Baumgartinger den Eindruck, als pralle die geballte negative Energie im Raum an ihm ab. Anton Sailer hingegen bot körpersprachlich ein Bild der Verzweiflung. Und Gabriele Roither schüttelte mehrmals den Kopf. Wären ihr die Pläne vor der Versammlung vorgestellt worden, hätte sie dem Vorhaben viel früher einen Riegel vorgeschoben, davon war Valerie felsenfest überzeugt. Die momentane Situation erforderte es aber, gute Miene zum bösen Spiel zu machen. Die Bürgermeisterin hatte sich bewusst in eine neutrale Position manövriert, indem sie darum gebeten hatte, vorurteilsfrei alle Seiten sprechen zu lassen.

Gabriele Roither wollte sich erneut Gehör verschaffen. Sie benötigte mehrere Anläufe, bis sich der Aufruhr halbwegs legte. Schließlich setzte Stille ein, aber eine enorme Spannung knisterte im Raum. Bestimmt wollten alle wissen, wie die Bürgermeisterin jetzt, da die Pläne auf dem Tisch lagen, zu der Sache stand.

Doch den Gefallen tat sie ihnen nicht. Valerie nahm bewundernd zur Kenntnis, dass Gabriele vorerst an ihrer neutralen Rolle festhielt.

»Liebe Freunde aus Bad Gastein, ich verstehe eure Aufregung«, erklärte sie. »Das Projekt von ›Mountain Invest‹, das Herr Baumgartinger uns präsentiert hat, würde vieles verändern. Wie ihr wisst, waren auch der Gemeinderat und ich bisher nicht über die Details informiert. Ich bedanke mich bei Herrn Baumgartinger für den Einblick in sein Vorhaben und möchte Bernhard Lederer als Vertreter der Projektgegner bitten, seinen Standpunkt zu erläutern.«

Unter wohlwollendem Applaus ging der Angekündigte, ein allseits beliebter und geschätzter Gastronom aus Bad Gastein, nach vorn, wo ihm ein Gemeindemitarbeiter ein Mikrofon aushändigte. Valerie kannte Bernhard als Freund der Familie, seit sie ein kleines Mädchen war.

»Liebe Gabriele, sehr geehrte Herren Sailer und Baumgartinger, liebe Freunde aus dem Gasteiner Tal«, begann Bernhard Lederer. »Ich möchte mich herzlich dafür bedanken, dass ihr Bad Gasteiner mir euer Vertrauen schenkt und mich zum Sprecher auserkoren habt. Ihr wisst, ich bin alles andere als ein Politiker. Ich bin auch kein großer Redner, außer am Stammtisch zu später Stunde ...« Verhaltenes Gelächter sorgte dafür, dass er seinen Satz unterbrechen musste. »... aber die Sache mit dem Graukogel ist mir wichtig. Wir Einwohner von Bad Gastein haben viele Hochs und Tiefs erlebt. Es ist kein Geheimnis, dass in den letzten dreißig Jahren einige Entscheidungen falsch getroffen worden sind. Sie haben die Entwicklung des Ortes gehemmt. Unser historisches Zentrum war dem Verfall preisgegeben. Die Verantwortlichen sind damals gutgläubig gewesen. Sie haben sich einlullen lassen von einem Investor, der ihnen die Sterne vom Himmel versprochen hat. Und was ist daraus geworden? Nichts. Aber wir haben aus unseren Fehlern gelernt. Heute würden wir als Gemeinschaft anders entscheiden oder den Verantwortlichen Feuer unterm Hintern machen. Genau wie jetzt. Ich bin stolz auf euch – auf uns –, dass wir uns nicht mehr blenden lassen wie damals. Wir müssen unmissverständlich unsere Meinung sagen. Denn nur so haben wir eine Chance, dass wir gehört werden. Wir müssen an die Entwicklung unseres Ortes denken.«

Spontaner Beifall ließ Bernhard Lederer innehalten. Seine Behauptung, kein großer Redner zu sein, hatte er mit wenigen Sätzen widerlegt. Nachdem wieder Ruhe eingekehrt war, fuhr er fort: »Diese Entwicklung ist wichtig. Seit Kurzem hat unser Ort wieder Aufschwung genommen. Eine rege Kunstszene hat sich entwickelt. Im Sommer kommen allein deswegen neue Gäste zu uns. Und in diesem Bereich sind es nicht nur Alteingesessene, die neue Ideen beisteuern. Es sind die Zug'reisten, wie wir bei uns sagen. Ihr Engagement möchten wir keinesfalls missen. Sie helfen uns, den Ort fit für die Zukunft zu machen und Stück für Stück aus seinem Dornröschenschlaf zu holen. Der Erfolg spricht für sich. Die Nächtigungszahlen sind so hoch wie schon lange nicht mehr, und das nicht nur im Wintertourismus. Die Buchungen für den Sommer boomen geradezu.«

Bernhard Lederer wischte sich mit dem Hemdsärmel über die Stirn und nahm einen Schluck Wasser. Bei all der Energie, die er versprühte, war nicht zu übersehen, dass er nicht mehr der Jüngste war. Am nächsten Tag würde er seinen siebzigsten Geburtstag in großer Runde bei Valerie im Hotel feiern. Die Tatsache, dass Feier und Graukogelprojekt zeitlich zusammenfielen, war neben der Arbeit, der Lederer trotz seines Alters weiterhin nachging, möglicherweise etwas viel für ihn.

Valerie bewunderte ihn dafür, dass er sich so selbstlos für das Wohl des Ortes einsetzte.

»Wir Bad Gasteiner haben also nicht grundsätzlich ein Problem mit Investoren«, fuhr er fort. »Aber wir haben gelernt hinzusehen, ob ein Vorhaben für uns als Gemeinde Sinn macht oder nicht. Die funktionierenden Projekte der letzten Jahre haben eines gemeinsam: Sie nutzen die bestehenden Ressourcen. Die zum Teil heruntergekommenen Häuser aus der Belle-Époque-Zeit werden liebevoll renoviert. Das schafft ein einzigartiges Flair, das die Gäste in Staunen versetzt. Der Zauber des Alten in Verbindung mit dem Luxus von heute.«

Zustimmendes Gemurmel war zu hören. Valerie konnte ihm nur beipflichten. Die Bad Gasteiner stellten sich nicht generell gegen neue Ideen. Dadurch, dass seit Jahrhunderten Gäste ins Tal kamen, im Besonderen auch viele Prominente aus Politik und Kultur, waren die Einheimischen weltoffen.

»Reden wir aber konkret über den Graukogel«, sprach Bernhard Lederer weiter. Buh-Rufe hallten durch den Saal, um nach einer beschwichtigenden Geste Bernhards wieder abzuebben. »Mit diesem Projekt, Herr Baumgartinger, wollen Sie Neues schaffen. Das verstehe ich. Aber Sie sind nicht von hier. Sie haben keine Beziehung zu diesem Berg. Wir schon. Für uns ist er ein Rückzugsort. Und wir brauchen in Bad Gastein keine Neubauten, wir wollen Altem wieder zu Glanz verhelfen. Ein Prestigeobjekt auf dem Berg interessiert uns nicht. Die Häuser im historischen Zentrum sind unser Kapital, sie sind einzigartig für ein Alpendorf. Chalet-Anlagen gibt es schon zu viele. Das ist nicht unser Stil.«

Applaus brandete auf. Bernhard Lederer verstand es, die Sache auf den Punkt zu bringen. Doch er war noch nicht fertig. Erheblicher Unmut war ihm anzusehen.

»Was haben Sie sich nur dabei gedacht, unseren wunderbaren Graukogel in diesem Maße entstellen zu wollen? Wissen Sie, welche Auswirkungen das hat? Dort sind Flora und Fauna noch intakt. Der Zweiersessellift mit den Naturschneepisten stellt keinen großen Eingriff in das Ökosystem dar. Wir haben hinten in Sportgastein und am Stubnerkogel wahrlich Pisten genug. Wintertouristen können sich auf vielen Hängen austoben. Alles perfekt beschneit und präpariert. Selbstredend müssen wir unseren Gästen viel bieten. Das tun wir auch. Aber der Graukogel ist nur so schön, weil er größtenteils naturbelassen ist. Unser Zirbenwald zum Beispiel ist ein Naturjuwel. Er soll nicht für einen Vierersessellift abgeholzt werden. Von diesen Wäldern gibt es nicht mehr viele. Und die Zapfen brauchen wir für unseren traditionellen Zirbenschnaps.«

Fußgetrampel und Klatschen ertönten. Das Thema Schnaps kam in erster Linie bei den Männern gut an.

»Ich bin kein Biologe, aber die riesigen Flächen, die Sie bei Ihrem Projekt verbauen möchten, können für das ökologische Gleichgewicht nicht gut sein. Nehmen Sie Abstand vom Kauf der Liftanlage und der Grundstücke. Setzen Sie sich lieber mit dem Gemeinderat zusammen und investieren Sie Ihr Geld in eines der stillgelegten Hotels. Dafür werden Sie jede erdenkliche Unterstützung von unserer Seite bekommen. Bringen wir Bad Gastein gemeinsam auf Vordermann, aber bitte auf unsere Art.«

Tosender Applaus setzte ein. Viele der Anwesenden standen auf, riefen Bernhard lobende, bestätigende Worte entgegen, doch der bat noch einmal um Gehör und wandte sich an Anton Sailer.

»Und zu guter Letzt zu Ihnen, Herr Sailer. Wir haben Verständnis dafür, dass Ihnen der Profit der Seilbahnen AG am Herzen liegt. Es ist Ihr Job, dafür zu sorgen, dass das Unternehmen läuft. Aber uns Bergbewohnern geht es nicht nur um Gewinne. Es geht uns auch um Traditionen. Sie haben sich mit dem großen Gondelprojekt schon ein Denkmal gesetzt. Die neue Bahn ist toll geworden, und die Kasse brummt. Angeblich ist wegen dieses großen Projekts kein Geld mehr für die Erneuerung des Graukogellifts übrig. Doch allem Anschein nach stimmt das nicht. Sie wollen nur lieber in andere Projekte investieren. Dafür haben wir aber kein Verständnis. Wir fordern Sie daher auf, den Verkauf noch einmal zu überdenken. Mit gutem Willen von beiden Seiten findet sich ein Weg, der für Sie und uns akzeptabel ist. Und vergessen Sie bitte auch nicht Ihren Namensvetter Toni Sailer, der am Graukogel 1958 bei der Weltmeisterschaft drei Gold- und eine Silbermedaille für Österreich geholt hat. Wir können doch nicht unseren Sailerhang mit Chalets zupflastern, oder?« Er wandte sich ans Publikum. »Was meint ihr dazu?«

Valerie stupste Viktor an. »Bernhard ist der Hammer, oder? Da sitzt jedes Wort. Ich glaube, er hat einige von den Leuten, die für das Projekt waren, auf seine Seite gebracht.«

Viktor bejahte und nahm ihre Hand in seine. »Wir Gasteiner haben schon viel geschafft. Das mit dem Baumgartinger bekommen wir auch noch hin. Aber für uns ist es höchste Zeit zu gehen, gell? Ich muss noch einiges für Bernhards Geburtstag morgen vorbereiten.«

Sie standen auf, grüßten Gabriele Roither und Bernhard von Weitem und machten eine entschuldigende Geste auf die große Wanduhr.

Beim Anblick Baumgartingers stockte Valerie der Atem. Sein anfangs aufgesetztes Pokerface war einem wutverzerrten Ausdruck gewichen, der nicht auf Gesprächsbereitschaft schließen ließ. Wenn Blicke töten könnten, würde Bernhard auf der Stelle leblos zusammensacken.

ZWEI

»Huhu, Bernhardchen, ich bin da!«

Die schrille Stimme ließ Valerie zusammenzucken.

In der Tür des Speisesaals stand eine ältere hochgewachsene Dame mit Gehstock, die dem Jubilar mit behandschuhter Hand zuwinkte. Die Frau kam Valerie vage bekannt vor, doch die große Sonnenbrille und der ausladende Hut, um den sie in Ascot alle beneiden würden, machten ein Erkennen unmöglich.

Neugierde ließ die anwesenden Gäste verstummen. Das Rücken eines Stuhles ertönte und direkt danach der Hall von Stöckelschuhen. Sabine, Bernhards älteste Tochter, ging auf die Frau zu. Unüberhörbar gereizt fragte sie beim Näherkommen: »Mutter, warum bist *du* denn hier?«

»Sabinchen, meine Liebe.« Die Dame reichte ihrer Tochter die Hand. Beide blieben auf Distanz, deuteten aber durch eine kaum merkbare Bewegung des Kopfes links und rechts Küsschen an. »Ich kann doch nicht zulassen, dass mein lieber Bernhard, dein Vater, seinen siebzigsten Geburtstag ohne mich feiern muss.«

Nun wusste Valerie, wen sie vor sich hatte. Das war Leonore, Bernhards Ex-Frau. Aber was machte sie in Bad Gastein? Auf der Gästeliste stand sie nicht. Seit sie Bernhard vor dreiundzwanzig Jahren wegen eines reichen Wiener Rechtsanwalts verlassen hatte und mit den beiden älteren Kindern Sabine und Florian in die Hauptstadt gezogen war, war sie nie wieder im Gasteiner Tal aufgetaucht.

Seine Kinder hingegen hatte Bernhard eingeladen. Noch immer litt er darunter, dass er zu Sabine und Florian seit der Scheidung kaum mehr Kontakt hatte. Sie waren ihm nach ihrem Umzug fremd geworden. Das Internat, in das sie von seiner Ex-Frau gesteckt worden waren, hatte sein Übriges getan.

Die Überheblichkeit, die Sabine und Florian ausstrahlten, passte nicht zur umgänglichen Art ihres Vaters. Bernhard war ein energiegeladener, geselliger Typ, der es weit gebracht hatte. Die kleine Gastwirtschaft, die er von seinen Eltern übernommen hatte, war unter seiner Führung zum angesehensten Gasthof des Tales geworden. Zudem hatte er Lokale in den Nachbarorten Bad Hofgastein und Dorfgastein eröffnet und in Immobilien investiert. Mehrere große Häuser mit Mietwohnungen und Ferienappartements konnte er sein Eigen nennen. Doch der Erfolg hatte ihn nicht verändert. Er war ein waschechter Gasteiner ohne Allüren geblieben, das hatte er auch bei der Sitzung am Vortag gezeigt.

Dass er von den Ortsansässigen als »Schnitzelkönig« bezeichnet wurde, nahm er mit einem Augenzwinkern hin. Hatte er sich zunächst dagegen verwahrt, schien er sich in der Zwischenzeit daran gewöhnt zu haben. Die liebevolle Bezeichnung kam ja auch nicht von ungefähr, sondern war darauf zurückzuführen, dass es in Bernhards Gasthöfen die größten und besten Schnitzel des gesamten Salzburger Landes gab, und dies obendrein noch in den verschiedensten Variationen: vom traditionellen Wiener Schnitzel vom Kalb über Schweins-, Hühner- und Putenschnitzel bis hin zu moderneren veganen Varianten wie Sellerie-, Zucchini- oder Tofuschnitzel. Dass seine Gasthöfe schlicht »Zum Schnitzelwirt« hießen, war nicht verwunderlich.

Valerie schaute zu Bernhard hinüber. Sein Sitzplatz lag im hinteren Bereich des Speisesaals, direkt vor der großen schalldichten Fensterfront, die eine wunderbare Aussicht auf den Gasteiner Wasserfall bot, der mit atemberaubendem Tosen durch den Ort donnerte. Eben erhob er sich, um den unerwarteten Gast zu begrüßen. Er erweckte nicht den Anschein, als wäre er erfreut.

Als Chefin des Hauses machte sich Valerie ebenfalls auf den Weg zur Tür, um Leonore Grafenstein, wie sie seit ihrer zweiten Heirat hieß, willkommen zu heißen. Ein bisschen moralischen Beistand konnte Bernhard gewiss gebrauchen, auch wenn sie ihn noch nie unhöflich oder wütend erlebt hatte und er sich durch nichts aus der Fassung bringen ließ.

Auf den rund zwanzig Metern, die er von seinem Tisch bis zum Eingang zurücklegte, entspannten sich seine Gesichtszüge allmählich. Er brachte ein freundliches Lächeln zuwege, reichte seiner Ex-Frau die Hand und begrüßte sie in seiner üblichen charmanten Art.

»Leonore, meine Liebe. Es ist eine Ewigkeit her, dass wir uns gesehen haben. Du bist extra ins Tal gekommen, um mir zu gratulieren? Das hätte ich nicht erwartet.«

Leonore nahm die Sonnenbrille ab und hielt Bernhards Hand für Valeries Geschmack zu lange fest. Kokett blinzelte sie und lächelte dann. Dabei war die typische Starre der Gesichtsmuskulatur, die auf den übertriebenen Gebrauch von Botox hindeutete, nicht zu übersehen. Was schätzungsweise freundlich hätte wirken sollen, sah abschreckend aus.

Das schien Bernhard ähnlich zu empfinden. Er löste sich abrupt von Leonore und trat einen großen Schritt zurück. Sabine hatte sich wieder neben ihren Mann gesetzt, und Valerie nutzte flugs die Gelegenheit, um den unerwarteten Gast zu begrüßen.

»Sie müssen Leonore Grafenstein sein. Ich weiß nicht, ob Sie sich noch an mich erinnern können, ich bin Valerie Thaller, die Tochter von Maria und Hans. Willkommen im Grand Hotel.«

Leonore ignorierte die Hand, die sie ihr hinhielt, und musterte sie abschätzig.

Valerie wurde unruhig. Es war ihr höchst unangenehm, wenn jemand sie taxierte. Obwohl sie sich an diesem Tag besonders viel Mühe mit einer Hochsteckfrisur gegeben hatte und zur Feier extra ihr Festtagsdirndl trug, hatte sie das Gefühl, dass Leonore sie nicht als gleichwertig ansah. Nicht ausgeschlossen, dass es für sie als Großstädterin ein Unding war, ein Dirndl zu tragen. Das wiederum war in Bad Gastein zu festlichen Anlässen üblich. Valerie und Viktor hatten sogar die Tradition ihrer Eltern übernommen, im Hotel täglich in Tracht gekleidet zu sein. Letzten Endes sollten sich ihre Gäste nicht nur erholen, sondern auch in die österreichische Tradition und Kultur eintauchen können.

Sie zog ihre Hand zurück und überspielte die peinliche Situation, indem sie zu Small Talk ansetzte und Leonore nach ihrer Anreise befragte. Die Antwort fiel ernüchternd aus.

»Oh, ich sage es Ihnen. Entsetzlich! Die Fahrt hierher war furchtbar. Die Bahn ist auch nicht mehr das, was sie einmal war.«

Valerie ließ sich ihre Verwunderung nicht anmerken, waren doch die Züge, die ins Tal fuhren, modern, bestens ausgestattet und mehr als bequem. Sie konnte sich des Eindrucks nicht erwehren, dass sie eine Frau vor sich hatte, die an allem und jedem herummeckerte.

Aus dem Augenwinkel nahm sie wahr, dass sich ihre Eltern näherten. Als enge Freunde Bernhards waren sie extra zum Siebziger angereist. Seit ihrem Ruhestand verbrachten sie den Großteil des Jahres auf Teneriffa, kamen aber immer wieder gern für einige Wochen nach Bad Gastein. Leonore kannten sie von früher gut, und Valerie zählte insgeheim darauf, dass sie sich ihrer annehmen würden.

Erleichtert stellte sie fest, dass sie genau das im Sinn hatten. Ihr Vater Hans begrüßte Leonore charmant mit einem angedeuteten Handkuss und stellte sich danach schräg hinter Bernhard. Ihre Mutter Maria umarmte Bernhards Ex-Frau überschwänglich, hakte sich nach dem üblichen Austausch von Höflichkeiten ungefragt bei ihr unter und lenkte sie vom Speisesaal in die Lobby. »Leonore ist doch auch zur Feier eingeladen, Bernhard, oder? Jetzt, wo sie schon mal da ist«, sagte sie noch.

Die Überrumpelungstaktik ihrer Mutter amüsierte Valerie. Weniger lustig fand sie hingegen, dass sie Leonore zur Übernachtung ins Grand Hotel einlud. Sie widersprach dennoch

nicht, denn um keinen Preis sollte Leonore bei Bernhard über-
nachten. Er war seit vielen Jahren mit Mayari liiert, einer um
etliche Jahre jüngeren und sympathischen Mitarbeiterin; zudem wollte er die nächsten Tage dafür nutzen, Sabine und
Florian samt Ehemann und Freundin näher kennenzulernen.
Ein Zimmer im »Schnitzelwirt« kam also definitiv nicht in
Frage.

Rasch machte sich Valerie auf den Weg zur Rezeption, um
eine Zimmerkarte für Leonore zu holen. Das entpuppte sich
als schwieriges Unterfangen, da ihr ungebetener Gast weder
Aussicht auf die umliegenden Berge noch auf den Wasserfall
haben wollte. Bad Gastein und die Naturschönheiten in der
Gegend hatte Leonore schon früher nicht ausstehen können,
daran erinnerte Valerie sich noch gut. Warum nur musste sie
genau heute hier auftauchen?

Valerie glättete die Schürze ihres Dirndls, hielt Leonore
verkrampft lächelnd – zu mehr war sie nicht imstande – die
Schlüsselkarte entgegen und erklärte, dass sie damit nicht nur
in ihr Zimmer, sondern auch von draußen ins Hotel komme.

Das Gepäck, das Valerie und ihr jüngster Sohn Andi,
der eben an der Rezeption vorbeikam, ins Zimmer bringen
mussten, ließ vermuten, dass Leonore vorhatte, länger in Bad
Gastein zu bleiben. Hoffentlich stellte sich das als Irrtum
heraus. Leonore behandelte Valerie wie eine Dienstmagd und
hatte trotz der großzügigen Einladung kein freundliches Wort
für sie übrig. Exaltiert und arrogant war sie, beides Eigen-
schaften, die Valerie nicht ausstehen konnte.

Andi brachte es auf den Punkt: »Warum lässt du denn so
eine blöde Kuh bei uns schlafen, Mama? Von der bekomm ich
bestimmt kein Trinkgeld, oder?«

»Garantiert nicht, Andi. Trotzdem danke fürs Helfen. Was
würde ich nur ohne dich machen?« Liebevoll legte Valerie
ihren Arm um seine Schultern.

Fragend hob er den Kopf. »Du, Mama, war der Bernhard
echt mit der verheiratet? Und ist sie die Mutter von Sophie?«

»Das ist kaum zu glauben, oder? Aber es stimmt. Bernhard hat mal angedeutet, dass er sie geheiratet hat, ohne sie gut genug zu kennen. Sie war nicht die Richtige für ihn. Das hat er aber erst begriffen, als ihre Tochter Sabine schon auf der Welt war. Und die wollte er nicht im Stich lassen. Dann kamen noch Florian und Sophie. Irgendwann hat Leonore es nicht mehr in Bad Gastein ausgehalten. Sie wollte zurück nach Wien, hat die kleine Sophie dagelassen und die älteren Kinder mitgenommen.«

Andi stemmte die Hände in die Hüften und blies sich eine verirrte blonde Strähne aus dem Gesicht. »Das war ganz schön fies von ihr. Aber eigentlich bin ich auch froh darüber. Die Sophie ist nämlich mindestens so nett wie der Bernhard. Gut, dass sie bei ihm geblieben ist.«

Valerie teilte diese Meinung. Bernhards jüngste Tochter war ein liebenswerter Mensch. Vom Wesen her kam sie ganz nach ihm. Auch das Gastronomie-Gen hatte sie von ihm geerbt, sodass Bernhard sie schon seit einiger Zeit in die Führung der Gasthöfe und in die Verwaltung der Häuser einarbeitete. Aus Bad Gastein war sie nicht wegzudenken. Tief verwurzelt war sie im Tal und viel geerdeter als ihre Geschwister Sabine und Florian. Dass sie sich in Kamon, Mayaris Sohn, verliebt hatte, passte perfekt. Die vier bildeten ein unschlagbares Team. Fast schon filmreif.

Doch wie sollte dieser Abend nun verlaufen? Leonore würde wie ein Fremdkörper unter den Gästen sein. Blieb zu hoffen, dass sie nicht zum Partycrasher wurde, vor allem weil Bernhard – so viel wusste Valerie – plante, Mayari vor allen Leuten einen Heiratsantrag zu machen. Dass dabei seine Ex-Frau zugegen sein würde, war nicht eingeplant gewesen. Schon früher hatte Leonore es nur schwer ertragen können, wenn andere im Mittelpunkt standen. Ob das gut gehen würde? Valerie bezweifelte es.

DREI

Wie ereignisreich das Geburtstagsfest tatsächlich werden würde, hätte Valerie nicht für möglich gehalten. Als sie am nächsten Morgen erwachte, schwirrten ihr unzählige Bilder des vorangegangenen Abends durch den Kopf. Schlimmer hätte es kaum kommen können.

Dass ihre kleine Mischlingshündin Nelly sich zähnefletschend vor Leonore aufgebaut hatte und sie nicht in den Speisesaal lassen wollte, als sie aus dem Zimmer kam, war wohl noch der unbedeutendste Vorfall gewesen. Die sonst lammfromme Nelly musste gespürt haben, dass von Leonore Unfrieden ausging, was sich prompt bestätigt hatte. Trotz Marias Bemühungen, Leonore zu unterhalten, hatte diese es nämlich binnen kürzester Zeit geschafft, die aus Thailand stammende Mayari durch eine ausländerfeindliche Aussage zu brüskieren und die allgemeine Freude über Bernhards romantischen Heiratsantrag zu boykottieren, indem sie im unpassendsten Augenblick einen Schwächeanfall vortäuschte, theatralisch zusammensackte und die Aufmerksamkeit auf sich lenkte.

Auch Sabine und Florian war es nicht gelungen, sich in den ausgelassenen Freundeskreis zu integrieren. Gesprächsfetzen hatte Valerie entnommen, dass die beiden enttäuscht waren. Allem Anschein nach hatten sie darauf spekuliert, dass Bernhard zum siebzigsten Geburtstag seinen Rückzug aus dem Unternehmen verkünden würde. Bei einem Verkauf der Gasthöfe und der Immobilien hätten sie sich eine großzügige Schenkung erwartet, die – auch das hatte Valerie gehört – beide dringend brauchten. Offenbar lebten sie auf großem Fuß, und das ohne entsprechendes Einkommen.

Wie sie überhaupt auf diese Idee hatten kommen können, war Valerie ein Rätsel. Niemals hatte Bernhard entsprechende Andeutungen gemacht. Viel zu sehr liebte er seine Rolle als

Schnitzelkönig, als dass er derzeit, da er noch so fit war, in den Ruhestand hätte gehen wollen.

Der negative Höhepunkt des Abends war aber im Nachhinein betrachtet Fritz Derbachers Auftritt gewesen, Koch und langjähriger Mitarbeiter des »Schnitzelwirts«. Volltrunken hatte er Einlass verlangt, nachdem Bernhard ihn in der Woche zuvor wegen Alkohol am Arbeitsplatz hatte entlassen müssen. In seinem Frust hatte er Bernhard lautstark gedroht, was Valerie noch immer Gänsehaut verursachte.

»Umbringen sollt ich dich!«, hatte er geschrien, bevor ihn Viktor und Hans auf die Straße hinausgezerrt hatten.

Dass nach dem Abendessen auch noch ein für April untypisches Gewitter aufgezogen war und die Feier frühzeitig beendet hatte, war nur noch das Tüpfelchen auf dem i gewesen. Alle Gäste hatten das Weite gesucht, da der Wetterbericht vor massivem Hagel im Tal gewarnt hatte. Für Valerie beinahe eine Erlösung nach den unschönen Vorkommnissen im Laufe des Festes.

Unmotiviert schlug sie die Bettdecke zurück. Der Wecker, den sie zu früh für den ersten Sonntagmorgen in ihrem offiziellen Urlaub gestellt hatte, läutete unerbittlich. Wie üblich nahm Viktor keinerlei Notiz davon.

Verschlafen drehte sie sich zur Seite, stellte den Alarm ab und schwang die Beine über die Bettkante. Gähnend schlüpfte sie in ihre Hausschuhe und machte sich auf den Weg ins Bad. Leider Gottes waren sie trotz geschlossenen Hotels nicht allein im Haus.

Sie hatte ihrer Mutter versprochen, am Morgen zeitig zur Gastein-Bäckerei im Ortszentrum zu gehen, um frisches Gebäck und Croissants zu holen. Dafür würde Maria es übernehmen, Leonore das Frühstück herzurichten. Hans hatte ob dieser Abmachung ein sauertöpfisches Gesicht gezogen. Auch er war genervt von Leonores kapriziöser Art und konnte auf ihre Gesellschaft am frühen Morgen gut und gern verzichten.

Bei einer ausgiebigen Dusche erwachten Valeries Lebensgeister. Sie schlüpfte in Jeans und Sweater. Es fühlte sich herrlich, aber auch ungewohnt an, endlich einmal kein Dirndl tragen zu müssen. In ihrer spärlichen Freizeit konnte sie herumlaufen, wie ihr der Sinn stand.

Beim Blick in den Spiegel stahl sich ein Lächeln in ihr Gesicht. Vorfreude machte sich in ihr breit. Ein Monat ohne Gäste im Haus erwartete sie, dazu die Woche »Honeymoon«, wie sie ihren geplanten Urlaub mit Viktor anlässlich ihrer kürzlich gefeierten Silberhochzeit nannte. Das Leben war schön. Ohne Zweifel.

Fest entschlossen, sich wegen Leonores Übernachtung im Hotel die Laune nicht verderben zu lassen, machte sie sich gemeinsam mit Nelly auf den Weg zur kleinen Bäckerei. Aus den umgestürzten Blumentrögen vor dem Eingang und dem herumliegenden Unrat auf dem Straubingerplatz schloss sie, dass das Unwetter heftiger gewesen sein musste, als sie vermutet hatte. Starke Sturmböen waren offensichtlich durch das Tal gefegt und hatten alles, was nicht niet- und nagelfest war, mit sich gerissen. Sie stellte die Pflanzengefäße auf und beseitigte den ärgsten Dreck vor der Tür. Auch den Sonnenschirm, der mitten auf dem Platz lag und von der Terrasse des gegenüberliegenden »Thermalschlösschens« stammte, räumte sie zur Seite. In diesem ehrwürdigen Nachbarhaus war einst Kaiser Wilhelm I. viele Male abgestiegen. Nach ihm war eine der wichtigsten Spazierpromenaden in Bad Gastein benannt, wo der Kaiser höchstpersönlich als riesige Büste thronte. Ein Gast, mit dem man sich gern rühmte.

Valerie war fürs Erste zufrieden. Der Eingangsbereich des Grand Hotels war wieder herzeigbar. Sie klopfte sich den Schmutz von den Händen und setzte ihren Weg fort.

Wie üblich blieb sie auf der Brücke, die über den Wasserfall führte, kurz stehen. Nicht nur der Wind, sondern auch die Regenfälle waren stark gewesen – das konnte sie daran sehen, dass wesentlich mehr Wasser die Schlucht herunterstürzte als noch tags zuvor. Gradmesser dafür war der große Felsen, der in der Mitte bei niedrigem Wasserstand herausragte. Er wurde an diesem Morgen überspült. Ein Stück weiter oben, dort, wo der Flusslauf eine Kurve vollzog, schoss die Ache mit einer Wucht gegen das Gestein, dass Valerie wie schon so oft an einen schäumenden, brodelnden Hexentrank denken musste. Fröstelnd erinnerte sie sich an die Ereignisse im Vorjahr. Damals war ein Hotelgast ermordet worden, und ihr selbst wäre diese Stelle des Wasserfalls um ein Haar zum Verhängnis geworden.

Nach einem tiefen Atemzug, bei dem sie die Gischttröpfchen inhalierte, ging sie weiter. Ihr Weg führte sie an dem alten leer stehenden »Hotel Austria« entlang. Direkt gegenüber stand das ungenutzte Kongresszentrum. Beide Gebäude gehörten einem Investor, der sie aufgrund von Unstimmigkeiten mit der Gemeinde zusehends verkommen ließ, ein wunder Punkt in der Ortspolitik. Manche Besucher nahmen Anstoß daran, dass mitten im historischen Zentrum zwei große Häuser leer standen, viele Einheimische taten es ihnen gleich. Andere hingegen hatten ihren Frieden damit geschlossen, indem sie sich einredeten, dass dieser Bereich dem Ort einen gewissen morbiden Charme verlieh. Schönheit und Verfall bildeten ihrer Meinung nach einen perfekten Kontrast, der überaus reizvoll war. Dieser Interpretation konnte auch Valerie viel abgewinnen, trotzdem würde sie sich wünschen, dass die Immobilien restauriert und einem neuen Zweck zugeführt wurden.

Mit einem Blick auf die Uhr stellte sie fest, dass sie viel später dran war als geplant. Die letzten Meter zur kleinen Bäckerei unterhalb des Merangartens brachte sie im Eilschritt hinter sich, um ihre Mutter davor zu bewahren, ohne Brötchen dazustehen, wenn Leonore ihr Frühstück erwartete.

Den Duft, der ihr beim Öffnen der Tür in die Nase stieg, und den Klang der kleinen Ladenglocke hätte sie überall wiedererkannt. Die Aromen der verschiedenen Brot-, Gebäck- und Kuchensorten vermischten sich mit einer dezenten Kaffeenote, die von hinten im Laden kam, wo frühmorgens für gewöhnlich einige Hiesige standen. Reger Austausch fand dort statt. Valerie war immer wieder fasziniert davon, wie schnell und gut die Buschtrommeln in Bad Gastein funktionierten. Die Besucher der Stehtische schafften es erfahrungsgemäß, innerhalb von höchstens fünf bis zehn Minuten ihren Morgenkaffee zu trinken und über alles Wichtige informiert zu werden, ehe sie sich auf den Weg zur Arbeit machten. Aus Gewohnheit kamen viele von ihnen auch sonntags vorbei.

An diesem Morgen gab es zwei neue Gesprächsthemen. Einerseits überschlugen sich die Meldungen über zahlreiche Hagelschäden, da viele die Unwetterwarnung nicht für bare Münze genommen und im April nicht mit Hagel gerechnet hatten. Und andererseits hatte sich herumgesprochen, dass bei Bernhards Geburtstagsfeier Fritz Derbacher stockbesoffen aufgetaucht war und eine Szene gemacht hatte. Leonore, die Valerie ungleich mehr beschäftigte als Bernhards ehemaliger Koch, wurde zwar nebenbei erwähnt, auch das Thema Graukogel kam kurz zur Sprache, aber der Fokus lag auf dem Gewitter und auf Fritz Derbacher.

Bis Valerie an der Reihe war, hatte sie die Neuigkeiten des Tages mitangehört. Eine Einladung zum Kaffee hatte sie dankend abgelehnt. Sie machte ihre Bestellung bei Gerti, der guten Seele der Bäckerei, zahlte und eilte wieder heimwärts. In die Bedrängnis, über die Begebenheit mit Fritz berichten zu müssen, wollte sie aus Taktgefühl nicht kommen. Es lag ihr fern, zur Gerüchteküche beizutragen, die ohnedies schon stark genug brodelte.

Auf dem Weg zurück zum Grand Hotel rief sie sich die Szene in der Lobby noch einmal in Erinnerung. Fritz hatte Bernhard tatsächlich damit gedroht, ihn umzubringen, aber sie hatte dem keine weitere Bedeutung zugemessen. Fritz war eben Fritz, und wenn er betrunken war, durfte man nicht jedes Wort auf die Goldwaage legen.

Als Valerie im obersten Stock des Hotels aus dem Lift trat, kam ihr ihre Mutter ungeduldig entgegen.

»Da bist du ja. Das wurde auch Zeit, mein Schatz. Ich hatte schon die Befürchtung, dass Leonore pünktlich ihr Frühstück auf dem Tisch haben will und das Gebäck noch nicht da ist.« Maria sah gestresst aus. »Auf diese verachtende Mimik, die sie draufhat, wenn ihr etwas zuwider ist, kann ich wahrlich verzichten. Setzt du dich zu uns?« Hoffnungsvoll sah sie Valerie an, deren Telefon just in dieser Sekunde klingelte.

»Danke fürs Angebot, Mama, aber du siehst, ich kann nicht. Ich hab noch wichtige Dinge zu erledigen. Viel Spaß euch dreien.« Eilig hob sie die Hand zum Gruß und ging zu ihrer eigenen Appartementtür, erleichtert, einem Frühstück mit Leonore entkommen zu sein.

Sie kramte ihr Handy aus der Tasche und war überrascht, Sophies Namen zu lesen. Flugs wischte sie übers Display und begrüßte Bernhards Tochter schwungvoll.

»Sophie, das ist aber schön. Was verschafft mir die Ehre, dass du mich schon in der Früh anrufst? Hast du gestern im Hotel etwas vergessen?«

Doch die Freude währte nicht lange, vielmehr machte sie einer eisigen Kälte Platz, die sich in Valeries Brustkorb ausdehnte. Ihre Kehle wurde eng. Krächzend schaffte sie es noch zu sagen: »Bleib ganz ruhig, Sophie. Ich komme, so schnell ich kann.« Dann entglitt ihr das Telefon, und sie schlug die Hände vors Gesicht.

VIER

Außer Atem und mit zittrigen Knien kam Valerie beim »Schnitzelwirt« an, den sie umrundete, um von der Rückseite des Hauses über die Terrasse in Bernhards private Wohnräume zu gelangen. Die Tür stand offen, und der dünne Store bewegte sich sanft im Wind. Von außen deutete nichts auf die Tragödie hin, die sich drinnen abgespielt haben musste.

Valerie versuchte, Ruhe zu bewahren, und schob sachte die Gardine beiseite. Sofort sprang ihr das Chaos ins Auge, das im Raum herrschte. Die Schubladen des Einbauschranks zu ihrer Linken waren geöffnet. Unzählige Schriftstücke schienen wahllos aus Ordnern herausgerissen worden zu sein und lagen am Boden. Der kleine Beistelltisch mit den Spirituosenflaschen, der, seit sie denken konnte, in der hinteren Ecke des Zimmers stand, war umgekippt, und von der ledernen Sitzgarnitur, die aufgrund ihrer Größe den Raum dominierte, waren die Polster zu Boden geworfen worden.

Doch all das nahm Valerie nur am Rande wahr, weil es ihr unwichtig erschien. Viel entscheidender war, Sophie zu finden.

Ein kaum hörbares Wimmern erregte ihre Aufmerksamkeit. Vorsichtig trat sie einen Schritt in den Raum hinein und rief nach Sophie. Ein Aufschluchzen kam als Antwort.

Valerie bahnte sich einen Weg durch die Unordnung und umrundete die Couch. Dort hockte Sophie am Boden. Den Kopf zwischen den Knien und die Arme vor ihren Schienbeinen verschränkt wiegte sie sich hin und her, während sie beinahe lautlos weinte.

Kein Wunder. Der Anblick, der sich hinter dem Sofa bot, versetzte auch Valerie in eine Art Schockzustand. Der Länge nach hingestreckt lag Bernhard am Boden. Dass er nicht mehr lebte, war unübersehbar. Sein Kopf war zur Seite gekippt, die geöffneten Augen stierten ins Leere. Eine klaffende Wunde am Hinterkopf hatte dafür gesorgt, dass der weiße Teppich, den er erst kürzlich gekauft hatte, blutgetränkt war.

Valerie schwankte und stützte sich haltsuchend an die Lehne der Couch. Wie gebannt starrte sie auf den so vertrauten, durch den Tod jedoch fremd wirkenden Körper vor sich, konnte nicht anders, als ihn genau zu betrachten. Das Blut hatte sich an manchen Stellen ins Bräunliche verfärbt und schien an den Wundrändern getrocknet zu sein.

Heftige Übelkeit überfiel sie, sodass sie am liebsten nach draußen gerannt wäre und sich dort im Gebüsch übergeben hätte. Vehement kämpfte sie gegen den Brechreiz an, wollte sich erst um Sophie kümmern, die ihren Vater auf diese entsetzliche Weise vorgefunden hatte.

Sie riss sich zusammen, stieg mit einem großen Schritt über den toten Bernhard und berührte Sophie behutsam am Arm. Beruhigend sprach sie auf sie ein und konnte sie nach einer gefühlten Ewigkeit dazu bewegen, aufzustehen. Ohne sich noch einmal umzuwenden, führte sie sie nach draußen, wo sie sich nebeneinander auf die Loungegarnitur sinken ließen.

Fremd und eigenartig hörte es sich an, als Valerie zu sprechen anfing. Sie hatte den Eindruck, als würde sie von außen die Szene auf der Terrasse verfolgen. Eine ältere und eine jüngere Frau. Beide unter Schock. Beide mit dem gleichen Entsetzen im Gesicht. Möglicherweise war das eine Art Selbstschutz des Gehirns. Sie wusste es nicht. Sehr wohl wusste sie hingegen, dass sie Informationen brauchte.

»Hast du außer mir schon irgendjemandem Bescheid gegeben?«, fragte sie. »Ist die Polizei unterwegs? Oder der Notarzt?«

Sophie bewegte den Kopf von links nach rechts und wieder zurück, schluckte und flüsterte: »Ich hab versucht, Kamon und Mayari zu erreichen, aber die gehen nicht ans Telefon. Im Auto schalten sie's immer aus. Wegen der Strahlung, sagen sie.«

Da erst besann Valerie sich darauf, dass die beiden frühmorgens nach Wien aufgebrochen sein mussten. Sie waren bei alten Freunden eingeladen. Mayari hatte den Termin bewusst so gewählt, um Bernhard etwas Zeit allein mit Sabine und Florian zu verschaffen. Wo waren die Geschwister eigentlich? Schliefen sie nicht in den Gästezimmern des Gasthofs? Warum waren sie nicht an Sophies Seite?

»Und was ist mit Sabine und Florian? Hast du ihnen Bescheid gegeben?«

Sophie verbarg ihr Gesicht in den Händen. »Nein, ich konnte nicht. Die sind so komisch zu mir. Und ich glaube, sie nehmen mich nicht ernst.«

Heftiges Zittern übermannte sie, sodass Valerie sie fürsorglich in die Decke wickelte, die für kühle Abende auf der Lehne der Sitzgarnitur hing. Mit dem linken Arm hielt sie sie fest an sich gedrückt, mit der rechten Hand scrollte sie durch die Kontakte auf ihrem Handy, bis sie fand, wen sie suchte. Sie presste ihren Zeigefinger auf das Symbol mit dem grünen Hörer, hielt das Telefon ans Ohr und wartete, dass das Gespräch angenommen wurde.

Die Sekunden kamen ihr wie Minuten vor. Die Zeit schien stillzustehen. Durch die Decke spürte sie Sophies Bibbern an ihrer Seite.

»Valerie, was verschafft mir die Ehre? Wird dir am ersten Urlaubstag schon langweilig, dass du dich bei mir meldest?«

Erwin Steiningers tiefer Bass hatte eine besänftigende Wirkung auf Valerie.

Zögernd krächzte sie: »Schön wär's. Erwin, bitte komm auf der Stelle zum ›Schnitzelwirt‹. Sophie hat Bernhard gefunden. Er …« Sie räusperte sich, das Weitersprechen fiel ihr unendlich schwer. »… er liegt blutüberströmt in seinem Wohnzimmer. Tot. Ich glaube, er wurde …« Nun geriet sie ins Stocken. »… also ich meine, er wurde erschlagen.«

Sie konnte hören, wie Erwin, ein alter Schulfreund von Viktor und Leiter der Bad Gasteiner Polizeiinspektion, die Luft scharf einsog. »Bist du sicher, Valerie? Hast du ihn selbst gesehen?«

»Leider ja, er liegt hinter der großen Ledercouch in seinem Wohnzimmer, dort hat ihn Sophie vorhin gefunden. Ich denke, er ist schon seit Stunden tot.«

»Ich mach mich auf den Weg und alarmiere auch Notarzt und Kriminalpolizei. Fass bitte nichts an und kümmere dich am besten um Sophie. Das hat uns noch gefehlt. Der arme Bernhard.« Er legte auf, und Valerie öffnete ihre Nachrichten-App, um Viktor in aller Kürze Bescheid zu geben, wo sie war und was sich zugetragen hatte. Im Wissen, dass ihm das schwerfallen würde, bat sie ihn, vorerst abzuwarten, bis sie sich wieder meldete, höchstens ihren Eltern und Leonore Bescheid zu geben.

Unschlüssig legte sie danach das Telefon beiseite. Das Einzige, was sie tun konnte, war warten. Doch das Herumsitzen brachte sie fast um den Verstand. Ihr Fuß wippte heftig, und mit ihrer freien Hand strich sie die Tischdecke vor sich glatt. Gleichzeitig schimpfte sie sich selbst eine Idiotin. Bernhard war ermordet worden, und sie richtete das Tuch auf seinem Terrassentisch? Wie verrückt war das denn?

Vorsichtig musterte sie Sophie von der Seite. Sie hatte sich etwas beruhigt und starrte vor sich auf den Boden. Valerie flüsterte: »Kann ich dich einen Augenblick allein lassen? Ich möchte zwei Gläser Wasser aus der Küche holen. Ich hab gehört, dass es bei Schock wichtig ist, sich warm zu halten und genug zu trinken.«

Sie wusste nicht, ob sie damit richtiglag, doch sie konnte nicht länger untätig bleiben. Auf Sophies Nicken hin trat sie entschlossen vor die Terrassentür. Ihr eigenes Bedürfnis nach einem Schluck klarem, kühlem Bergwasser war groß, obwohl der schale Geschmack, den das Unglück heraufbeschworen hatte, dadurch nicht vergehen würde. Zudem wollte sie die Gelegenheit nutzen und den Tatort vorsichtig in Augenschein nehmen, bevor die Polizei alles abriegelte.

Seit sie im letzten Jahr mit dem Mord an einem Hotelgast konfrontiert gewesen war, verschlang sie noch mehr Kriminalromane als früher. In der Theorie war sie eine regelrechte Expertin, wenn es um Verbrechen ging, an Praxis mangelte es ihr hingegen. Sie hatte bloß Erfahrung mit dieser einen Gewalttat vorzuweisen. Das hätte auch so bleiben können. Liebend gern hätte sie darauf verzichtet, dass einer ihrer liebsten Freunde ermordet werden würde.

Unbändige Wut auf den unbekannten Täter überkam sie, und sie schwor sich, ihn oder sie zur Strecke zu bringen, sollte die Polizei das nicht innerhalb kürzester Zeit tun. Das war sie Bernhard schuldig, und auch Sophie, Mayari und Kamon, die sie alle als ihre Freunde betrachtete. Nicht umsonst hatte Sophie sie in ihrer Verzweiflung angerufen und um Hilfe gebeten.

Behutsam schob sie die zwei Teile des Stores auseinander, überschritt die Schwelle und bemühte sich, so viele Details wie irgend möglich wahrzunehmen. Natürlich war sie nicht so gut wie Monk aus der gleichnamigen Krimiserie, aber sie gab ihr Bestes. Ein Hauch metallischen, süßlichen Geruchs stieg ihr in die Nase. Vorhin hatte sie ihn nicht bemerkt, weil sie panisch nach Sophie gesucht hatte. Nun aber nahm sie ihn intensiv wahr. Ihr fiel auf, dass er sich mit dem Duft von Zirbenholz mischte. Warum er das tat, war ihr vorerst noch ein Rätsel. Valerie verspürte erneut Übelkeit. Dennoch hielt sie an ihrem Vorhaben fest.

Eilig fuhr sie über das Display ihres Handys, um es zu entsperren. In der Hektik – ihr blieb nicht viel Zeit, bis Erwin mit seinen Leuten eintreffen würde – erwischte sie zweimal das falsche Muster, bis endlich der Startbildschirm aufleuchtete. Flugs klickte sie auf die Kamera-App und startete die Videoaufnahme. In mäßigem Tempo schwenkte sie das Telefon, sodass der gesamte Raum erfasst wurde. Dann ging sie mehr ins Detail. Sie machte sich daran, auf der linken Seite das Chaos am Einbauschrank zu filmen, und arbeitete sich vor, bis sie am Beistelltisch mit den Spirituosen ankam. Zu ihrer Rechten lag, rund einen Meter hinter der Couch, Bernhard.

Trotz des Gefühls, pietätlos zu sein, filmte sie auch ihn. Innerlich bat sie ihn um Verzeihung. Der Zweck heiligte die Mittel. Nicht Sensationslust trieb sie an, sondern einzig und allein der Wunsch, herauszufinden, was geschehen war.

Als sie gerade das Video gestoppt hatte, machte sie unter dem Schreibtisch, der an der hinteren Wand stand, ungefähr in eineinhalb Metern Abstand zu Bernhards Leiche, eine Entdeckung. Eine schwere Kristallkaraffe, die ihr schon lange vertraut war. Der dazugehörige Glasverschluss lag ein Stück entfernt, und der Inhalt hatte eine große rotbraune Lache am Boden gebildet. Die Karaffe war ein Erbstück von Bernhards Eltern gewesen. Solange sich Valerie zurückerinnern konnte, hatte er sie für seinen hausgemachten Zirbenschnaps verwendet. Das erklärte den Geruch nach Zirbelkiefer, der sie beim Eintreten irritiert hatte.

Beim Näherkommen achtete sie penibel darauf, keine Spuren zu zerstören, und ging in die Hocke. Die Kristallkaraffe war unverkennbar die Tatwaffe. Blutspuren und silbrige Haare klebten an ihrer bauchigen Wölbung. Der Täter musste sie nach dem Schlag unbedacht zu Boden geworfen haben.

Rasch machte Valerie einige Fotos davon und schoss auch noch Aufnahmen von Bernhard und der direkten Umgebung rund um ihn. Den Tränen nahe löste sie sich von seinem Anblick, steckte ihr Handy ein und ging in die Küche, wo sie zwei Gläser mit Wasser befüllte.

Während sie zu Sophie zurückkehrte, hörte sie den Klang von mindestens zwei Martinshörnern. Polizei und Notarzt, wie sie vermutete.

Kraftlos ließ sie sich neben Sophie nieder und reichte ihr ein Glas. In die Kissen der Loungegarnitur versunken, sah Bernhards Tochter unsagbar jung und verletzlich aus. Valerie schmerzte dieser Anblick. Warum musste diese bildhübsche junge Frau diesen herben Schicksalsschlag erleiden? Den eigenen Vater auf so grauenvolle Weise zu verlieren war etwas vom Schlimmsten, was einem Menschen passieren konnte. Abermals schwor sie sich, alles in ihren Möglichkeiten Stehende zu unternehmen, um zu helfen.

Das durchdringende Geräusch der Martinshörner wurde lauter. In der Zwischenzeit hatte wohl der halbe Ort registriert, dass etwas Ungewöhnliches passiert war. Quietschende Reifen auf dem Parkplatz vor dem Gasthof ließen Valerie aufatmen. Das Zuschlagen von Autotüren folgte. Es dauerte nicht lange, bis Erwin im Laufschritt um die Ecke bog, dicht gefolgt von einem jungen Kollegen, dem Notarzt und zwei Sanitätern.

Erwins Ankunft war tröstlich. Während einer der Sanitäter Sophie unter seine Fittiche nahm, zeigte Valerie Erwin und dem Arzt das Durcheinander im Wohnzimmer. Sie selbst betrat den Raum nicht mehr, erklärte aber, wo Bernhards Leiche lag. Außer seinem Tod würde der Arzt nicht viel feststellen können, eventuell den ungefähren Todeszeitpunkt und die Art des Todes, den Rest würden die Kollegen in der Gerichtsmedizin erledigen. So viel wusste Valerie noch vom letzten Jahr.

Zügig verschaffte sich Erwin einen ersten Überblick und streckte dann den Kopf zur Tür heraus. Er winkte Valerie zu sich und flüsterte ihr zu: »Könntest du mit Sophie bitte in ihrer Wohnung warten? Erfahrungsgemäß ist es für Angehörige sehr belastend, wenn sie das Prozedere, das nach einem Tötungsdelikt folgt, hautnah miterleben müssen. Und die Spusi sieht es auch nicht gern, wenn jemand zu nahe am Tatort ist. Ich nehme an, du hast nichts angefasst?«

Seit dem Mordfall im letzten Jahr wusste er um Valeries Neugierde Verbrechen betreffend und wollte offenbar sichergehen, dass sie sich nicht wieder in die Ermittlungen einmischte.

»Nein, hab ich nicht. Aber im Haus war ich. Auf der Suche nach Sophie. Die hat direkt neben Bernhard am Boden gehockt und war wie in einer Schockstarre. Ich hab sie auf die Terrasse gebracht, dich angerufen und uns dann von drinnen ein Glas Wasser geholt. Dabei hab ich aber aufgepasst, dass ich nichts berühre. Ehrenwort. Nur den Wasserhahn in der Küche und den Schrank mit den Gläsern.«

Erwin schien überzeugt. »Schon gut, ich glaub dir ja.« Mit gespreizten Fingern fuhr er sich durch die am Ansatz schütter werdenden Haare, atmete tief ein, holte Einweghandschuhe aus seiner Uniformjacke, drückte den Rücken durch und kehrte zurück ins Wohnzimmer.

Valerie hingegen half Sophie beim Aufstehen, um sie den Gartenweg entlang hinüber zur Wohnung zu führen, in der sie seit einiger Zeit mit Kamon lebte und deren Eingang seitlich am Gebäude lag. Sie spähte um die Ecke und sah, wie zwei Polizeibeamte das Grundstück samt Parkplatz absperrten. Eine kleine Gruppe Schaulustiger hatte sich eingefunden und versuchte, Informationen aus den Beamten herauszubekommen. In einem kleinen Ort nahm eben jeder Anteil am Schicksal des anderen.

Den verschlossenen Mienen nach zu urteilen, würden sich die beiden Polizisten nicht zu den Vorfällen äußern. Mit Sicherheit hatte Erwin ihnen das eingeschärft. Sprach sich erst herum, was passiert war, konnte das die Ermittlungsarbeit der Polizei erheblich stören. Täterwissen – so wurde es in Valeries Krimis genannt – durfte nicht nach außen dringen. Auch sie musste bewusst achtgeben, was sie anderen von dem Vorfall berichtete. Denn wer wusste schon, wer der Täter war und wo er sich aufhielt? Nicht unmöglich, dass er sich noch in unmittelbarer Nähe befand.

Ängstlich schaute sie sich um, schalt sich aber gleichzeitig einen Hasenfuß. Wer auch immer Bernhard das angetan hatte, würde nicht derart wahnwitzig sein, im Garten hinter dem Gebüsch zu warten und noch einmal zuzuschlagen. Zumal im und vor dem Haus die Polizei an der Arbeit war.

Entschlossen drehte sie dem dichten Buschwerk den Rücken zu, stieg hinter Sophie die Außentreppe hoch und wartete, bis sie mit zittrigen Händen den Schlüssel ins Schloss gesteckt hatte. Kaum stand die Haustür einen Spaltbreit offen, drängte Valerie ihre junge Freundin sachte hinein, folgte ihr und legte die Sicherheitskette vor. Heilfroh lehnte sie sich von innen gegen die Tür, währenddessen Sophie sich wie ferngesteuert die Schuhe auszog, in bereitstehende Pantoffeln schlüpfte und in das angrenzende Wohnzimmer ging.

Sophies Körpersprache war ein einziger Hilfeschrei. Valerie war klar, dass sie ihre eigenen Befindlichkeiten hintanstellen musste. Bis Kamon und Mayari nach Hause kamen, war sie für Sophie verantwortlich. Eilig kickte sie die Turnschuhe von den Füßen und folgte ihr ins Wohnzimmer.

Sophie war mitten im Raum stehen geblieben. Sie schien verloren. Valerie ging zu ihr und schloss sie in die Arme. Oft war eine von Herzen kommende Umarmung sinnvoller als Worte, die in diesem Fall ohnedies keinen Trost spenden konnten.

Der Weinkrampf, der zu erwarten gewesen war, brach wenig später über Sophie herein. Valerie wusste, dass es Sophie guttun würde, ihren Gefühlen freien Lauf zu lassen. Das befreite bis zu einem gewissen Grad, wenngleich es das Unglück natürlich nicht ungeschehen machte.

Nach einer gefühlten Ewigkeit wurde das Tränenvergießen schwächer und wich einem leisen Wimmern, das ab und an von Schluchzern unterbrochen wurde. Valerie führte Sophie zum Sofa und wickelte sie einmal mehr in eine Decke. Die junge Frau bibberte und war sichtlich erschöpft. So erschöpft, dass sie nicht einmal den Klingelton ihres eigenen Handys wahrnahm. Deshalb huschte Valerie in den Vorraum, von wo das Geräusch kam. Sie atmete auf, als sie Kamons Namen auf dem Display las.

Entschlossen wischte sie über den Bildschirm und nahm den Anruf an. Das schlechte Gewissen über die Benutzung eines fremden Telefons verdrängte sie sofort wieder, es ging um Wichtigeres.

»Dem Himmel sei Dank. Ich bin froh, dass du zurückrufst, Kamon.« Valerie ließ sich auf die kleine Bank fallen, die über der Schuhablage stand.

»Hallo, wer spricht denn da? Wo ist Sophie?«, tönte es aus dem Lautsprecher.

Innerlich schlug sich Valerie vor den Kopf. Kamon hatte logischerweise keine Ahnung, wer an Sophies Telefon war.

Das, was sie ihm mitzuteilen hatte, fiel ihr nicht leicht. Auch für Mayari würde eine Welt zusammenbrechen, wenn sie erfuhr, dass Bernhard nicht mehr lebte, den sie glücklich inmitten seiner drei Kinder wähnte. Wie nur konnte sie den beiden die schlechte Nachricht schonend beibringen?

Gar nicht, lautete das Ergebnis ihrer Überlegungen, die sie in Sekundenbruchteilen angestellt hatte. Sie würde das Unvermeidliche hinter sich bringen müssen.

Valerie schloss die Tür zum Wohnzimmer, damit Sophie nicht alles mit anhören musste.

»Entschuldige, Kamon. Ich bin's, Valerie. Valerie Thaller. Ich bin bei Sophie in der Wohnung.«

»Um Gottes willen, ist was passiert? Ist was mit Sophie? Fehlt ihr was?« Kamon klang zutiefst besorgt, fast panisch.

»Sophie fehlt nichts, ich meine … körperlich zumindest. Aber …«

Ein Aufatmen drang durchs Telefon, doch anschließend hatte Kamon offensichtlich realisiert, dass dieses Aber von Bedeutung sein musste.

»Aber was? Was ist los bei euch, Valerie? Wie meinst du das, dass es ihr körperlich gut geht? Sag schon, bitte.«

»Bernhard ist etwas zugestoßen«, sagte Valerie. »Kamon, bitte bring Mayari das schonend bei … Bernhard ist tot. Sophie hat ihn vorhin in seinem Wohnzimmer entdeckt, erschlagen. Es war zu spät, um ihm noch zu helfen. Es tut mir unendlich leid.«

Längere Zeit hörte Valerie nichts. Bei der Vorstellung, wie Kamon im Auto saß und um Fassung rang, verwünschte sie die Tatsache, dass sie die Überbringerin der erschütternden Nachricht war. Es dauerte eine Weile, bis er mit flehendem Ton wieder das Wort an sie richtete. »Bitte sag, dass das nicht wahr ist, Valerie. Bitte.«

Valerie schnürte es das Herz zusammen. Wie gern hätte sie zugegeben, dass alles nur ein schlechter Scherz sei, aber leider konnte sie ihm den Gefallen nicht tun. »Ich wünschte, es wäre so, Kamon.«

»Wir kehren um. Bis wir zu Hause sind, wird es aber dauern. Wir sind schon auf der Höhe von Linz, und Mama ist zur Toilette gegangen. Die Gelegenheit wollte ich nutzen und Sophie zurückrufen. Aber wie soll ich Mama das erklären, Valerie?«

»Ich hab keine Ahnung, Kamon. Dafür gibt es nie die passenden Worte. Es wird Mayari den Boden unter den Füßen wegziehen, aber sie ist stark. Sie wird es durchstehen, jedenfalls mit der Zeit. Und vergiss nicht, sie hat dich als Stütze. Bitte, Kamon, versprich mir, vorsichtig zu fahren. Fühlst du dich dazu imstande? Oder sollen Viktor und mein Vater euch lieber in Linz abholen? Wenn sie zu zweit kommen, kann einer von ihnen dein Auto nehmen.«

»Nein danke, Valerie. Ich schaff das schon. Ich muss es schaffen, weil Mama bestimmt nicht warten will, bis die beiden da sind. Ich bekomm das schon hin. Und wenn es nicht geht, melde ich mich bei Viktor, okay?«

»Mach das. Und sag Mayari, ich bleibe hier, bis ihr zurück seid.«

»Danke, Valerie. Auf dich ist Verlass. – Ich muss Schluss machen, Mama kommt. Kümmer dich bitte um Sophie. Ich mag gar nicht daran denken, wie sie sich fühlt. Ihr eigener Vater ... erschlagen ... und sie hat ihn gefunden. Das ist furchtbar ... Bis später.« Schon hatte er aufgelegt.

Valerie konnte sich vorstellen, wie schwierig es sein musste, seiner Mutter von Bernhards Tod zu berichten. Obendrein hatte sie im Laufe des Telefonats den Eindruck gewonnen, dass auch Kamon mit den Tränen kämpfte, immerhin war Bernhard ihm ein väterlicher Freund gewesen.

Warum nur war das Leben dermaßen unfair? Warum war abermals ein Mensch in Bad Gastein ermordet worden? Und dazu ein überaus liebenswerter? Bernhards Tod würde eine klaffende Lücke hinterlassen. Er würde nicht nur in seinem engsten Umfeld fehlen, sondern im gesamten Ort, besser gesagt im gesamten Tal.

Der Schnitzelkönig von Bad Gastein hatte am Vorabend seinen letzten großen Auftritt gehabt. Valerie erinnerte sich wehmütig an sein Strahlen beim Auspacken der Geschenke. Die Bergwachtkollegen hatten extra eine Krone für ihn anfertigen lassen. Mit Lachtränen auf den Wangen, der Krone am Kopf und einem aufgespießten Schnitzel hatte er für Fotos posiert.

Valerie schluckte. Sie hatte keine Zeit, sentimental zu werden, obwohl der Drang zu weinen groß war. Sie musste für Sophie stark sein, das hatte sie Kamon versprochen. Und Bernhard hätte es auch gewollt.

Behutsam, um Sophie nicht zu erschrecken, öffnete sie die Tür zum Wohnzimmer und sah, dass Bernhards Tochter vor Erschöpfung eingeschlafen war. Auf Zehenspitzen schlich sie zum Sofa, zog die Decke zurecht und blieb unschlüssig stehen.

Eine Tasse Tee wäre gut. Valerie liebte Tee in allen Variationen und zu allen Tageszeiten. Entspannende Kräuter würden ihr helfen. Denn zum untätigen Warten verdammt zu sein war schlimm für sie, weil dabei alle unangenehmen Gefühle hochkamen. Auf der einen Seite war es Trauer, die sie verspürte, weil sie Bernhard von Kindesbeinen an gekannt und ihn von Herzen gemocht hatte, auf der anderen Seite die große Sorge um Sophie und Mayari.

Tief in ihrem Innersten ploppten auch die uralten Ängste wieder auf. Nach einem schlimmen Erlebnis in der Kindheit waren ihre Mutter und Großmutter überbehütend gewesen, hatten ihr in Dauerschleife die Gefahren des Lebens vor Augen gehalten. Das hatte dazu geführt, dass aus ihr ein überdurchschnittlich furchtsamer Mensch geworden war. Zum Glück hatte sie gelernt, damit umzugehen. Im Alltag fielen ihre Ängste beinahe nicht auf, sie konnte sie gut kaschieren. Aber in heiklen Situationen kamen sie mit voller Wucht zurück, lähmten sie, sodass sie quasi handlungsunfähig wurde.

Der Todesfall im letzten Jahr war wie ein Wendepunkt gewesen. Damals hatte sie sich ihrer Angst gestellt, hatte sich bewusst herausgefordert, indem sie sich mit ihrer besten Freundin Nora dazu entschlossen hatte, nach dem Mörder zu suchen. Seitdem fühlte sie sich sicherer, mutiger.

Bernhards Tod ließ freilich die alten und tief sitzenden Emotionen wieder hochkommen. Doch sie war nicht willens, sich diesen Gefühlen hinzugeben. Nein, die brachten sie nicht voran, das hatten sie noch nie getan. Das Beste wäre, sich abzulenken und gedanklich zu beschäftigen, während sie auf Kamon und Mayari wartete.

Kurz fragte sie sich, ob es dreist war, sich in einer fremden Küche Tee zuzubereiten. Unter diesen Umständen wohl nicht, war ihre Antwort. Es handelte sich um eine Ausnahmesituation, und auch Sophie würde ein heißes Getränk guttun, sobald sie wieder erwacht war.

Sie vergewisserte sich noch einmal, dass die junge Frau tief und fest schlief, dann ging sie in die nebenan liegende Küche. Alles tipptopp und einladend. Auf der Fensterbank standen frische Kräuter, von denen ein angenehmer Duft ausging. In der Mitte des Esstisches thronte ein Strauß bunter Frühlingsblumen.

Valerie erinnerte sich noch gut daran, dass Ordnungssinn nicht zu Leonores Tugenden gehört hatte. Laut Bernhards Erzählungen war sie immer davon ausgegangen, dass sich naturgemäß jemand finden würde, der hinter ihr aufräumte. Eine Zeit lang hatte Bernhard diese Rolle übernommen, und das neben seiner übrigen Arbeit. Irgendwann hatte er stillschweigend beschlossen, eine Haushaltshilfe einzustellen. Die Angestellten hatten sich die Klinke in die Hand gedrückt. Verantwortlich für den regen Wechsel war Leonores kapriziöse Art gewesen.

Welch ein Glück hatte Bernhard hingegen mit Mayari gehabt, mit der er eine liebevolle Beziehung auf Augenhöhe geführt hatte. Warum nur musste dieses Unheil passieren? Warum gerade so lieben Menschen, die es wahrlich nicht verdient hatten? Valerie wischte sich erste Tränen vom Gesicht. Das Hadern mit dem Schicksal brachte sie nicht weiter.

Beherzt drehte sie sich zum Regal, in dem ordentlich aufgereiht verschiedene Dosen mit allerlei Teesorten standen. Einen Wasserkocher entdeckte sie in der Ecke der Arbeitsplatte und Kanne und Tassen gut sichtbar in einem Glasschränkchen. Perfekt, alles vorhanden, was sie brauchte.

Sie entschied sich für eine Mischung aus Johanniskraut und Melisse und setzte sich dann mit ihrer Tasse auf den Fauteuil im Wohnzimmer. Ihre Beine schlug sie übereinander, einmal links herum und einmal rechts herum. Als Hotelbesitzerin und Dreifachmutter war sie es nicht gewohnt, untätig zu sein, sondern war ständig in Aktion. Ruhe fand sie nur beim Lesen, aber erstens hatte sie kein Buch zur Hand, und zweitens war sie aufgrund der Vorkommnisse viel zu abgelenkt, um sich auf eine erdachte Handlung konzentrieren zu können. Die wahren Geschichten, auch die Krimigeschichten, schrieb das Leben, das hatte sich heute eindrücklich gezeigt.

Ohne es verhindern zu können, stiegen die Bilder vom Tatort in ihr auf. Der reglose Körper, das viele Blut auf dem weißen Teppich. Der metallische Geruch im Raum.

Warum nur war er erschlagen worden? Wer war zu so etwas fähig?

Wie in einem Film ließ sie die Gesichter verschiedenster Menschen an sich vorüberziehen. Die Gäste der Geburtstagsfeier. Die Anwesenden bei der Versammlung im Gemeindesaal. Bis auf ganz wenige, unter ihnen Peter Baumgartinger und Anton Sailer, kannte sie alle schon ewig und traute ihnen keinen Mord zu. Die beiden Herren waren ihr hingegen suspekt, ganz davon abgesehen, dass sie ein Motiv gehabt hätten. Sie musste sie im Hinterkopf behalten. Wen sie auch viel zu wenig einschätzen konnte, das waren Bernhards ältere Kinder Sabine und Florian samt Begleitern.

Da erst wurde ihr bewusst, dass sie die vier Geburtstagsgäste trotz des Tumults vor und hinter dem Haus noch gar nicht gesehen hatte. Sie mussten dringend informiert werden. Merkwürdig, dass sie sich noch nicht hatten blicken lassen, obwohl ihre Zimmer im oberen Stockwerk über der großen Gaststube lagen. Das Gebäude war zwar riesig, aber bei dem Lärm der Martinshörner war es für Valerie undenkbar, dass sie den Rummel nicht registriert hatten.

Eigenartig. Warum kamen sie nicht bei Sophie vorbei, um sich nach ihrem Befinden zu erkundigen? Das wäre doch naheliegend. Valerie wusste nicht, wie sie dieses Verhalten deuten sollte.

FÜNF

Die letzte Stunde war Valerie vorgekommen wie eine halbe Ewigkeit. Sie konnte nicht mehr länger herumsitzen.

Leise schlich sie zurück in die Küche, schloss vorsichtig die Tür zum Wohnzimmer und trat ans Fenster. Da die Wohnung im ersten Stock lag, konnte sie über die Hecke, die das Grundstück begrenzte, sehen. Dahinter waren nur noch wenige Gebäude, dann erhoben sich bereits die Hänge des Graukogels, die an dieser Stelle zu steil waren, um in irgendeiner Weise nutzbar zu sein. Ein starker Föhnsturm hatte vor einigen Jahren dafür gesorgt, dass ein Großteil der dort wachsenden Fichten umgeknickt war. Die Natur hatte aber bereits begonnen, alles wieder zu begrünen. Die Kräfte, die hinter solchen Vorgängen steckten, faszinierten Valerie stets aufs Neue. In einem Alpental wie dem ihren waren die Naturgewalten in positiver und in negativer Hinsicht besonders intensiv spürbar.

Was aber an diesem Tag mehr von Valeries Interesse war, waren die Geschehnisse rund ums Haus. Leider sah sie vom Küchenfenster aus nur den hinteren Teil des Gartens. Alles, was sich vor dem Haus abspielte, wo sich auch der Eingang zum Gasthaus und zu den Gästezimmern befand, konnte sie nicht erspähen. Womöglich hatte Erwin schon längst mit den vier Wienern gesprochen. Valerie wusste es nicht.

Um sich zu beschäftigen, rief sie sich den Grundriss von Bernhards Wohnung in Erinnerung. Von dort gab es im Erdgeschoss eine Verbindungstür direkt in den Gasthof hinüber und im ersten Stock eine zu den Gästezimmern. Konnte das bedeuten, dass …?

Ach Schwachsinn, diese Möglichkeit konnte sie getrost wieder verwerfen. Sabine und Florian waren ihr zwar nicht sympathisch, aber das machte sie noch lange nicht zu Mördern.

Den eigenen Vater brachte man nicht um, noch dazu, wenn der Vater so nett wie Bernhard war, oder?

Dennoch ließ Valerie die Frage nach den beiden keinen Frieden.

Entschlossen griff sie nach ihrem Handy und wählte Erwins Nummer. Es dauerte einige Zeit, bis er das Gespräch annahm, und Valerie hörte, wie gestresst er war.

»Valerie, was gibt's? Alles in Ordnung mit Sophie?«

»Ja, danke, sie schläft.«

»Kein Wunder. Sie hat vorhin auf Anordnung des Arztes ein Beruhigungsmittel bekommen. Hat mir der Sanitäter eben erzählt.«

»Echt?« Valerie schüttelte den Kopf. War sie selbst so unter Schock und neben der Spur gewesen, dass sie das nicht gesehen hatte? Wahrscheinlich. Außerdem hatte sie mit Erwin gesprochen und war dadurch abgelenkt gewesen. »Das erklärt, warum sie schläft wie ein Stein«, sagte sie schnell und fuhr dann fort: »Aber Sophie ist nicht der Grund meines Anrufs. Mir ist noch was eingefallen, das wichtig sein könnte.«

Erwin blieb stumm und wartete, bis sie weitersprach.

»In den Räumlichkeiten über der Wirtsstube wohnen derzeit die beiden älteren Kinder von Bernhard. Sie sind gestern samt Mann beziehungsweise Freundin zum Geburtstag eingeladen gewesen und hatten vor, noch einige Tage zu bleiben. Mich würde interessieren, ob sie schon wissen, was passiert ist. Wenn nicht, sollte vermutlich einer von euch zu ihnen hochgehen und sie über den Vorfall informieren. Es wäre sowieso ein Wunder, falls sie bei dem Lärm der Martinshörner nicht wach geworden sind.«

»Was? Die sind in den Gästezimmern untergebracht?« Erwin klang alarmiert. »Bei mir sind sie noch nicht aufgetaucht. Dafür haben wir lauter Schaulustige vor dem Haus. Eigenartig, dass sie sich nicht gemeldet haben.«

»Na, vielleicht ist es weniger komisch, als es scheint. Ich hab mir den gestrigen Abend noch einmal durch den Kopf gehen lassen. Florian hat sich beim Gehen noch zwei Flaschen Gin geschnappt und Sabine Tonic Water. Hat so gewirkt, als wollten sie privat auf Bernhards Rechnung weiterfeiern. Oder eventuell auch ihren Frust hinunterspülen.«

»Frust hinunterspülen? Wie meinst du das?«

»Ach, unwichtig. Vergiss es, das war nur ein Gefühl. Ich wollte dich auch nicht lange stören, nur kurz nachfragen, ob du weißt, dass sie heute Nacht im Haus waren. Sie könnten etwas Verdächtiges gesehen haben, das euch bei den Ermittlungen hilft.«

»Auf jeden Fall. Danke für die Info. Und, Valerie …«

»Ja? … Wolltest du noch etwas sagen?«

Erwin schwieg eine Weile. Valerie konnte spüren, dass ihm das, was er ihr mitzuteilen hatte, unangenehm war. Sie stellte sich vor, wie er mit betretenem Gesichtsausdruck dastand und den Boden fixierte. Das hatte sie schon wiederholt an ihm beobachtet.

»Ich wollte dich nur bitten, in diesem Todesfall die gesamten Recherchen uns zu überlassen«, sagte er schließlich. »Viktor ist letztes Jahr vor Angst um dich fast verrückt geworden. Halt dich zu deiner eigenen Sicherheit aus der Geschichte raus, Valerie. Es reicht, wenn du für Sophie und Mayari da bist. Ist nicht böse gemeint. Ist nur das Beste für dich. Alles klar?«

»Botschaft angekommen, Erwin«, erwiderte Valerie überrumpelt. »Ich hab doch gar nicht … Ach, was soll's, du hast recht. Mach's gut.« Damit fuhr sie über den roten Hörer und beendete das Gespräch.

Gedankenverloren ließ sie die Hand sinken und sah in den Garten hinaus. Erwin hatte es gut gemeint, dessen war sie sich sicher. Dass sie seinem Wunsch Folge leisten würde, bezweifelte sie hingegen stark. Zu groß war ihre Wut auf den Mörder, als dass sie tatenlos zusehen konnte, wie er unter Umständen ungeschoren davonkam.

Sie nahm sich vor, mit Nora darüber zu sprechen. Die würde

ihr entweder den Kopf zurechtrücken und die Aktion abblasen oder aber einen Plan haben, wie sie mit ihren Recherchen beginnen konnten. Valerie brannte darauf, ihr von den Geschehnissen zu berichten.

Zu ihrem großen Unmut musste dieses Gespräch leider noch warten. Ungern wollte sie über ihre Pläne am Telefon diskutieren. Das war eine Sache, die nach persönlichem Austausch verlangte.

Um die Zeit schneller verstreichen zu lassen, wählte sie Viktors Nummer. Mit ihm zu reden würde sie ablenken.

Schon beim zweiten Läuten nahm er den Anruf an.

»Na endlich, mein Schatz. Ich hab mir solche Sorgen gemacht. Furchtbar, was passiert ist. Kann ich helfen? Soll ich kommen?« Viktor vergaß vor Aufregung, Valerie zu begrüßen.

Sie nahm es ihm nicht übel. Für alle waren die Ereignisse ein Schock. Mit einem Klick aktivierte sie die Lautsprecherfunktion, wie sie es immer machte, wenn sie länger telefonieren wollte. Neuerlich stand sie am Küchenfenster, damit sie nicht verpasste, wenn jemand von den Einsatzteams das Haus umrundete, um zum Tatort zu gelangen.

Ob der Mörder auch diesen Weg genommen hatte? Ob Bernhard ihn über die Terrassentür ins Haus gelassen hatte? Lästig wie Fliegen schlichen sich Fragen zur Tat in ihre Gedanken, ohne dass sie sie stoppen konnte.

»Valerie, bist du noch dran? Kannst du mich hören?«

Valerie musste sich erst die passenden Worte zurechtlegen. Von ihren Überlegungen bezüglich Mordermittlung durfte sie Viktor nichts verraten, er wäre alles andere als begeistert gewesen. Dass sie im letzten Jahr nur um ein Haar einer Tragödie entgangen war, hatte er nicht vergessen.

»Klar. Ich hab nur auf Lautsprecher gestellt«, erklärte sie ihre zeitliche Verzögerung. »Tun kannst du derzeit leider nichts. Aber zuhören kannst du, das hilft zumindest mir.«

»Das mach ich gern. Ich weiß ohnedies zu wenig. Nur, dass Bernhard ermordet worden ist. Das ist kaum zu fassen.«

Valerie räusperte sich. »Du sagst es. Unser Bernhard, der überall so beliebt war. Ich hab das Gefühl, als wäre ich im falschen Film gelandet. Aber leider ist es die Wahrheit. Sophie hat ihn heute Morgen im Wohnzimmer gefunden. Wie es aussieht, wurde er mit der Karaffe erschlagen, die er für seinen hausgemachten Zirbenschnaps benutzt hat.«

»Oh Gott!«, stöhnte Viktor. »Wie furchtbar.« Er klang ungewohnt emotional.

Da er nicht weitersprach, griff Valerie Viktors zweite Frage vom Anfang des Gesprächs auf. »Und weil du wissen wolltest, ob du kommen sollst: Ich wäre so froh, wenn du hier sein könntest, aber ich fürchte, das geht nicht. Die Polizei hat alles rund ums Gebäude abgeriegelt. Sophie und ich sind gerade in ihrer Wohnung und warten. Was als Nächstes passiert, weiß ich nicht. Egal, was ist, ich möchte Sophie nicht allein lassen. Das hab ich Kamon versprochen. Ich bleibe zumindest, bis er zurück ist.«

Es tat so gut, mit Viktor zu sprechen. Selbst über das Telefon hatte er eine besänftigende Wirkung auf Valerie. Sie entspannte sich ein wenig und fuhr dann mit ihrer Erzählung fort. Zwischendurch nippte sie an ihrem Kräutertee.

Viktor unterbrach sie nicht. Erst als sie fertig war, hakte er bei einem Punkt nach, der ihm wohl wichtig erschien.

»Und Bernhards Kinder haben sich bei Erwin wirklich nicht gemeldet? Das ist eigenartig, oder?«

»Ja und nein«, sagte sie. »Ich habe das Gefühl, dass die gestern noch ihre private Feier abgehalten haben. Obendrein wohnen sie in der Großstadt. Dort hören sie permanent irgendwelche Martinshörner. Unsereins auf dem Land wacht sofort auf und sitzt aufrecht im Bett. Die Städter aber nehmen das wahrscheinlich gar nicht mehr wahr.«

»Möglich, aber Erwin wird sie schon aus den Federn scheuchen. Daran habe ich keinen Zweifel. Das ist auch ermittlungsrelevant, denn die Gästeunterkünfte haben einen Balkon zur Parkplatzseite, vielleicht haben die vier am Abend bei ihrem

Gelage eine wichtige Beobachtung gemacht. Apropos Ermittlungen, ist die Kriminalpolizei schon eingetroffen?«

»Das kann ich dir nicht sagen. Von der Wohnung aus habe ich nur Sicht auf den hinteren Bereich des Gartens. Und ich habe nicht die ganze Zeit aus dem Fenster geschaut. Aber gut möglich, dass die Kripo nachher mit mir reden möchte. Sophie und ich waren ja die Ersten am Tatort.«

Allein bei der Erinnerung an Bernhards leblosen Körper und den Geruch nach Blut und Zirbe wurde ihr wieder übel. Die Minuten mit seiner Leiche würde sie unter Garantie nie vergessen.

»Ich nehme an, du wirst dortbleiben müssen, bis jemand Zeit für dich hat«, sagte Viktor. »Zu blöd, dass ich nicht zu euch darf. Du meldest dich aber, falls du etwas brauchst oder es Neuigkeiten gibt, gell? Wenn du willst, könnte ich dich nachher abholen.«

Valerie sah ihn im Geiste vor sich, wie er durchs Appartement tigerte. Bestimmt fiel ihm zu Hause die Decke auf den Kopf. Er war einer, der gern anderen half, was in der momentanen Situation nicht möglich und deshalb wohl nur schwer für ihn auszuhalten war. Was das anbelangte, waren sie sich sehr ähnlich.

Außerdem musste er sich wie jedes Jahr erst daran gewöhnen, wie es war, Urlaub zu haben. Nach der anstrengenden Wintersaison war der Begriff Freizeit ein Fremdwort für sie beide. Die gab es nämlich kaum. Nun aber waren die Gäste und Angestellten weg, Lea und Jakob waren dieses Wochenende nicht nach Bad Gastein gekommen, und Andi spielte ausgiebig mit seinem Lego. Wie sie Viktor einschätzte, wusste er gerade nicht viel mit sich anzufangen.

»Mal sehen, danke fürs Angebot«, antwortete sie und brachte noch etwas zur Sprache, was ihr Sorgen bereitete. »Hast du übrigens meinen Eltern und Leonore schon Bescheid gegeben? Wissen sie, was passiert ist?«

Einige Sekunden lang schwieg Viktor. »Offen gestanden

nicht«, sagte er dann. »Ich wollte erst mehr Details wissen und danach mit ihnen reden. Ist eh schon unangenehm genug, der Überbringer der schlechten Nachrichten zu sein. Leonore war ja viele Jahre mit Bernhard verheiratet. Ich weiß, das ist Ewigkeiten her, und ich vermute, sie hat ihn nie wirklich geliebt, aber sie ist unberechenbar und auch ohne Tragödie schon schwierig. Und deine Mutter ... na, die kennst du selbst am besten.«

Valerie seufzte. »Und ob. Das wird eine Katastrophe. Seit Opa damals bei dem Unfall in den Bergen umgekommen ist, kriegt sie die Krise, wenn eine Situation nur annähernd gefährlich sein könnte, und fällt in ihren Überbehütungsmodus. Aber trotzdem, Viktor, du musst es ihnen sagen. Und zwar so, dass du nicht zu viel verrätst. Meinen Eltern vertraue ich, aber Leonore kann ich nicht einschätzen. Nicht dass sie Details herumposaunt, die unter Täterwissen fallen. Das wäre blöd für die polizeilichen Ermittlungen. Dass er tot ist und alles auf ein Gewaltverbrechen hindeutet, solltest du ihnen aber unbedingt mitteilen. Ich denke, es ist besser, wenn sie es von uns erfahren und nicht von der Kripo oder dem örtlichen Buschfunk.«

»Schon gut, ich gehe sofort rüber zu ihnen. Verheimlichen können wir die Angelegenheit ohnehin nicht. Du kannst dich auf mich verlassen. Bis später, mein Schatz.«

Valerie legte nach dem Telefonat ihr Smartphone beiseite und stellte sich vor, wie Viktor sich auf den Weg zu ihren Eltern machte. Sie beneidete ihn nicht darum. Die Nachricht von Bernhards Tod würde nicht nur Leonore als seine Ex-Frau betroffen machen, sondern vor allem auch für ihre Eltern schlimm sein, da sie seit Jahrzehnten mit Bernhard befreundet gewesen waren. Ein Grund mehr für Valerie, tatkräftig dafür zu sorgen, dass derjenige, der für dieses Leid verantwortlich war, hinter Gitter kam.

SECHS

Mit Viktor zu reden hatte ihr gutgetan. Valerie fühlte sich ein wenig besser, schenkte sich Tee nach und öffnete sacht die Tür zum Wohnzimmer. Sophie schlief nach wie vor. Lautlos zog sie sich wieder in die Küche zurück, machte beide Flügel des Fensters auf und beugte sich ein Stück nach draußen, um besser sehen zu können.

Vorn an der rechten Ecke, wo die Terrasse vor dem Wohnzimmer, das nach hinten versetzt war, begann, entdeckte sie eine weiß vermummte Gestalt. Die Leute der Tatortgruppe waren folglich an der Arbeit. Sie schloss daraus, dass auch die Kriminalbeamten eingetroffen waren. Gespannt war sie, wer nach dieser Tat die Ermittlungen übernehmen würde. Dr. Siebert konnte es schlecht sein, dessen war sie sich nach den Ereignissen des Vorjahres gewiss. Aber eventuell Dorothea Oswald, seine damalige Assistentin.

Mit ihr hatte sie sich gut verstanden, und mittlerweile war sie zu einer gern gesehenen Bekannten geworden, hatte sie doch im Winter an ihren freien Tagen wiederholt für ein oder zwei Nächte im Hotel eingecheckt, um die Skipisten rund um den Ort zu genießen. Die Chemie zwischen Valerie, Nora und ihr hatte von Anfang an gestimmt, und als alleinstehende Frau mit stressigem Job hatte sie beschlossen, sich des Öfteren eine Auszeit im Gasteiner Tal zu gönnen.

»Viel besser, als allein zu Hause rumzusitzen und auf die nächste Leiche zu warten.« So oder so ähnlich hatte sie es formuliert, als sie erstmals privat ins Grand Hotel gekommen war.

Valerie bedauerte, dass sie aufgrund des Mauervorsprungs nicht im Sichtfeld hatte, was rund um Bernhards Wohnzimmer vor sich ging. Auch der Typ im weißen Schutzanzug war wieder verschwunden. Sie lehnte sich noch weiter aus dem Fenster und klammerte sich am Rahmen fest. Ihre Mutter würde einen Anfall bekommen, könnte sie sie sehen.

»Oh Gott, Valerie! Was machst du da?«, erscholl just in diesem Augenblick eine Stimme direkt unter ihr.

Erschrocken ließ Valerie den Rahmen los und hätte um ein Haar das Gleichgewicht verloren. Sie konnte sich gerade noch an der äußeren Fensterbank mit einer Hand abstützen und einen unglücklichen Sturz aus dem ersten Stock verhindern. Nach Atem ringend richtete sie sich auf und lugte nach draußen. Ihre Knie schlotterten gehörig.

Mit schreckgeweiteten Augen stand Dorothea Oswald auf dem Weg unter dem Fenster. »Um Himmels willen, Valerie. Mir ist schier das Herz stehen geblieben. Hat dir deine Mutter nie beigebracht, dass man sich nicht so weit hinauslehnen sollte?«

Pochenden Herzens antwortete Valerie: »Doch, das hat sie, allzu oft sogar. Das hab ich quasi täglich gehört, aber du kennst mich doch inzwischen. Es macht mich krank, dass ich herinnen in der Wohnung sitzen muss und nichts davon mitbekomme, was da drüben passiert. Hast du schon mit Erwin gesprochen? Seit wann bist du denn da? Sind Bernhards Kinder informiert?«

»Schalte bitte einen Gang zurück, Valerie, sonst hyperventilierst du noch und fällst erst recht aus dem Fenster. Wie wäre es, wenn du mich hineinlässt und wir wie zivilisierte Leute miteinander reden? Ich krieg noch einen steifen Nacken, wenn ich zu dir hochschauen muss.«

»Das kann ich nicht riskieren. Komm rauf, ich hab eh so viele Fragen an dich.«

Dorothea runzelte die Stirn. »Fragen? Die hab ich auch. Immerhin muss ich dich ganz offiziell als Zeugin vernehmen. Genau wie die jüngste Tochter des Opfers … Ihr Name ist …«

»Sophie. Sie heißt Sophie Lederer, aber sie schläft gerade. Sei deswegen bitte leise beim Hereinkommen. Sie hat vorhin vom Notarzt ein Beruhigungsmittel verabreicht bekommen.

Dass sie Bernhard verloren hat, noch dazu auf diese entsetzliche Weise, ist furchtbar für sie. Die beiden waren immer füreinander da ... Aber was erzähl ich dir das am Fenster? Geh um die Ecke und die Außentreppe in den ersten Stock rauf. Ich schleiche mich an Sophie vorbei und öffne dir.«

»Schieß los, wie lange bist du schon da?« Valerie reichte Dorothea eine Tasse Earl Grey, die sie extra für sie aufgebrüht hatte, und rückte sich einen Stuhl zurecht.

Dorothea antwortete mit einer Gegenfrage: »Valerie, soweit ich weiß, bist du eingefleischter Krimifan, oder?«

Valerie bejahte verblüfft und setzte sich Dorothea gegenüber.

»Folglich ist dir durchaus bewusst, dass *ich* es bin, die die Fragen stellt.«

Betreten sah Valerie auf die Blumen am Tisch. »Ja, schon, aber ich hab doch ... na ja, ich kann mich doch nur schwer im Zaum halten. Das weißt du.«

»Und genau das ist das Problem. Ich weiß es, und ich habe auch noch bestens in Erinnerung, wie das mit deinen Fragen im letzten Jahr gewesen ist. Du hast damit den Mörder auf den Plan gerufen. Dass die Angelegenheit daraufhin brenzlig für dich wurde, daran brauche ich dich nicht zu erinnern. Deine Neugierde hat dich in Teufels Küche gebracht. Deshalb mache ich dir einen Vorschlag.«

Interessiert sah Valerie sie an. »Einen Vorschlag? Welchen denn?«

»Dazu muss ich ausholen.« Dorothea nahm einen Schluck Tee, dann sprach sie weiter: »Wie du weißt, musste Dr. Siebert nach den Ereignissen, die du an vorderster Front miterlebt hast, den Polizeidienst quittieren. Seither habe ich meine Ausbildung zur Kriminalpolizistin abgeschlossen und bin seine Nachfolgerin geworden. Leider sind wir aber aus verschiedenen Gründen personell eng aufgestellt. Es konnte kein zweiter Beamter mitkommen. In Bad Gastein hat sich bei den letzten

Ermittlungen euer Erwin Steininger löblich hervorgetan, und infolgedessen hat ihn das Landeskriminalamt gebeten, mich in diesem Mordfall tatkräftig zu unterstützen. Damals war er nur bedingt in die Untersuchung eingebunden. Nur dort, wo wir es aufgrund seiner Ortskenntnis für nötig erachtet haben. Im Fall Bernhard Lederers ist er höchst offiziell mit der Aufgabe betraut, mir zu helfen.«

»Das freut mich für dich und für ihn. Ich kann mir euch gut als Team vorstellen. Ich verstehe aber nicht, was das mit mir zu tun hat.«

»Hm, wie sag ich das am besten …?« Dorothea stützte die Ellbogen auf den Tisch und verschränkte die Hände. »Du bist aus meiner Sicht ein Spezialfall, weil du viel Wissen über die Leute in der Gegend hast, viel mehr noch als Erwin Steininger, weil Männer manches Zwischenmenschliche nicht auf die gleiche Art wahrnehmen wie Frauen. Dazu fehlen ihnen die feinen Antennen, würde ich sagen. Die weibliche Intuition ist nicht zu unterschätzen. Viele Verbrechen sind auf schwelende Konflikte zurückzuführen, die spürbar sind, aber oft nicht offen zutage treten. Männer bekommen das häufig gar nicht mit.«

Valerie bestätigte das, sie empfand es ähnlich. Aber worauf Dorothea hinauswollte, konnte sie sich noch immer nicht zusammenreimen. »Komm schon auf den Punkt, Dorothea. Welchen Vorschlag hast du für mich?«

»Nun, ich möchte dir anbieten, dich bis zu einem gewissen Grad in die Ermittlungen mit einzubringen.«

Valerie lehnte sich abrupt nach hinten. Sie war positiv überrascht, aber auch skeptisch. »Bis zu einem gewissen Grad? Was meinst du damit?«

»Das bedeutet, dass ich deine Hilfe bei der Suche nach dem Motiv brauche. Das ist dein Part. Du machst dir eingehend Gedanken darüber, wer aus welchem Grund Bernhard Lederer ermordet haben könnte. Die Familienverhältnisse zum Beispiel kennt Erwin Steininger bei Weitem nicht so gut wie du.

Auch auf dem Fest war er nicht dabei. Er und ich gehen den Hinweisen, die du uns gibst, sorgfältig nach. Das verspreche ich. Es mag ein wenig dauern, aber dafür informiere ich dich als Erste, wenn wir wissen, wer der Täter ist.«

Valerie antwortete nicht sofort. Bei genauer Betrachtung des Vorschlags wurde sie das dumpfe Gefühl nicht los, dass Dorothea ihr durch die Blume hatte sagen wollen, dass die konkrete Ermittlungsarbeit nur Erwin und sie erledigen würden. Wie richtig sie damit lag, zeigte sich, als Dorothea erneut zu sprechen anfing.

»Es gibt nur eine Bedingung.«

Valerie sah sie an. »Ich wusste, dass die Sache einen Haken hat.« Sie war enttäuscht, erkannte aber, wie wichtig Dorothea die Angelegenheit war. Und sie spürte instinktiv, worauf es hinauslaufen würde.

»Dein Aufgabenbereich ist klar definiert, Valerie. Du bist unsere Beraterin im Vorfeld oder auch zwischendurch, wenn wir dich brauchen. Nicht mehr und nicht weniger. Nora und du, ihr haltet euch ansonsten raus aus der Sache. Kein Ermitteln auf eigene Faust. Letztes Jahr hattest du mehr Glück als Verstand, wenn ich es salopp ausdrücken darf. Ich würde es mir nie verzeihen, wenn eine von euch in Gefahr geraten würde. Ich bitte dich inständig, keine inoffiziellen Befragungen durchzuführen, niemanden zu beschatten oder in die Enge zu treiben. Es geht rein um Insiderinformationen über die Leute, die als Täter in Frage kommen. Können wir uns darauf einigen?«

Just in die Stille hinein, die im Gespräch eben zu entstehen drohte, hörte Valerie nebenan Sophie nach ihr rufen. Rettung im passenden Augenblick. Das verschaffte ihr die Möglichkeit, auf Dorotheas Frage nicht deutlich mit Ja oder Nein antworten zu müssen.

Eilig sprang sie vom Stuhl hoch und machte sich auf den Weg ins Wohnzimmer. »Das hört sich doch gut an«, rief sie Dorothea über die Schulter zu. »Obwohl ich nicht versprechen kann, dass ich wirklich so viel mehr weiß als Erwin. Aber ich werde mir Mühe geben.«

Sie war stolz auf sich. Das wirkte wie eine Einwilligung in Dorotheas Deal, zu deren Bedingungen. In Wahrheit ließ ihre Antwort ihr aber einen kleinen Ermessensspielraum, falls sie mit Nora eigene Recherchen anstellen würde. Ausdrücklich Ja gesagt hatte sie nicht. Sie wusste, dass das kindische Haarspalterei war. Dennoch konnte sie nicht aus ihrer Haut. Sie war ein Mensch, der zu seinem Wort stand. Konkrete Lügen waren nicht ihr Ding, mit vagen Ausflüchten konnte sie hingegen leben, wenn es denn erforderlich war.

Was folgte, war schwierig für alle drei Frauen. Dorothea musste Sophie befragen. Obwohl sie feinfühlig vorging, kam sie nicht umhin, Sophie die verstörenden Vorkommnisse am Morgen noch einmal gedanklich durchleben zu lassen.

Dankend nahm Sophie den Kräutertee an, den ihr Valerie zubereitet hatte. Es wirkte, als würde sie sich an der Tasse festhalten. Krampfhaft umschlang sie sie mit zitternden Händen. Zwischendurch liefen ihr Tränen übers Gesicht.

Dorotheas Angebot, einen Arzt oder jemanden vom Kriseninterventionsteam kommen zu lassen, lehnte sie ab. Psychologische Betreuung war nach traumatisierenden Erlebnissen üblich, Sophie wollte sie aber nicht. Stattdessen tastete sie nach Valeries Hand, die ihr ihrerseits mit sanftem Druck zu verstehen gab, dass sie für sie da war. Auch Kamons Rückkehr konnte Sophie kaum erwarten. Valeries Telefonat mit ihm war eine ganze Weile her. Ihrer Schätzung nach sollte er bald mit Mayari zu Hause sein.

Wie auf ein Stichwort vernahm sie das Geräusch des Schlüssels im Schloss der Wohnungstür.

»Wir sind in der Küche!« Sophie schob den Stuhl zurück, lief Kamon entgegen und stürzte sich in seine Arme, während Valerie Mayari in die ihrigen schloss. Die zarte Frau schien um Jahre gealtert. Tränenspuren auf ihren Wangen zeigten, wie sie die Fahrt nach Hause zugebracht hatte.

Unbändiges Mitgefühl überkam Valerie. Dass sich das Leben von einem Tag auf den anderen so massiv verändern konnte, war bedrückend. Am Vorabend noch der Heiratsantrag und die Aussicht auf ein Leben als Ehepaar und tags darauf der Verlust des geliebten Menschen. Schlimmer ging es nicht.

Trotz der belastenden Umstände erklärten sich Kamon und Mayari sofort bereit, die dringendsten Fragen zu beantworten. Dorothea wollte in erster Linie wissen, ob die beiden bei ihrem Aufbruch frühmorgens etwas Auffälliges beobachtet hatten. Leider nein. Sie waren niemandem begegnet, und Bernhard wollten sie nach der Feier ausschlafen lassen, hatten folglich nicht bei ihm vorbeigeschaut.

Dorothea bedankte sich, kündigte für später weitere Fragen an und versprach, sie auf dem Laufenden zu halten. An der Wohnungstür, zu der Valerie sie noch begleitete, verharrte sie einen Moment. Ihr war anzumerken, dass ihr die Ereignisse bei aller Professionalität naheginge. Gespräche mit den Hinterbliebenen von Mordopfern waren wohl auch für sie belastend. Dieser Job erforderte es, sowohl feinfühlig als auch dickhäutig zu sein. Keine leichte Aufgabe, wie Valerie fand. Dorotheas nächste Worte bestätigten das.

»Heute Morgen, als ich von Erwin erfahren habe, dass du eine der Ersten am Tatort warst, Valerie, hat mich fast der Schlag getroffen. Die Ereignisse vom letzten Jahr stecken mir noch in den Knochen. Aber nach dem Gespräch eben bin ich froh, dass du wieder mitten im Geschehen bist. Ich spüre, dass du Sophie und Mayari guttust. Schön, dass du dich ein wenig um sie kümmerst.«

Valerie war gerührt. »Lieb von dir, dass du das sagst. Ich stehe ihnen auf jeden Fall zur Seite.«

Dorothea hob den Zeigefinger. »Zur Erinnerung: nur kümmern, nicht ermitteln, Valerie. Das überlässt du uns.«

Nicht schon wieder. Valerie hegte den Verdacht, dass sie das in den nächsten Tagen noch öfter hören würde. Geschickt lenkte sie ab. »Warst du übrigens schon bei Sabine und Florian?«

Dorothea kniff die Lippen zusammen. »Nein, dorthin gehe ich als Nächstes. Erwin musste die Herrschaften vorhin aufwecken. Die beiden Geschwister waren zu derangiert für eine Befragung. Mal sehen, ob sie jetzt in der Lage sind, mir Rede und Antwort zu stehen. Sie könnten wichtige Zeugen sein.« Sie hob die Hand zum Gruß. »Du hörst von mir.« Dann war sie verschwunden, und Valerie ging wieder zu den anderen.

Bald schon hatte sie das Gefühl, nicht mehr gebraucht zu werden. Kamon schien alles im Griff zu haben. Ein Glück, dass Sophie und Mayari ihn an ihrer Seite hatten. Er war ein patenter junger Mann, der mit beiden Beinen im Leben stand. In Bad Hofgastein hatte er die Tourismusschule absolviert, war dann einige Jahre durch die Welt getingelt, um in den verschiedensten Hotels und Restaurants zu arbeiten, bis es ihn wieder nach Hause ins Gasteiner Tal getrieben hatte. Seither war er aus Bernhards Team nicht mehr wegzudenken. Auf ihn war Verlass. Das wusste Valerie. Und so konnte sie mit ruhigem Gewissen zu ihrer eigenen Familie ins Grand Hotel zurückkehren.

Viktors Angebot, sie abzuholen, hatte sie nicht angenommen, weil sie das Bedürfnis nach frischer Luft und Bewegung hatte. Diese Kombination half ihr oft, wenn sie ihre Gedanken ordnen wollte. Und das war dringend nötig. Zu vieles gab es zu überdenken.

Im Geiste ließ sie die letzten Begegnungen mit Bernhard erneut an sich vorüberziehen. Sie wurde nach wie vor das Gefühl nicht los, dass der Täter entweder im Gemeindesaal oder bei der Feier dabei gewesen war. Bei beiden Gelegenheiten hatte es Menschen gegeben, die ein Motiv gehabt hätten. Der Kreis der Verdächtigen stand immer deutlicher vor ihrem inneren Auge. Doch wer von ihnen war tatsächlich der Täter?

SIEBEN

»Aber Frau Grafenstein, das macht doch keinen Sinn, bleiben Sie lieber im Hotel. Hans, sag doch bitte auch was. Du kennst sie viel länger als ich.«

Es war eindeutig Viktor, der sprach.

Schon beim Betreten des Gebäudes war die Spannung in der Lobby zu spüren. Die Antwort ihres Vaters wurde durch unverständliches weibliches Gezeter übertönt, in dem eine Mischung aus Unmut und Verzweiflung mitschwang. Worum auch immer es ging, Leonore Grafenstein war unverkennbar anderer Meinung.

Valerie streifte sich am Eingang den Schmutz von den Schuhen und scannte den Raum. Sie sah Viktor, ihre Eltern und Leonore in der Nähe des Lifts stehen. Letztere trug ein graues Kostüm, dazu schwarze Handschuhe und eine vermutlich teure, aber aus Valeries Sicht geschmacklose Halskette. Ein untypisches Outfit für untertags. In den Bergen waren die meisten eher praktisch gekleidet. Einzig das Schuhwerk schien überraschend vernünftig zu sein. Eine Art Ballerina mit schwarzer Schleife vorn drauf. Das war zwar nicht optimal, aber besser für den Ort geeignet als die Stöckelschuhe, die sie bei der Feier getragen hatte.

Allem Anschein nach war Leonore im Begriff auszugehen – nicht aber abzureisen. Zu Valeries Enttäuschung war nirgendwo das viele Gepäck zu sehen. Sie wäre unendlich froh gewesen, sie wieder loszuwerden.

Entschlossen ging sie auf die Gruppe zu. Sie begrüßte Leonore höflich, aber ohne ihr die Hand zu reichen – die Zurückweisung vom Vorabend hatte sie eines Besseren belehrt. Dann umarmte sie ihre Eltern, küsste Viktor auf die Wange und blieb an seiner Seite stehen. »Kann ich euch behilflich sein?«, fragte sie in die Runde.

»Frau Grafenstein möchte zum ›Schnitzelwirt‹ gehen und nach dem Rechten sehen. Ich habe ihr erklärt, dass es dort nichts für sie zu tun gibt, aber sie will mir nicht glauben und beharrt auf ihrem Wunsch.« Viktor klang gestresst.

Valerie konnte sein Dilemma nachvollziehen. Weder die Polizei noch Sophie, Mayari oder Kamon würden sich darüber freuen, die ältere Dame mit ihrer anstrengenden Art um sich zu haben. Möglicherweise Sabine und Florian, die ihrer Mutter näherstanden, aber auch da war Valerie skeptisch, wenn sie an das Geburtstagsfest und die Reaktion der Geschwister auf Leonores Erscheinen dachte. Das Beste war wohl ein Kalmierungsversuch.

»Schauen Sie, Frau Grafenstein. Ich verstehe Ihren Wunsch, angesichts der Vorkommnisse zu Ihren Kindern zu gehen, um ihnen beizustehen, aber leider ist das nicht möglich. Das gesamte Areal ist abgeriegelt, die Tatortgruppe arbeitet auf Hochtouren, damit sie jede noch so kleine Spur findet, die auf den Täter hinweisen könnte. Sie müssen sich gedulden. Es ist zu früh. Setzen Sie sich lieber auf die Terrasse, das ist Balsam für die Seele, glauben Sie mir.«

Wie am Vorabend musterte Leonore Grafenstein sie eingehend. Schmerzlich wurde Valerie bewusst, dass sie in der sportlichen Kleidung, die sie am Morgen gewählt hatte, kaum den Vorstellungen Leonores von einer erfolgreichen Hotelbesitzerin entsprach. Ihre mittellangen Haare hatte sie zu einem Knoten zusammengebunden, und im Gegensatz zu ihrem Gast war sie ungeschminkt.

Leonore betrachtete abschätzig Valeries Turnschuhe und rümpfte merklich die Nase. »Frau Thaller, Sie glauben doch nicht ernsthaft, dass mich Ihre Einschätzung interessiert«, zischte sie, ohne ihr ins Gesicht zu sehen. Das Wort »Ihre« hatte sie extra betont. »Ich mag alt und nicht mehr so fit sein, aber ich entscheide immer noch selbst, was ich zu tun oder zu lassen habe. Und auf Ihre Terrasse kann ich verzichten. Schon vergessen? Ich habe gestern erwähnt, dass ich diesen Ort nicht mag – und schon gar nicht den Lärm, den dieser vermaledeite Wasserfall von sich gibt.«

Valerie war baff. Höflichkeit war eine Tugend, die an Leonore zur Gänze vorübergegangen war.

Noch erstaunter war sie wenige Sekunden später. Von einem Augenblick auf den anderen hatte sich Leonores Miene verändert. Hatte sie zuvor blasiert und unhöflich ausgesehen, spiegelte sich nun tiefe Trauer in ihren Gesichtszügen.

Aus ihrer Handtasche – selbstredend von einer exklusiven Marke – angelte sie ein roséfarbenes Stofftaschentuch und betupfte sich die Augen, in denen Tränen standen. Mit zittrigen Mundwinkeln sagte sie an Valeries Mutter gewandt: »Maria, ich muss da hinauf. Nicht wegen der Kinder, sondern wegen Bernhard. Vielleicht kann ich ihm helfen, er war doch mein Mann. Ich will zu ihm, will ihn sehen. Er kann nicht tot sein. Wer würde denn Bernhard ermorden? Alle mochten ihn doch.« Sie hielt das Tuch vors Gesicht und sah zu Boden.

Valerie nahm wahr, dass Leonores Schultern unter dem Kostüm zuckten. Sie schien wahrhaftig tief erschüttert zu sein. Nur hatte sie die volle Tragweite des Geschehens wohl noch nicht erfasst.

Maria nahm sie in den Arm und strich ihr über den Rücken. »Ich verstehe dich gut, Leonore. Mir fällt es auch schwer zu begreifen, was passiert ist. Aber du kannst Bernhard nicht helfen. Es ist zu spät. Der Arzt hat seinen Tod festgestellt, daran ist nicht zu rütteln, und auch du kannst ihn nicht mehr zum Leben erwecken.«

»Aber … aber das geht nicht«, jammerte Leonore. »Ich wollte ihn doch zurück, deshalb bin ich ja hierhergekommen. Es war ein Fehler zu gehen, der größte Fehler meines Lebens.« In der Tat wirkte sie wie ein Häuflein Elend, ihr Schluchzen wurde immer stärker.

Maria führte sie zu einer Bank im Loungebereich, auf der sie sich mit ihr niederließ.

Hans, Viktor und Valerie waren sprachlos. Weder verstanden sie Leonores wankelmütiges Verhalten, noch hätten sie je im Traum daran gedacht, dass sie die Trennung von Bernhard bereuen könnte. Nun ergab es Sinn, warum sie uneingeladen beim Fest aufgetaucht war. Blieb nur die Frage nach ihrem Wiener Ehemann. Der vor Geld strotzende Rechtsanwalt aus angesehener Familie würde es definitiv nicht gutheißen, dass seine langjährige Gattin ihrem Ex-Mann nachtrauerte.

Das kann noch heiter werden, dachte Valerie. Das Beste wäre, Leonore würde schleunigst wieder zu ihm nach Wien reisen, ehe er von ihren Plänen, zu Bernhard zurückzukehren, erfuhr. Der Traum von einer gemeinsamen Zukunft mit Bernhard war nach dessen Ableben ohnehin nicht mehr realisierbar. Außerdem hätte Bernhard Leonore nie im Leben eine zweite Chance gegeben, selbst wenn er ungebunden gewesen wäre. Davon war Valerie überzeugt.

Seufzend wandte sie sich an Viktor und ihren Vater. »Kommt ihr mit ins Appartement auf einen Kaffee? Dann können wir ungestört reden. Mama ist bei Leonore, und ich denke, für beide ist es besser, wenn wir ihnen die Details ersparen, oder?«

Viktor und Hans stimmten unisono zu, und Valerie betätigte den Liftknopf. Sie lechzte förmlich nach einem doppelten Espresso und Schokolade, am besten selbst gemachte Pralinen, denn die halfen in den meisten Lebenssituationen. Zuverlässige Nervennahrung vom Feinsten.

Die routinierten Handgriffe an der Kaffeemaschine senkten Valeries Stresslevel merklich. Sie füllte den Siebträger mit frisch gemahlenem Pulver, verteilte es gleichmäßig darin, verdichtete es mit dem Tamper und spannte dann den Träger ein. Das Geräusch des mit Druck durch das Gerät fließenden Wassers, gepaart mit dem aromatischen Duft des Kaffees, der sich unausweichlich im Raum verbreitete, löste Valeries Anspannung zusätzlich.

Viktor und ihr Vater gaben ihr Zeit. Sie drängten sie nicht, zu berichten. Aus Erfahrung wussten sie, dass sie erst beginnen würde, sobald sie eine Tasse Tee oder Kaffee in den Händen hielt und entweder eine Mehlspeise oder Schokolade vor sich stehen hatte.

Auf die Torten, die von Bernhards Geburtstagsfest übrig waren, verspürte Valerie keinerlei Lust. Pietätlos wäre es ihr erschienen, sie zu essen. Es gab nichts mehr zu feiern, und sie würde sie entsorgen müssen. Zu stark erinnerten sie an das Unglück, das direkt auf die Feier gefolgt war.

In der derzeitigen Lage brauchte sie unbedingt hochdosierte Schokolade, denn nur die wirkte bei ihr Wunder, wenn sie mit den Nerven am Ende war. Aus dem unbeheizten Abstellraum neben der Küche holte sie einen der Glasbehälter, in denen sie ihre Kreationen aufbewahrte, und war heilfroh, dass sie sich trotz des Kuchenbackens für das Fest am Donnerstagabend noch die Zeit genommen hatte, frische Pralinen herzustellen. Sie wären als kleines Highlight zu späterer Stunde geplant gewesen, doch der Hagel hatte ihnen einen Strich durch die Rechnung gemacht und den Abend viel zu früh beendet.

Einladend hielt sie den beiden Männern die Dose hin, bevor sie selbst den Inhalt überflog und ihre Entscheidung traf. Viktor und ihr Vater wählten jeder eine Kaffeepraline. Sie dagegen nahm sich eine Kokospraline, die aufgrund des hohen Kakaoanteils die richtige sein würde. Genussvoll biss sie hinein, ließ die weiche Fülle langsam im Mund zergehen, damit die unterschiedlichen Aromen ihre Wirkung entfalten konnten, und spürte dem Hauch von Vanille nach, den sie besonders liebte. Nun fühlte sie sich für ihren Bericht gewappnet.

Viktor und ihr Vater hörten aufmerksam zu. Ihre Gesichter wurden immer betroffener.

»Meine Güte, ist das alles schrecklich. Ich kann es noch immer nicht glauben. Gestern Abend hat er sich noch so über den geglückten Heiratsantrag gefreut, dass er mich gefragt hat, ob ich sein Trauzeuge werden möchte.« Hans schüttelte traurig den Kopf. »Ich hab ihm zugesagt. Besiegelt haben wir das Ganze mit einem Zirbenschnapserl, wie sich das in Bad

Gastein gehört. Die Hochzeit hatte er für Oktober geplant, und ich hab ihn eingeladen, uns im Anschluss daran auf Teneriffa zu besuchen, zur Hochzeitsreise sozusagen. Er hat fast Luftsprünge gemacht auf seine alten Jahre. Alles schien perfekt. Und heute …« Der Satz blieb unvollendet.

Valerie beobachtete, wie ihr Vater schluckte und seine blauen Augen von einem Schleier überzogen wurden. Auch er hatte mit Bernhards Tod einen großen Verlust erlitten. Er hatte seinen besten Freund verloren.

Ihrerseits mit den Tränen kämpfend, langte sie über den Tisch nach Hans' Hand und hielt sie in ihrer. Das Leben konnte wahrlich ungerecht sein.

Viktor hatte sich aus dem Gespräch ausgeklinkt. Er drehte unruhig Runden um den Küchentisch und schien geistig abwesend zu sein. Irgendetwas brannte ihm auf der Seele, das spürte Valerie. Seine geballten Fäuste verstärkten diesen Eindruck nur noch mehr.

Beim Vorübergehen hielt sie ihn am Arm zurück. »Was ist los, Viktor? Ich sehe an deinem Gesicht, dass es nicht nur die Sache mit Bernhard ist, die dich aufreibt.«

Viktor blieb abrupt stehen und warf ärgerlich die Hände in die Luft. »Das fragst du noch? Ich denke, du müsstest das am besten wissen. Ich hab das Gefühl, ein Déjà-vu zu erleben. Wieder gibt es einen Mord in Bad Gastein, und du bist von Beginn an involviert. Was meinst du denn, wie ich mich fühle? Ich habe Angst, und zwar eine Heidenangst, dass du dich wieder einmischst und dir was passiert. Damals hast du meine Warnungen samt und sonders in den Wind geschlagen und frisch und fröhlich ermittelt. Wie das abgelaufen ist, muss ich dir nicht sagen.«

Valerie starrte betreten zu Boden. Kraftlos legte sie die Hände in den Schoß. Sie wusste natürlich, wovon Viktor sprach, und sie konnte ihm nichts entgegenhalten. Bei den Recherchen, die sie nach dem letzten Mordfall mit Nora angestellt hatte, hatte sie sich in große Gefahr begeben, und es war nur Viktors Aufmerksamkeit zu verdanken gewesen, dass sie noch unter den Lebenden weilte. Die Vorstellung, dass sich alles in ähnlicher Form wiederholen würde, musste schrecklich für ihn sein.

Wie konnte sie glaubhaft seine Zweifel ausräumen und ihm zu verstehen geben, dass er sich im aktuellen Fall keine Sorgen machen musste, wenn sie doch tatsächlich mit dem Gedanken spielte, Nachforschungen anzustellen? Nicht so waghalsig wie seinerzeit, aber immerhin. Sie wollte aktuell nichts ausschließen.

Auf die Schnelle hatte sie keine Ahnung, wie sie auf seine Worte reagieren sollte. Sie versuchte, alles aus der Außenperspektive zu betrachten. Dafür bemühte sie ein Klischee, das sie in Filmen häufig gesehen hatte. Das Engelchen und das Teufelchen, beide jeweils auf einer Schulter sitzend, im Gespräch. Das Engelchen auf der rechten Seite flüsterte ihr ins Ohr, dass sie sich zu ihrem eigenen Schutz nicht in die Arbeit der Polizei einmischen solle, wohingegen der kleine verführerische Teufel auf der linken ihr einredete, dass sie es Bernhard, Sophie und Mayari schuldig sei, den Mörder ehestmöglich zu stellen, koste es, was es wolle.

Sie verscheuchte das innere Bild und beschloss, vorerst den Weg der goldenen Mitte zu wählen. Anlügen konnte sie sowieso niemanden, schon gar nicht Viktor. Kleine Details zu verschweigen war eine andere Sache. Das wäre unter Umständen vertretbar, beschloss sie. Das Beste würde sein, Viktor in Sicherheit zu wiegen. Zumindest war es einen Versuch wert.

Sie stand auf, um den Tisch abzuräumen. Das verschaffte ihr die Möglichkeit, beim Sprechen nicht direkt Augenkontakt aufnehmen zu müssen. So machte sie es jedes Mal. Feig von ihr, aber hilfreich.

»Nein, du musst mir nicht sagen, wie das hätte ausgehen können. Das weiß ich selbst am besten. Du glaubst doch nicht ernstlich, ich wäre scharf darauf, noch einmal in eine ähnlich gefährliche Lage zu schlittern, oder? Absolut nicht. Übrigens bist du nicht der Erste, der mir das heute gesagt hat.«

Viktor stieß einen erstaunten Laut aus, während Valerie mit dem Rücken zu ihm die leeren Tassen in den Geschirrspüler räumte.

»Erwin und Dorothea haben mich auch ins Gebet genommen und mich davor gewarnt, wieder Detektivin zu spielen. Und ich denke, ihr habt alle recht. Ich werde auf Dorotheas Vorschlag eingehen, das wird das Beste sein.«

Nun war auch Hans neugierig geworden. »Dorothea Oswald hat dir einen Vorschlag gemacht? Welchen denn, Liebes?« Er klang überrascht.

»Ich soll ihr helfen.«

Bestürzte Gesichter sahen ihr entgegen, weshalb sie postwendend eine Erklärung hinterherschob. »Ich soll sie mit Informationen zu den Leuten aus der Gegend unterstützen. Ich kenne doch jeden, und sie weiß, dass ich ein gutes Gespür dafür habe, zwischen welchen Leuten es Spannungen gibt. Ich soll als eine Art Beraterin fungieren, darf aber nicht eigenmächtig ermitteln.« Sie biss sich auf die Lippen. »Dorothea wird mich im Auge behalten, Viktor. Du musst dir demnach keine Sorgen machen und kannst es dir sparen, mich zu überwachen. Sollte ich nur ansatzweise eigenmächtig handeln, werden Erwin oder sie mir auf die Finger klopfen.«

Viktors Anspannung löste sich sichtbar. Zumindest für den Moment hatte sie ihn überzeugt. Doch weshalb, verdammt noch mal, fühlte sich dieses Gespräch falsch an? Ihre Hände schwitzten, sie vermochte es nicht, Viktor ins Gesicht zu sehen, und das Adrenalin, das durch ihren Körper rauschte, war mit jeder Faser zu spüren. Sie musste sich eingestehen, dass sie selbst nicht an das glaubte, was sie ihm hatte weismachen wollen.

Im letzten Jahr hatte sie im Zuge des Mordfalls eine völlig neue Seite an sich entdeckt, eine mutige Seite, eine, die das Leben nicht nur passiv über sich ergehen lassen, sondern es mitgestalten wollte. Sie hatte sich in ungekanntem Maße lebendig gefühlt. Ihre Ermittlungen damals waren nicht unbedingt freiwillig gewesen, vielmehr waren sie aus der Not geboren worden. Aber das Gefühl, ihre Ängste zu überwinden und über sich hinauszuwachsen, hatte sie unfassbar genossen. Diese mutige Seite wollte sie wieder spüren, definitiv.

Sie schluckte schuldbewusst.

Viktor trat einen Schritt auf sie zu, um sie in die Arme zu nehmen. Schon immer hatte sie sich dort, mit dem Kopf in seiner Halsbeuge und seinem unverwechselbaren herb-männlichen Geruch, geborgen gefühlt. Seine Wärme und Ruhe wirkten stets Wunder und gaben ihr Sicherheit.

In der Hoffnung, dass alles gut werden würde, schmiegte sie sich an ihn und versuchte, Kraft zu tanken, die dringend nötig war. Wer wusste schon, was die nächsten Tage mit sich brachten.

ACHT

»Nora, endlich!« Valerie stürmte an ihrer Freundin vorbei in deren Wohnung und drückte sie innig, nachdem diese sichtlich überrumpelt die Tür geschlossen hatte.

Sie und Nora waren von Kindesbeinen an Seelenverwandte und unzertrennlich. Sie hatten alle Höhen und Tiefen des Lebens miteinander durchgestanden, und das trotz ihrer unterschiedlichen Persönlichkeiten. Valerie war von Haus aus ein umsichtiger, gefühlsbetonter Mensch mit einem ausgeprägten Gespür für andere und deren Nöte, der liebend gern in der Gastgeberrolle aufging und alle rund um sich verwöhnte, wohingegen Nora, Volksschullehrerin in Bad Gastein, eher der logisch denkende Typ war. Ging es darum, Pläne zu schmieden, hatte sie in bester Lehrerinnenmanier Block, Stift und Textmarker parat und ordnete die nötigen Handlungsschritte längst auf einer Liste, während Valerie gedanklich noch am ersten Punkt hängen blieb.

Durch diesen Kontrast ergänzten sie sich perfekt. Das hatte sich auch bei den Geschehnissen im Vorjahr gezeigt. Nur dieser einzigartigen Kombination ihrer Talente hatten sie es zu verdanken gehabt, dass sie den Mörder letzten Endes entlarvt hatten.

Auch der Zufall hatte wohl ein bisschen dazu beigetragen, das musste Valerie zugeben, doch das spielte im Nachhinein keine Rolle mehr.

Sie hielt Nora fest umschlungen, bis die theatralisch nach Luft rang und sich aus der Umarmung löste.

»Ich dachte schon, ich komme heute gar nicht mehr dazu, dir alles zu erzählen.« Valerie schlüpfte aus Schuhen und Jacke und folgte Nora ins gemütlich und hell eingerichtete Wohnzimmer. Der Wohnblock, in dem sich das Appartement befand, lag direkt neben dem Gemeindeamt. Nora lebte hier mit ihrem

Sohn Felix, der im gleichen Alter wie Valeries Zwillinge Lea und Jakob war. Auch diese Freundschaft war unzertrennlich. Für die Thallers gehörten Nora und Felix fest zur Familie, ebenso wie Anton, Viktors bester Freund und Chefkoch im Grand Hotel. Dass Nora und er seit dem letzten Mordfall ein Paar waren, fand Valerie sehr romantisch.

Heute wollte sie aber beiden nicht begegnen und vergewisserte sich schnell, dass keiner von ihnen hier war. So gern sie Felix und Anton mochte, war sie doch froh, allein mit Nora reden zu können.

Und die war unverkennbar erpicht auf Neuigkeiten. »Es wurde auch allerhöchste Zeit, dass du kommst. Ich war vorhin spazieren. Und glaub mir, im gesamten Ort gibt es kein anderes Gesprächsthema als den Tod des Schnitzelkönigs. Obwohl die Polizei nichts hat durchsickern lassen, wissen alle schon, dass Bernhard gestorben ist. Und das auf unnatürliche Art und Weise. Die wildesten Spekulationen machen die Runde.«

»Das hatte ich befürchtet.« Valerie ließ sich kraftlos auf einen der Stühle am Esstisch sinken und schob die duftende Tasse Earl Grey etwas zur Seite, die Nora vorsorglich schon aufgebrüht hatte.

Die Ungeduld stand ihrer Freundin ins Gesicht geschrieben. »Nun erzähl schon, Valerie. Im Moment weiß ich nicht viel mehr als die anderen. Wie kann es sein, dass du schon wieder involviert bist? Da passiert gefühlt jahrzehntelang nichts Schlimmes, und dann gibt es zwei Jahre hintereinander einen Mord – und beide Male hängst du mittendrin.« Erwartungsvoll sah sie Valerie an.

»Ich hänge da nur mittendrin, wie du es nennst, weil Sophie mich heute Morgen am Boden zerstört angerufen hat. Sie war es, die Bernhard tot in seinem Wohnzimmer gefunden hat. Mayari und Kamon waren unterwegs nach Wien zu Freunden, die konnte sie nicht erreichen. In ihrer Verzweiflung hat sie mich angerufen. Du weißt doch, dass unsere Familien seit jeher befreundet sind. Sie kennt mich schon, seit sie ein Baby war, und hat Vertrauen zu mir.«

»Schön und gut. Sophie hat dich kontaktiert. Du bist hin, und wie ging's weiter?«

»Ich hab auf der Stelle gesehen, dass das kein Unfall war. Bernhard ist nicht gestürzt und hat sich unglücklich den Kopf gestoßen. Nein, er wurde erschlagen, und zwar mit einer bauchigen Kristallkaraffe. Er hat hinter dem Sofa gelegen, und rund um seinen Kopf war eine große Blutlache. Die Wunde war angetrocknet, es muss folglich schon früher passiert sein. Ich hab Sophie von der Leiche weg- und raus auf die Terrasse gebracht und Erwin angerufen. Der ist dann mit seinen Leuten ungefähr gleichzeitig mit dem Notarzt eingetroffen.«

Nora wirkte erschüttert. »Dann stimmt es tatsächlich. Unser Schnitzelkönig ist ermordet worden. Ich hatte nicht so viel Kontakt zu ihm wie du, aber ich weiß, dass er das nicht verdient hat. Der war ein richtig netter Kerl und immer so engagiert. In letzter Zeit doch auch wieder, bei der Geschichte mit dem Graukogel.« Sie nippte an ihrem Tee. Mit einem Mal schnellten ihre Augenbrauen in die Höhe, und sie verschluckte sich beinahe. »Oh Gott, könntest du dir vorstellen, dass der Mord was mit der Graukogelsache zu tun hat? Da geht es doch um viel Geld, sehr viel Geld, oder? Das wurde nach der Sitzung herumerzählt. Und Bernhards Meinung haben sich viele angeschlossen. Meinst du, dass ihm das zum Verhängnis geworden ist?«

»Darüber hab ich auch schon nachgedacht. Für mich kommen dabei zwei Leute in Frage: der Investor Peter Baumgartinger und Anton Sailer von der Seilbahnen AG. Aber das muss ich noch genauer durchdenken. Mir schwirrt schon der Kopf.«

»Okay, nur keinen Stress. Ich weiß ja, dass es eigentlich dein erster, langersehnter Urlaubstag werden sollte. Aber natürlich würde ich gern hören, wie es weitergegangen ist. Hast du dich, bevor die Polizei kam, noch umgesehen, ob du was Verdächtiges entdeckst?«

Etwas beschämt vermied Valerie den Augenkontakt mit ihrer Freundin. »Na ja, offen gestanden habe ich ein Video gemacht. Ich weiß, das ist pietätlos, aber ich wollte auf Nummer sicher gehen und das Wohnzimmer in dem Zustand dokumentieren, in dem ich es vorgefunden habe. Du kannst dir somit persönlich ein Bild davon machen. Aber Vorsicht, das ist nichts für schwache Nerven.« Valerie zog ihr Handy aus der Tasche, wischte und tippte herum und hielt es Nora vors Gesicht.

Ungläubig sah diese auf den Bildschirm und wurde auffallend blass um die Nase. »Du meine Güte. Der arme Bernhard. Du gehst also davon aus, dass er mit der Karaffe ermordet worden ist?«

»Kein Zweifel. Ich hab gesehen, dass Blut und Haare daran klebten. Diese Karaffe ist definitiv die Tatwaffe.«

»Und sieh dir nur das Chaos an. Der Täter muss nach etwas gesucht haben. Was könnte das sein?«

»Keine Ahnung. Ich fürchte, die Aufnahmen bringen uns nicht voran.« Valerie legte das Smartphone wieder beiseite. »Als Erwin mit seinen Leuten da war, hat er mich gebeten, mich um Sophie zu kümmern. Wir sollten in der Einliegerwohnung von Mayari und Kamon warten, in der auch Sophie seit einiger Zeit wohnt.«

»Aber lebt denn Mayari nicht im Anbau bei Bernhard? Sie sind doch schon länger ein Paar.«

»Meistens ist sie drüben, offiziell wollte sie aber ihre eigene Wohnung noch nicht aufgeben. Und heute Nacht hat sie dort geschlafen. Sie wollte Bernhard genügend Freiraum geben, weil seine älteren Kinder Sabine und Florian wieder einmal zu Besuch sind. Er hat ja bis zuletzt darunter gelitten, dass Leonore die beiden nach der Scheidung mit nach Wien genommen hat.«

»Ja, ich weiß. Du hattest auch einmal erwähnt, dass sie ihm binnen kürzester Zeit fremd geworden sind.«

»Ja, er hat mit uns öfter darüber gesprochen. Ich finde, sie passen absolut nicht zu ihm. Kaum zu glauben, dass er ihr Vater ist.« Im Geiste war sie wieder beim Geburtstagsfest und bei ihren wenig positiven Eindrücken von Sabine und Florian. Sie erinnerte sich an die Gesprächsfetzen der beiden, die sie am Büfett mit angehört hatte, und hoffte sehr, dass Bernhard, wo auch immer er nach seinem Ableben war, nicht mehr mitbekommen konnte, wie wenig er ihnen bedeutet hatte.

»Hallo, Erde an Valerie!« Nora fuchtelte mit der Hand vor Valeries Gesicht herum und holte sie zurück in die Gegenwart, zurück an den Esstisch und zu ihrer Tasse Earl Grey. »Was war noch? Lass dir nicht alles aus der Nase ziehen.«

»Na gut. Du bekommst eine Kurzversion der Geschehnisse.« Valerie fasste alles für Nora zusammen und endete mit: »Leider konnte ich vom Fenster der Wohnung aus nicht viel sehen, aber irgendwann tauchte Dorothea auf. Sie leitet die Ermittlungen. Und jetzt kommt der Hammer. Ich soll ihre Beraterin sein.«

»Stopp mal! Du sollst was, bitte schön?«

»Du weißt schon, ich soll in meiner Erinnerung kramen und ihr von allen Konflikten berichten, die Bernhard gehabt haben könnte. Sie ist der Meinung, dass ich nicht nur viele Leute kenne, sondern auch zwischen den Zeilen mehr spüre als andere. Deswegen braucht sie mich.«

»Und was ist mit mir?« Nora lehnte sich mit enttäuschter Miene zurück.

»Keine Sorge, ich halt dich auf dem Laufenden. Wenn ich Dorotheas Beraterin bin, bist du die meine. Wir sind doch ein Team, schon vergessen?«

»Wie könnte ich? Ein Team seit … wie vielen Jahren?« Nora verstummte kurzzeitig, dann winkte sie ab. »Das Nachrechnen lassen wir lieber. Sonst fühle ich mich alt. Es sind nämlich ganz schön viele. Trotzdem bin ich erstaunt, dass sie dir das anbietet. Darf sie das denn?«

»Keine Ahnung. Aber ich habe den Eindruck, sie kennt mich gut genug, um zu wissen, dass ich nicht nichts tun kann.

Sie wird ahnen, dass ich darauf brenne, mir eigene Gedanken zu Bernhards Tod zu machen. Ich denke, deshalb hat sie mir den Deal vorgeschlagen. Wahrscheinlich hofft sie, dass ich zufrieden bin, wenn sie auf diese Weise meine kriminalistischen Energien bündelt.«

»Und, bist du damit zufrieden? Kannst du ansonsten den Ball flach halten?«, fragte Nora.

Valerie wiegte den Kopf hin und her. »Ich denke schon seit Stunden darüber nach. Klug wäre es, sich nicht einzumischen. Viktor zuliebe hatte ich mich auch schon fast dafür entschieden. Bis vor einem Jahr hätte ich einen großen Bogen um solch ein Abenteuer gemacht, jetzt zieht es mich aber magisch an. Ich hab Bernhard von Herzen gemocht, und ich will verdammt sein, wenn ich nicht dafür sorge, dass sein Mörder eine gerechte Strafe erhält. So betrachtet, habe ich mich umentschieden und möchte den Ball nicht flach halten, wie du es nennst. Aber nur, wenn du mit von der Partie bist.«

Nora hielt Valerie die Hand zum Einschlagen hin. »Das gefällt mir. Verbrecher sollten keine Chance in unserem schönen Ort haben. Lass uns unbedingt wieder Nachforschungen anstellen, wenigstens ein kleines bisschen. Wir hören uns nur um. Was hältst du davon?«

»Ich hatte gehofft, dass du das vorschlägst. Von meiner Seite aus ein klares Ja für vorsichtige Recherchen. So wird hoffentlich nicht nur der Mord an Bernhard schneller aufgeklärt, sondern ich bin auch Leonore und die anderen Wiener bald wieder los.« Valerie schilderte Nora ihren Eindruck, den sie von Bernhards älteren Kindern samt Mann und Freundin gewonnen hatte, und die Episode mit Leonore in der Hotellobby.

»Du hast keine Vorstellung davon, wie furchtbar anstrengend die Frau ist«, schloss sie. »Wenn sie länger bleibt, drehe ich durch.«

»Lass ihr Verhalten nicht zu nah an dich ran. Geh ihr einfach aus dem Weg, so gut es geht. Und denk jedes Mal, wenn sie dich stresst, an etwas Schönes. Zum Beispiel an deinen Urlaub mit Viktor.«

»Urlaub? Schön wäre es. Glaubst du allen Ernstes, dass wir schon in sechs Tagen auf Urlaub fahren können? Wenn bis dahin der Mord nicht aufgeklärt ist, war es das mit unseren Flitterwochen.«

Nora nickte langsam. »Daran habe ich gar nicht gedacht. Die Zeit drängt also.«

»Ganz genau. Was machen wir nun?«

»Als Erstes würde ich noch einmal mit Sophie und Mayari reden. Möglicherweise ist ihnen im Nachhinein was Wichtiges zu gestern Abend eingefallen. Im ersten Schock denkt man oft nicht an alles. Der ›Schnitzelwirt‹ ist zu Fuß keine fünf Minuten von hier entfernt. Warum machen wir nicht einen kleinen Spaziergang und schauen nach, ob wir zu ihnen ins Haus können? Die Spurensicherung müsste vor dem Gasthof schon fertig sein, meinst du nicht?«

»Einen Versuch ist es wert.« Valerie hielt Nora am Ärmel fest, denn die war schon auf dem Weg zur Tür. »Nora, danke übrigens. Ganz allein wäre ich aufgeschmissen.«

Nun wurde Noras Miene ernst. »Apropos allein. Valerie, bitte versprich mir, dass du nichts Unvernünftiges unternimmst. Keine gefährlichen Aktionen wie im letzten Jahr, haben wir uns verstanden? Am besten machen wir alles zusammen.«

»Schon gut, ich geb mir Mühe. Ich will auch nicht, dass dir oder mir was passiert. Und ich gelobe, keine Alleingänge zu unternehmen, wenn du vormittags in der Schule bist. Aber dafür musst du mir versprechen, dass unsere Abmachung unter uns bleibt. Kein Wort zu Anton, denn der würde es Viktor weitersagen. Und ich will nicht, dass er sich noch mehr Sorgen macht.«

»Abgemacht. Ist auch in meinem Interesse. Anton ist noch fürsorglicher als Viktor. Diese Angelegenheit ist Frauensache.«

Mit einem mulmigen Gefühl im Bauch ging Valerie in den

Vorraum. Der erste Schritt ihrer Ermittlungen, das Gespräch mit Mayari, Sophie und Kamon, war unbedenklich, aber was würde danach kommen? War ein wenig Herumfragen wirklich ungefährlich, wie sie sich versuchten einzureden? Immerhin konnte es passieren, dass sie jemandem die falschen Fragen stellten. »Schlafende Hunde sollte man nicht wecken« hieß ein Sprichwort. Und ihrer Erfahrung nach steckte in diesen Weisheiten immer ein Körnchen Wahrheit.

NEUN

»Pass auf, da kommt ein Auto.« Nora zog Valerie rechtzeitig beiseite. Die Wasserfontäne spritzte ins Leere. Ein protziger SUV war viel zu zügig an ihnen vorbeigefahren, ohne auf die riesige Pfütze am Straßenrand zu achten.

»Puh, das war knapp. Danke, Nora. Das hätte mir noch gefehlt, dass ich von oben bis unten nass werde. Gestern Nacht muss es nach dem Hagel heftig geschüttet haben.«

»Hat es auch«, antwortete Nora. »Ich bin zwischendurch aufgewacht, es hat geklungen, als ob der Himmel seine Schleusen geöffnet hätte. Aber du willst nicht ernsthaft über das Wetter reden, oder?«

»Nicht wirklich. Ist mir nur eben eingef…« Valerie brach mitten im Wort ab, weil Nora sie am Arm zurückhielt. »Was ist los?«

»Schau doch mal. Dort steht jemand auf dem Balkon. Das sind Sabine und Florian, oder?«

»Klar, wer sonst?« Valerie verstand nicht, worauf Nora hinauswollte.

»Siehst du nicht, wie intensiv sie diskutieren? Sehen mordsmäßig aufgeregt aus, findest du nicht?«

»Du hast recht«, sagte Valerie. »Offenbar ist die Absperrung vor dem Haus weg. Polizeiautos sind auch keine mehr da. Ich gehe davon aus, dass die Tatortgruppe mit ihrer Arbeit fertig ist, wenigstens für heute. Was hältst du davon, wenn wir über den Zaun klettern und uns auf der Terrasse unter dem Balkon anschleichen? Vielleicht bekommen wir raus, worum es geht.«

»Perfekt, das machen wir. Die Idee könnte glatt von mir stammen.« Noras Augen blitzten vor Abenteuerlust.

Valerie hingegen wurde wieder unsicher. »Nun ja, theoretisch ist es ein guter Gedanke. Aber was machen wir, wenn sie uns erwischen, wie wir aufs Grundstück steigen? Auch an dieser Stelle könnten sie uns von oben sehen, wenn sie zufällig herschauen.«

»Das werden sie schon nicht. Notfalls überlegen wir uns das spontan. Wir dürfen keine Zeit verlieren, wenn wir noch etwas hören wollen.«

Und schon eilte Nora gebückt die letzten Schritte, stieg auf die kleine Steinmauer und hievte ein Bein in die Höhe, um auf die andere Seite zu klettern. Sie fluchte gedämpft, als sie an den Zaunspitzen hängen blieb und sich ein Loch in die Jeans riss.

Ohne auf den Unmut ihrer Freundin einzugehen – dafür war keine Zeit –, stieg auch Valerie flink auf die andere Seite. Da sie größer als Nora war, ging das halbwegs passabel. Das Piksen an der Pobacke ignorierte sie. Es gab Wichtigeres.

Mit drei großen Schritten waren sie an der Hauswand, wo sie vom Balkon aus nicht mehr gesehen werden konnten. Valerie wischte sich den Schweiß von der Stirn und schlich auf Zehenspitzen Nora hinterher, die sich direkt unterhalb von Sabine und Florian platziert hatte. Deutlich konnten sie Sabine reden hören.

»Hast du gesehen, wie heute diese Thailänderin mit ihrem Sohn angekommen ist? Was die für eine Show für die Nachbarn veranstaltet hat, zum Fremdschämen, echt. Stützen hat sie sich lassen, geheult hat sie wegen der Polizisten und einen auf trauernde Witwe gemacht. Urschlecht wird mir bei so viel Heuchelei.« Sabines Worte trieften vor Boshaftigkeit.

Valerie wurde beinahe übel bei diesen Aussagen. Gespannt lauschte sie, wie Florian reagieren würde.

»Vielleicht hat sie Bernhard wirklich geliebt.«

Bernhard! Wenn sie das schon hörte. Florian war Bernhards Sohn. »Papa« oder »Vater« wäre angebracht gewesen. Aber dessen ungeachtet hatte Florian Mayari auf gewisse Art und Weise verteidigt.

»Aber was wissen wir denn schon über sie?«, sagte Florian über ihnen. »Vielleicht war sie auch nur scharf auf sein Geld. Keine Ahnung. Nur blöd für sie, dass Bernhard so früh abgedankt hat. Nix mit Trauschein und so. Die wird durch die Finger schauen.« Ein höhnisches Lachen ertönte.

Nora und Valerie sahen sich entsetzt an. Von wegen verteidigen.

Sabine fügte hinzu: »Hauptsache, wir bekommen das, was uns zusteht.«

»Richtig, Schwesterherz. Oder meinst du, er hat ein Testament gemacht, in dem er sie bedacht hat? Oder noch schlimmer: Vielleicht hat er ihr schon zu Lebzeiten was überschrieben?«

Sabine stieß einen spitzen Schrei aus. »Geh doch nicht gleich vom Schlimmsten aus, Florian. Das wär doch urblöd von ihm gewesen. Das hat er hoffentlich nicht. Und wenn doch, werde ich was dagegen unternehmen. Das lasse ich nicht zu. Entweder ziehe ich vor Gericht oder –«

»Was heißt hier, *du* ziehst vor Gericht?«, unterbrach Florian sie brüsk. »Wenn überhaupt, müssen wir das beide tun. Das ist wieder typisch. Immer geht es nur um dich.«

»Ach, vergiss es, Florian. Im Moment müssen wir sowieso abwarten. Und noch dazu sitzen wir in diesem urfaden Kaff fest, und das auch noch mit zwei Thailändern im Haus. Ob wir die rausschmeißen können? Ist vermutlich unser Haus, also zumindest bald mal. Was meinst du?«

»Null Ahnung. Bei so was kenn ich mich nicht aus. Lass uns lieber abwarten.«

Valerie verschlug es den Atem. Trotzdem wollte sie noch mehr hören. Das Problem war nur, dass sich, den Geräuschen am Balkon nach zu schließen, jemand eine Zigarette anzündete. Das konnte brenzlig werden, weil Valerie außergewöhnlich empfindlich auf Zigarettenrauch reagierte. Prinzipiell zog den Gesetzen der Thermik gemäß Rauch nach oben. Je nach Wind aber auch in andere Richtungen.

Neuerlich konzentrierte sie sich auf Sabines Stimme. »Hast du eine Ahnung, ob Mutter schon Bescheid weiß? Hast du mit ihr telefoniert?«

Florian schien perplex. »Ich? Warum denn ich? Wenn überhaupt, ist das dein Job. Du bist die Ältere von uns beiden. Aber sie wird's schon noch erfahren. Entweder von den Kieberern oder von irgendwem anderen. Weiß doch eh jeder alles von jedem in so einem Kuhdorf.«

Valerie war entrüstet. Die beiden hatten keinerlei Respekt vor ihren Mitmenschen. Auch das typisch wienerische Wort »Kieberer« für Polizisten fand sie unpassend.

Sabine war seinen Umgangston wohl gewohnt, sie stieg nicht darauf ein, sondern schimpfte ungehalten: »Florian, verdammt noch mal, qualm nicht direkt zu mir herüber. Halt dich über die Brüstung. Das ist ureklig. Igitt!«

Die Holzbohlen oberhalb knarzten, und Valerie hörte das Auspusten des Rauches. Auch wenn der Wind sich nach dem Unwetter der letzten Nacht abgeschwächt hatte, reichte eine Böe im falschen Moment dafür aus, dass der Zigarettengestank nach unten gedrückt wurde. Ihre Nervosität stieg, als sie merkte, dass ihre Atemwege sofort darauf reagierten. Es war nur noch eine Frage der Zeit, bis sie husten musste.

Durch heftiges Wedeln mit der Hand versuchte sie, die Geruchswolke, so gut es ging, von sich fernzuhalten. Aber das war vergebliche Mühe.

Nora gab ihr mit einer Geste zu verstehen, dass sie unter allen Umständen den Mund halten sollte, und widmete ihre Aufmerksamkeit wieder dem Gespräch auf dem Balkon.

Eben überlegte Sabine lautstark, ob sie doch bei ihrer Mutter anrufen sollte. Schließlich sei sie nicht mehr die Jüngste und Fitteste.

Florians Antwort war ernüchternd. »Mutter? Spinnst du? Es ist mir echt egal, wie es der geht. Hat sie sich jemals darum gekümmert, wie wir uns fühlen? Nie. Wir waren für die feine Dame doch nicht wichtig, oder? Und eines sag ich dir: Die ist nicht so unfit, wie sie immer tut. Sie reißt keine Bäume mehr aus, aber der geb ich locker noch zwanzig Jahre. Wenn du mich fragst, ist da vieles nur Theater. Die hält das schon aus, keine Sorge.«

Das Kitzeln in Valeries Hals wurde schlimmer. Nur mühsam konnte sie einen Laut unterdrücken. Was musste dieser blöde Rauch auch genau zu ihnen herunterziehen? Kaum hörbar räusperte sie sich und erntete dafür einen strafenden Blick von Nora.

Just in dem Moment, als Sabine empört »Aber Florian ...« sagte, hielt sie es nicht mehr aus. Ein lautes Husten brach aus ihr heraus. Nora fuhr entsetzt herum und fuchtelte wild mit den Armen. Doch es half nichts. Valerie konnte nicht aufhören, der Reiz war zu stark. Sie zog sich die Jacke so weit über den Mund, dass das Geräusch gedämpft wurde und sie trotzdem das Gespräch von oben noch halbwegs verstehen konnte.

»Hörst du das? Da ist wer im Garten, Florian. Belauscht uns jemand? Lass uns lieber reingehen.« Sabines Tonfall war plötzlich um eine Oktave höher.

»Das ist typisch für dieses Kaff.« Florians Kommentar klang verächtlich. »Am Land hat man nie seinen Frieden. Nichts als Gerede und Getuschel. Die Leute stecken ihre Nasen überall rein. Wie ich das hasse. Freu ich mich, wenn ...«

Die letzten Worte konnte Valerie nur erahnen. Ihr Hustenanfall hatte sich verstärkt. Zudem waren sie von den Schritten der beiden auf dem knarzenden Holzboden übertönt worden. Wenig später fiel die Balkontür zu.

Während Valerie sich langsam erholte und in ihrer Handtasche nach einem Lutschbonbon suchte, stemmte Nora die Hände in die Hüften. Leise zischte sie: »Was, bitte schön, war das denn? Wie sind die beiden denn drauf? So geballte Respektlosigkeit und Fremdenfeindlichkeit innerhalb von ein paar Sätzen hab ich noch nie gehört. Und das sollen Bernhards Kinder sein? Ich bin erschüttert.«

Valerie war der gleichen Ansicht. »Ich hab sie gestern schon unsympathisch gefunden. Aber dass es so weit geht, hätte ich nicht gedacht. Bernhard wäre schockiert, wenn er das noch mitbekommen würde. Wenigstens ist ihm diese Erkenntnis erspart geblieben.« Sie räusperte sich vernehmlich. Das Kitzeln im Hals war immer noch unangenehm. »Die sind offensichtlich nur auf sein Geld scharf und hatten gar kein Interesse an ihm als Mensch. Die arme Sophie, solche Geschwister zu haben. Sie ist die einzig Normale in dieser Familie.«

»Apropos Sophie. Wollten wir nicht zu ihr?«

Valerie und Nora lehnten den angebotenen Tee ab, um Mayari keine Arbeit zu machen. Es ging ihnen offiziell nur darum, nachzufragen, ob sie den dreien behilflich sein konnten. Inoffiziell waren sie aber äußerst gespannt, ob es Neuigkeiten gab.

Bei der ersten polizeilichen Befragung war Valerie noch zugegen gewesen. Am Nachmittag sei Dorothea aber, wie angekündigt, wiedergekommen und habe noch einige Fragen gehabt, hauptsächlich an Mayari und Kamon. Die hätten nur das bestätigen können, was Sophie bereits ausgesagt hatte. Sie seien zu dritt nach der Geburtstagsfeier zu Fuß den Weg über die Wasserfallterrasse vom Straubingerplatz hinauf zum »Schnitzelwirt« gegangen. Das Haus sei nicht beleuchtet gewesen, auch sonst hätten sie nichts Ungewöhnliches beobachtet.

Ob auf der Terrasse vor Bernhards Wohnzimmer irgendjemand auf seine Ankunft gewartet hatte, konnten sie nicht sagen. Ihr Wohnungseingang lag an der gegenüberliegenden Seite des Gebäudes. Dorthin seien sie auch sofort nach ihrer Rückkehr verschwunden. Bernhard sei ohnehin noch nicht zu Hause gewesen. Er habe alle seine Gäste noch verabschieden wollen.

Eine ernüchternde Aussage, wie Valerie fand. Diese Informationen halfen ihnen kein bisschen. Auch zum Morgen war den dreien nichts Neues eingefallen.

»Und habt ihr einen Verdacht, wer Bernhard das angetan haben könnte?«, wollte Valerie wissen. »Das hat euch Dorothea Oswald bestimmt gefragt, oder?«

»Ja, hat sie. Sie wollte auch von uns wissen, wer alles zur Feier eingeladen war«, berichtete Kamon. »Aber wir können uns nicht vorstellen, dass jemand es auf ihn abgesehen hatte. Er war doch überall beliebt.«

»Das heißt, dass ihr der Kripo noch nicht weiterhelfen konntet, richtig?« Nora beugte sich am Stuhl nach vorn.

»Vielleicht ein bisschen. Wir haben dieser Dorothea Oswald die Gästeliste gegeben und geraten, sie soll mit jemandem von der Bergwacht – dort war er Ehrenmitglied – und von den Angestellten in Dorf- und Hofgastein reden. Papa hat zwar nichts erzählt, aber vielleicht hat es dort ein Problem gegeben.« Sophie wirkte ehrlich verzweifelt. »Ich hab das Gefühl, mein Hirn ist wie leer gefegt. Vielleicht fällt mir morgen noch was ein, das wichtig sein könnte.«

»Und habt ihr den Vorfall mit Fritz Derbacher erwähnt?« Mayari schlug die Hand vor den Mund. »Das haben wir vergessen. Aber der Fritz ist nicht so böse.«

»Wahrscheinlich. Aber wissen sollte die Kripo trotzdem von seinem Besuch beim Fest. Ich erzähl es Dorothea gleich in der Früh.« Valerie legte ihre Hand auf Mayaris. »Keine Sorge.«

Während Nora sich die Geschichte mit Fritz erzählen ließ, kreisten Valeries Gedanken um Sabine und Florian samt Anhang. War einer der vier fähig, kaltblütig eine Tat wie diese zu begehen?

Jenny schloss Valerie aus. Ihr Bauchgefühl sagte ihr, dass Jenny Florian erst seit Kurzem kannte. Die Körpersprache der beiden ließ auf eine heiße Affäre, nicht aber auf Vertrautheit schließen. Somit hatte sie kein Motiv, Bernhard umzubringen. Welchen Vorteil hätte sie davon gehabt? Wohl keinen. Wäre sie mit Florian verheiratet gewesen, schon eher. Aber das war nicht der Fall. Obendrein konnte sich Valerie kaum vorstellen, dass die auffällig kleine, zarte Jenny in Miniröckchen und High Heels die Kraft und den nötigen Stand aufgebracht hätte, um mit der schweren Kristallkaraffe heftig genug zuzuschlagen. Sie hätte Bernhard, der bedeutend größer als sie gewesen war, nicht mit solcher Wucht am Kopf treffen können.

Bei Hermann, Sabines Ehemann, lag die Sache anders. Ihn konnte sie noch zu wenig einschätzen, um sich ein Urteil bilden zu können. Die Kraft für den Schlag hätte er allemal gehabt, aber den Mumm? Er wirkte wie einer, der nicht viel zuwege brachte. Und das meinte sie vollkommen wertfrei. Es störte sie nicht. Sabine offenbar schon, so viel hatte Valerie am Vorabend herausgehört, als sie sich mit Florian am Büfett unterhalten hatte. Genervt war sie gewesen, weil Hermann die Erwartungen, die sie in ihn gesetzt habe, nicht erfülle. Keinen einzigen Sprung auf der Karriereleiter habe er gemacht, seit sie verheiratet seien. Und das, obwohl er ein Studium vorzuweisen habe. Finanziell könne er Sabine nicht ansatzweise das Leben bieten, das sie sich wünschte. Er sei nicht ambitioniert, dafür lethargisch, langweilig, so die Worte Sabines beim Fest. »Erfolgreich« einen Mord zu begehen passte somit nicht in Valeries Bild von ihm. Trotzdem durfte sie ihn nicht ausschließen. Stille Wasser waren bekanntlich tief. Oft waren es die Leute, die von ihrem Umfeld nicht ernst genommen wurden, die später die unglaublichsten Taten begingen. Das wusste Valerie aus ihren Fernsehkrimis und ihren Büchern. Sie würde sich über Hermann noch erkundigen müssen.

Auch für Sabine und Florian würde sie die Hand nicht ins Feuer legen. Beide wirkten unausstehlich und hatten mit verschiedenen Aussagen zu erkennen gegeben, dass Bernhard ihnen weniger wichtig gewesen war als das Geld, das sie sich von ihm erhofften. Fürsorglichkeit, Respekt und liebevoller Umgang mit anderen schienen keine Bedeutung für sie zu haben. Sie waren allem Anschein nach rein auf sich bezogen.

Ein guter Nährboden, um zum Mörder oder zur Mörderin zu avancieren, fand Valerie. Andererseits passte es nicht in ihr Weltbild, dass jemand seinen eigenen Vater töten würde.

Dennoch musste sie die beiden als potenzielle Täter in Betracht ziehen, womöglich hatten sie die Tat sogar gemeinsam begangen, um Bernhard zu beerben. Dass er in bester körperlicher Verfassung war und nicht im Traum daran dachte, das Unternehmen abzugeben oder zu verkaufen, war ihnen offensichtlich ein Dorn im Auge gewesen, so viel hatte sie aus dem Gespräch am Vortag herausgehört.

Valerie lenkte ihre Gedanken wieder ins Hier und Jetzt. Mittlerweile plauderte Nora mit Mayari über ihre Kräuter, unter denen auch spezielle asiatische waren, und darüber, wofür sie sie benutzte. Für Valerie ein netter Versuch, zwischendurch die Gemüter zu beruhigen. Die Unterhaltung über die Geschehnisse der letzten vierundzwanzig Stunden ging Mayari, Sophie und sogar Kamon sehr nahe.

Valerie schlug die Beine übereinander und suchte nach den passenden Worten, um dennoch zu den wichtigen Themen zurückzukommen. Sie wollte Sophie nach ihren Geschwistern fragen. Sie brauchte mehr Informationen, wenn sie in ihren Überlegungen vorankommen wollte.

»Was weißt du eigentlich über Sabine und Florian, Sophie? Hattest du schon Gelegenheit, sie besser kennenzulernen? Du hast sie genau wie deine Mutter lang nicht gesehen, oder?«

Sophie wirkte erstaunt über die Frage, antwortete aber bereitwillig: »Das stimmt. In den letzten Jahren war Funkstille zwischen uns, sie haben nie zurückgeschrieben oder zurückgerufen. Und die Treffen früher waren ziemlich katastrophal. Mama hatte sowieso kein echtes Interesse daran, Zeit mit mir zu verbringen. Und Sabine und Florian haben mich als Jüngste immer herablassend behandelt. Papa war ihnen auch egal, sonst hätten sie sich ja gemeldet, oder?« Bei dem Gedanken an Bernhard kullerten ihr erneut Tränen übers Gesicht. Kamon reichte ihr fürsorglich ein Taschentuch und rückte mit dem Stuhl noch näher an sie heran.

»Und wie war das gestern? Ihr habt ihnen doch direkt gegenübergesessen«, sagte Valerie. »Habt ihr euch da mit ihnen unterhalten?«

»Kaum.« Kamon war Sophie zuvorgekommen. »Am Anfang der Feier haben wir noch versucht, sie in ein Gespräch zu verwickeln, aber dann haben wir es aufgegeben. Sie hatten null Interesse. Vielleicht lag es auch an mir. Ich glaub, die beiden haben ein Problem mit Ausländern. Dabei bin ich doch in Österreich aufgewachsen.« Er hob resigniert die Hände in die Höhe.

»So eine Frechheit«, entfuhr es Nora spontan. »Was bilden die sich bloß ein?«

»Das sind einfach verwöhnte Gören, die auch jetzt als Erwachsene nicht wissen, worauf es im Leben ankommt. Das sag ich euch.« Valerie schnaubte wütend.

»Das trifft es gut.« Sophie wirkte frustriert, als sie weitersprach. »Gestern war ich ganz schön geschockt. Ich hab zugehört, was sie miteinander reden. Das war ernüchternd. Ich glaub, die sind beide voll frustriert. Florian ist anscheinend irgendein Künstler. Sabine hat ihm vorgeworfen, dass er das nur vorgibt, damit es cool und interessant klingt. Die wenigen Bilder, die er gemalt hat, verkaufen sich nicht. Dafür hat er ihr auf den Kopf zugesagt, dass sie nicht einmal versucht, irgendwas Sinnvolles zu machen. Ihre Hauptbeschäftigung ist laut ihm Shoppen, ihr ›Beinahe-Wohnort‹ das Kaffeehaus an der Ecke. Sie waren nicht gerade freundlich zueinander. Einig waren sie sich nur, als es um unseren Stiefvater ging. Über den sind sie hergezogen, das war echt nicht mehr fein.«

»Warum denn das?«, hakte Valerie nach und wartete gespannt auf Sophies Antwort.

»So, wie ich das verstanden habe, hat es einen Riesenstreit gegeben, bei dem er ihnen Hausverbot erteilt hat. Er muss sie als Blutsauger beschimpft und ihnen angekündigt haben, sie in Zukunft nicht mehr finanziell zu unterstützen. Sie waren stinksauer auf ihn.«

»Er hat sie immer noch finanziell unterstützt? In ihrem Alter? Sie sind doch keine Teenies mehr, sondern Mittdreißiger oder sogar älter.« Nora war die Verblüffung ins Gesicht geschrieben.

Sophie zuckte hilflos mit den Achseln. »Offenbar. Aber mehr weiß ich auch nicht. Klar war nur, dass beide mehr Geld ausgeben, als sie haben. Und dass diese Geldquelle versiegt ist, hat sie schwer getroffen. Ich fasse es nicht, dass das meine Geschwister sind.«

»Hast du davon auch der Polizei erzählt?« Valerie fand die prekäre Lage der beiden Geschwister höchst interessant. Sie war ein perfektes Motiv.

Bestürzt riss Sophie die Augen auf. »Nein, hab ich nicht. Es hat mich niemand danach gefragt. Ich hab nicht geglaubt, dass das wichtig ist.«

»Macht nichts. Keine Sorge. Ich gebe es weiter. Dorothea will sowieso noch einmal mit mir reden.«

Valerie war ein wenig stolz auf sich. Das war das, was sie gut konnte. Leute vertrauten ihr in Gesprächen Informationen an, die von Bedeutung waren, die sie aber gar nicht als wesentlich eingestuft hatten. Außerdem waren viele so nervös, wenn sie Kripobeamten gegenübersaßen, dass ihnen manche Details gar nicht einfielen, im Gespräch mit ihr hingegen schon.

Sie wechselte mit Nora vielsagende Blicke und lenkte dann zum letzten Thema um. »Eine Frage hab ich noch an euch. Wie war das nach dem Geburtstagsfest? Habt ihr gesehen, wann die Wiener beim Gasthof angekommen sind? Sie sind kurz nach euch aufgebrochen, haben aber bestimmt mit den Stöckelschuhen von Sabine und Jenny länger als ihr über den Wasserfallweg nach oben gebraucht.«

Kamon, der den Arm um Sophie gelegt hatte, antwortete spontan: »Gesehen hab ich nichts, weil wir ja schon in unserer Wohnung waren. Gehört hab ich schon was, aber erst viel später. Wir bekommen von den Gästen nur was mit, wenn sie zufällig gleichzeitig mit uns im Bad oder auf dem Klo sind. Diese Räume liegen nämlich direkt nebeneinander.«

»Und wann hast du was gehört?« Nora wirkte alarmiert. Kamons Antwort schien sie brennend zu interessieren.

»Beim Zähneputzen. Ich schätze, es war kurz vor zwölf, weil Mama und Sophie schon lange im Bett lagen.«

Valerie richtete sich auf und setzte zu einer Frage an, doch

Nora kam ihr zuvor. »Hast du eine Ahnung, wen von den vieren du gehört hast?«

Kamon fuhr sich durch die schwarzen Haare und sagte mit Stolz in der Stimme: »Hab ich. Das waren hundertprozentig Florian und Jenny, weil ich gehört habe, dass sie ihn mit ›Florian‹ angesprochen hat.«

Valerie wiederholte grübelnd die Namen. »Florian und Jenny … um zwölf herum, das ist interessant, denn das Fest war aufgrund des Hagels schon viel früher vorbei. Hast du verstanden, worüber sie gesprochen haben?«

»Am Anfang nicht, da habe ich nicht darauf geachtet. Wenn man so lange hier wohnt, gewöhnt man sich daran, dass man die Gäste hören kann. Nach unserem Einzug habe ich das spannend gefunden, im Laufe der Zeit wird das stinkfad. Aber das gestern, das war eher ein Streit. Das Gespräch wurde immer lauter, sodass ich es gar nicht überhören konnte. Ich hatte den Eindruck, dass Jenny sauer auf Florian war. Sie hat ihn wohl irgendwas gefragt, und er hat sie voll angeschrien. Richtig unfreundlich, sie solle sich zum Teufel scheren, und er müsse ihr überhaupt nicht erzählen, was er gemacht habe. Er war betrunken, hat ganz schön gelallt.«

Das war spannend. Valerie linste rüber zu Nora. War es möglich, dass Florian am Vorabend bei Bernhard gewesen war? Und was war mit seiner Schwester?

»Und das andere Zimmer?«, fragte sie. »Bekommt ihr davon auch was mit?«

Ein Grinsen, das aber in Anbetracht der Situation sofort wieder verschwand, zeigte sich auf Kamons Lippen. »Nur wenn jemand aufs Klo geht, wegen der Spülung.«

»Und?« Nora war die Ungeduld anzusehen. Wahrscheinlich spürte sie genau wie Valerie, dass diese Infos von Bedeutung sein konnten. »Hat jemand um diese Zeit die Spülung betätigt?«

Kamon stöhnte auf. »Leider ja, und zwar nicht nur einmal. Ich war noch lange wach, weil ich zu viel Kaffee zur Torte getrunken hatte. Und die Klospülung hab ich mindestens dreimal gehört, immer nach den grausigen Würgegeräuschen. Ich vermute, nicht nur Florian hat viel gesoffen. Auch Sabine oder Hermann haben ordentlich zugeschlagen.«

Valeries Hände waren schweißnass. Wie sollte sie die Tatsache, dass mindestens drei der vier Wiener zu später Stunde, vielleicht nach der Tatzeit, noch munter gewesen waren, einordnen? Hatte Jenny sich zurückgezogen, und die Geschwister, unter Umständen auch Hermann, hatten unten in der Gaststube noch einige Gläschen gekippt? Alternativ auch in Sabines Zimmer mit den Flaschen vom Fest? Konnte es sein, dass einer der drei oder sogar alle miteinander Bernhard besucht hatten?

Viele Fragen und keine Antworten.

Nora schien es ebenso zu gehen. »Und gesehen habt ihr überhaupt nichts Verdächtiges?«, fragte sie. »Bitte versucht, euch zu erinnern. Nicht ausgeschlossen, dass da was war, das euch gar nicht wichtig vorgekommen ist. Eine Kleinigkeit vielleicht. Denkt bitte nach.«

Nur das Ticken der Wanduhr war in der Küche zu hören. Plötzlich fuhr Mayari hoch. »Doch, da war was.«

Valerie wurde hellhörig. Mayaris von Natur aus dunkler Teint konnte nicht verbergen, dass sie viel blasser war als sonst. Ihre Nase war geschwollen, doch in ihren Augen sah Valerie Entschlossenheit. Sie war überzeugt, dass Mayari um jeden Preis wollte, dass Bernhards Mörder nicht ungeschoren davonkam.

Erst zaghaft, dann kräftiger berichtete sie: »Ich bin früher als Kamon schlafen gegangen. Um halb elf oder so. Aber ich war noch nicht müde, hab viel gedacht an den Abend, hab mich so gefreut, weil Bernard mir gemacht hat den Heiratsantrag. Aber ich war traurig wegen seiner Ex-Frau. Diese Leonore war so gemein zu mir. Und auch Sabine und Florian waren nicht nett. Eine Zeit lang hab ich gelesen im Bett, und irgendwann hab ich das Licht ausgeschaltet. Mein Fenster schaut nach hinten in den Garten, und ich mag keine Vorhänge, weil lieber schau ich mir Sterne an, wenn sie am Himmel sind. Deshalb hab ich es bemerkt. Unter meinem Fenster ist es hell geworden. Wir haben einen … wie sagt man? … Einen Sensor. Wenn sich was bewegt, schaltet Lampe sich automatisch ein.«

Valerie konnte ihre Aufregung kaum verbergen. »Willst du damit sagen, dass jemand ums Haus geschlichen ist? Wie spät war es denn da?«

»Wahrscheinlich zwischen halb zwölf und zwölf. Aber weiß nicht, was war. Kann auch Eichhörnchen oder Katze gewesen sein. Leuchtet immer wieder mal das Licht. Deswegen hab ich nicht gedacht, dass ist wichtig. Ist mir gar nicht eingefallen, wie die Frau von Polizei da war. Glaubst du, dass das der Mörder war?« Mayaris Augen weiteten sich. Entsetzt schlug sie erneut die Hand vor den Mund.

»Gut möglich, Mayari. Überleg mal bitte, ist das Licht ein- oder zweimal angegangen?«, fragte Nora. »Ich meine, wenn jemand zur Terrasse gegangen wäre, hätte er auch wieder zurückgehen müssen, oder?«

Mayari überlegte. »Gesehen hab ich einmal. Aber da kann Person auch schon zurück sein. Vorher hab ich in Buch geschaut, hätte ich vielleicht nichts bemerkt. Außerdem kann Täter auch rund ums Haus gegangen sein.«

Valerie vervollständigte Mayaris Gedankengang. »Und wenn der Täter auf der anderen Seite des Hauses verschwunden ist, dann hätte der Bewegungssensor nur einmal angeschlagen. Gut kombiniert.«

Mayari hob verzweifelt die Schultern. »Leider ich weiß nicht mehr. Ich möchte so gern den Mörder vom Bernhard in Gefängnis bringen.« Sie nestelte an der Packung Taschentücher herum, die vor ihr auf dem Tisch lag, bis sie es trotz ihrer zittrigen Hände schaffte, sich eines herauszuholen. Sie drehte sich ein wenig zur Seite und wischte sich verstohlen neue Tränen aus den Augenwinkeln.

Zeit zu gehen, dachte Valerie. Die drei brauchten Ruhe. Immerhin hatten sich, wie erhofft, aus dem Gespräch einige neue und durchaus interessante Details ergeben. Ganz offenbar auch welche, von denen Dorothea und Erwin noch nichts wussten. Wie sie einzuordnen waren und ob sie bedeutsam für die Lösung des Falles sein würden, war noch unklar. Aber immerhin hatten Nora und sie weitere Puzzleteilchen erhalten, aus denen sich mit viel Glück bald ein Gesamtbild erstellen ließe.

Naheliegend war jedenfalls, dass Bernhard denjenigen, der bei ihm aufgetaucht war, gekannt hatte. Ein Einbrecher konnte es nicht gewesen sein, weil keine Einbruchsspuren vorhanden waren. Bernhard musste seinen Mörder folglich selbst ins Haus gelassen haben. So viel hatte Dorothea Sophie und Mayari nach den Untersuchungen durch die Tatortgruppe sagen können.

Zu blöd, dass Valerie vor dem Anruf bei der Polizei nicht nach Bernhards Handy gesucht hatte. Daran hätte sie denken sollen. Vielleicht hätten ihnen die letzten Anrufe oder etwaige Nachrichten bei der Lösung des Rätsels geholfen. Sie war überzeugt davon, dass Dorothea und Erwin solche Informationen vorerst für sich behalten würden, sollten sie etwas Interessantes finden.

Da es inzwischen Abend war und sie Bernhards Familie, denn als solche sahen sie die drei, Zeit zur Erholung gönnen wollten, verabschiedeten sich Valerie und Nora. Auch ihre Wege trennten sich nach dem Besuch beim »Schnitzelwirt«. Nora musste am nächsten Tag fit sein, und einige Vorbereitungen für den Unterricht hatte sie auch noch zu treffen.

Valeries Plan für den Abend war, sich abzulenken. Das funktionierte am besten mit Backen oder Kochen. Sie würde sehen, was ihre Vorräte hergaben und ob die quälenden Gedanken zu Hause bei Viktor und Andi nachlassen würden.

»Überraschung!«, schallte es ihr beim Betreten des Appartements entgegen.

Noch bevor sie wusste, wie ihr geschah, wurde sie von ihren Kindern Lea und Jakob umarmt. Warum waren die Zwillinge zu Hause? In der Tür zum Wohnzimmer bemerkte sie Viktor, der lächelnd die Szene verfolgte. Andi drückte sich an ihm vorbei, kam mit Anlauf auf sie zu und schloss sich stürmisch der Gruppenumarmung an.

Bei so viel ungewohntem Gedrücke blieb Valerie schier die Luft weg. Nachdem sie sich aus den vielen Armen gelöst hatte, sah sie glücklich, aber fragend in die Runde. »Was macht ihr beiden denn zu Hause? Ich dachte, ihr kommt erst nächstes Wochenende wieder heim. Müsst ihr denn morgen nicht an die Uni?«

»Ach, Mama, Papa hat uns angerufen und uns erzählt, was passiert ist. Da haben wir es im Studentenheim nicht mehr ausgehalten. Wir hatten beide das Gefühl, dass wir bei euch sein müssen, zur moralischen Unterstützung sozusagen«, antwortete Lea. »Ist ja echt *heavy*, die Geschichte mit Bernhard.« In gewohnter Manier hatte sie zumindest an einer Stelle ein englisches Wort eingebaut. Das machte sie, seit sie in Innsbruck hauptsächlich mit Amerikanern befreundet war. Valerie fiel es schon kaum mehr auf.

Ihr Blick wanderte zu Jakob, der Leas Erklärung fortsetzte: »Wir hängen uns in die Lehrveranstaltungen online rein. Das ist kein Problem. Nur bei den Pflichtveranstaltungen ist es blöd, wenn wir nicht da sind. Wir können zwar über den Laptop von Freunden zusehen, stehen aber nicht auf der Anwesenheitsliste. Wir haben aber dieses Semester eh noch nie gefehlt. Ist somit nicht tragisch. Wir waren der Meinung, dass wir dich im Auge behalten müssen. Nicht dass du wieder glaubst, du hättest die Hauptrolle in einem deiner Fernsehkrimis bekommen.«

»Und solltest du es doch wieder tun, wollen wir in der Nähe sein, damit wir nichts verpassen.« Lea zwinkerte Valerie zu und schmunzelte, als Viktor aufstöhnte.

»Ihr sollt sie im Auge behalten, damit sie nicht wieder selbst ermittelt. Und sie nicht noch dazu ermutigen oder gar unterstützen, gell?«, sagte er mit erhobenem Zeigefinger, aber einem

Lächeln im Gesicht. »Ich habe nicht vergessen, dass ihr beim letzten Mal hinter den Kulissen mitrecherchiert habt.«

»Stimmt, aber zum Glück ist alles gut ausgegangen.« Verschmitzt grinste Lea ihren Vater an.

Das Gespräch wurde Valerie zunehmend unangenehm. Etwaige Nachforschungen ihrerseits waren das Letzte, worüber sie im Familienkreis debattieren wollte, schon gar nicht vor Andi, der von Bernhards Ermordung nur das Nötigste erfahren sollte. Ein Ablenkungsmanöver war angesagt.

»Jetzt, da ihr da seid, könnten wir im Gedenken an Bernhard doch Wiener Schnitzel machen und uns auf diesem Weg von ihm verabschieden. Was haltet ihr davon? Wir sind zu fünft, dazu kommen Oma und Opa … und natürlich Leonore Grafenstein.«

Den Namen erwähnte sie widerwillig, erinnerte er sie doch daran, dass die kapriziöse Dame noch länger bei ihnen wohnen bleiben würde. Doch Jammern half nichts. Sie mussten das Beste aus der Situation machen. Dafür hatte sie alle ihre Lieben um sich versammelt, das wog vieles auf. »Ich würde vorschlagen, wir kochen in der Hotelküche. Mit unseren kleinen Pfannen brauchen wir sonst ewig. Wer mag mir helfen? Ich kann Zerstreuung heute gebrauchen. Gemeinschaftskochen wäre perfekt dafür.«

Zum ersten Mal an diesem Tag strahlte Valerie übers ganze Gesicht. Es ging doch nichts über ihre Familie. Zu fünft waren sie unschlagbar. Klar, wie bei allen anderen gab es manchmal Reibereien und Sticheleien, aber wenn es darauf ankam, hielten sie wie Pech und Schwefel zusammen.

Zu ihrer großen Freude wollten alle mithelfen. Während Valerie die Kalbsschnitzel von den Häutchen befreite, sie klopfte, bis sie schön dünn waren, mit Salz und Pfeffer würzte und dann in Mehl, Ei und Semmelbröseln panierte, kümmerte sich Lea um Tofuschnitzel mit veganer Panade – Valerie und sie aßen schon lange kein Fleisch mehr. Viktor richtete Salat und Petersilienkartoffeln, Andi buk die panierten Kalbsschnitzel in Butterschmalz aus, wie er es bei Anton gelernt hatte, und Jakob deckte den Tisch, der in einer Ecke der Hotelküche stand.

Dieser Platz war perfekt. Valerie wollte Leonore Grafenstein unter keinen Umständen in ihr Appartement einladen. Das war zu viel der Höflichkeit. Ihren privaten Bereich wollte sie schützen, der war ihr heilig. Schlimm genug, dass sie die nächsten Tage mit ihr im Haus verbringen mussten.

»In der Küche? Ich muss in der Küche essen wie ein Dienstbote? Das schlägt doch dem Fass den Boden aus. Wer bin ich denn? Eine Magd vielleicht?«

Leonore Grafenstein stand mit ihrem Gehstock in der Tür, die vom Flur aus in den Küchenbereich führte.

Neueste Ausstattung, alles aus Edelstahl, blitzblank und mit einer Topbelüftungsanlage. Valerie und Viktor waren zu Recht stolz auf das Herzstück des Hauses. In einem Hotel dieser Preisklasse musste alles perfekt sein, und beim Essen würden sie nie und nimmer Abstriche machen.

Es war demnach nichts Anstößiges daran, diesen Bereich des Hotels zu betreten, eher ein besonderes Privileg, wenn man in das Heiligtum eingeladen wurde. Zugegeben, der Begriff Heiligtum war übertrieben, aber Valerie ärgerte sich einfach über Leonores unverschämte Art.

Bevor sie auf sie zuging und sie förmlich begrüßte, zwinkerte sie Lea und Jakob unauffällig zu, die sie bereits vorgewarnt hatte. Die beiden rollten mit den Augen, was Valerie die Aussicht auf das gemeinsame Abendessen ein wenig versüßte.

Geteiltes Leid ist halbes Leid. Familie Thaller war in der Überzahl und würde sich das Wiedersehen nicht von ihrer Besucherin vermiesen lassen. So viel stand fest.

ZEHN

Montag. Kaum vorstellbar, dass Valerie in nur fünf Tagen in Salzburg mit Viktor den Flieger besteigen sollte. Nur ungern würde sie auf den Urlaub verzichten, denn nach einer langen Wintersaison mit Schnee bis Ostern und aktuellen Morgentemperaturen, die über zehn Grad nicht hinauskamen, war die Vorstellung, sich für eine Woche in den warmen Süden zu verabschieden, himmlisch.

Sosehr sie ihre Heimat liebte, wünschte sie sich ab und zu, die warme Jahreszeit würde hier in den Bergen länger anhalten. Doch die Alpen waren bekannt für schneereiche, kalte Winter und kürzere Sommer als andernorts. Trotzdem würde sie um kein Geld der Welt woanders wohnen wollen. Für sie hatten die Berge in jedem einzelnen Monat ihren eigenen speziellen Reiz. Ihre Nähe würde sie nicht missen wollen.

Einmal im Jahr überkam sie aber das Bedürfnis, den Ausblick auf Graukogel und Co gegen die Weite des Horizonts am Meer zu tauschen. Oder auch gegen Sightseeing in Italien oder Frankreich. Aber als Hoteliersfamilie waren sie zeitlich sehr eingeschränkt. Deshalb freute sie sich umso mehr auf die Woche mit Viktor.

Bevor Valerie ins Bad ging, trat sie für einen Moment ans Fenster. Es versprach ein sonniger Tag zu werden. Laut Wetterbericht sollte sich auch der Wind im Laufe des Tages legen, sodass es draußen angenehm werden würde. Über den Gamskarkogel hatte sich bereits die Sonne geschoben und ließ die gegenüberliegenden Berghänge in warmem Licht erstrahlen. Um diese Jahreszeit glitzerte dort oben der Schnee, während sich herunten im Tal langsam das erste Farbenspiel des Frühlings bemerkbar machte. Valerie liebte diesen Kontrast. Sie reckte sich ein wenig, um zum Becken unterhalb des Wasserfalls hinunterschauen zu können. Wie vermutet war der

Wasserstand nach wie vor hoch, sodass die Gischt weithin sichtbar war. Dieser tief gelegene Teil des Ortes war noch im Schatten. Die Kirche ebenfalls. Sie war derzeit gesperrt. Der Graukogel, an dessen Fuß sie stand, war berüchtigt dafür, dass er sich minimal abwärtsbewegte, was zu statischen Problemen geführt hatte. Alle im Ort hofften inständig, dass die Kirche wieder geöffnet werden konnte, doch das war nach wie vor ungewiss.

Valerie fröstelte und machte sich auf den Weg ins Bad. Nach einer Dusche stand der Gang zum Bäcker an. Dieses Mal war ihre Bestellung sehr umfangreich, Lea und vor allen Dingen Jakob hatten immer ganz schön Appetit. Drei volle Sackerl trug sie nach Hause.

Mit klammen Fingern schloss sie die Tür zum Hotel auf, streifte den Schmutz von den Schuhen, ließ Nelly von der Leine und betrat den Eingangsbereich.

In der Lobby war es angenehm warm. Der Ledergeruch der Sitzbänke in der Loungeecke mischte sich mit dem Duft der Zirbe. Valerie liebte dieses harzige und intensive Holzaroma, weshalb dezent im Raum positionierte Duftlampen den Geruch verstärken sollten. Täglich ließ sie darin reines ätherisches Zirbelkiefernöl verdampfen. Diese gut duftende und am Graukogel beheimatete Baumart zog sich wie ein roter Faden durchs Haus.

Zirbenholz war nicht nur im Foyer zu riechen, sondern auch in den Gästezimmern verarbeitet worden. Und an der Bar gab es unter den Spirituosen den berühmten Zirbenschnaps, den Valerie nach einer Rezeptur ihres Großvaters selbst ansetzte. Für die Jüngsten machte sie jedes Jahr, wenn die Zapfen reif waren, Zirbensirup, der am Abendbüfett in einer Kanne bereitstand und regen Zuspruch fand.

An diesem Morgen jedoch erinnerte sie der Duft des Holzes an Bernhards Wohnzimmer. Die Bilder des Vortags hatten sie wieder eingeholt. Vehement bemühte sie sich, sie zu verdrängen und sich abzulenken.

Den Geruch so gut als möglich ignorierend, reckte sie die Nase in die Höhe. An diesem Morgen roch es in der Lobby anders als üblich. Eine spezielle Komponente fehlte.

Ihr Blick fiel auf den Speisesaal. Das Frühstück, das war es. Das unvergleichliche Aroma nach gebratenem Speck, Omelett und frischem Gebäck fehlte sowie der aromatische Hauch von Kaffee. Urlaub zu haben war grandios, aber das Hotel verlassen zu sehen war trotzdem immer wieder ungewohnt, beinahe gespenstisch.

Valerie steuerte auf das Büro hinter der Rezeption zu, wo Nelly bereits darauf wartete, dass sie ihr die Tür in den privaten Gartenbereich hinter dem Haus öffnete. Das gehörte zu ihrem Morgenritual. Erst ein Spaziergang – momentan ging es nur bis zum Bäcker – und im Anschluss eine Runde durch den Garten, um zu kontrollieren, ob dort alles in Ordnung war.

Kaum hatte Valerie die Tür geöffnet, erschrak sie. In ihrer Jackentasche erklang doch tatsächlich »Don't Worry, Be Happy« von Bobby McFerrin. Zunächst war sie überrascht, doch dann fiel ihr ein, dass Jakob sich am Vorabend ihr Handy geschnappt und es ihr anschließend mit geheimnisvollem Grinsen wieder in die Hand gedrückt hatte. Er musste ihren Klingelton geändert haben, weil er wusste, wie sehr sie dazu tendierte, sich Sorgen zu machen. Und er hatte das perfekte Lied gewählt, denn schon musste sie lächeln und entspannte sich.

Entspannung konnte sie wahrlich gebrauchen. Die Ereignisse der vergangenen Tage gingen ihr in Dauerschleife durch den Kopf. Die letzten Stunden mit Bernhard, das Auffinden seiner Leiche im Wohnzimmer, das Blut unter seinem Kopf, Sophie und Mayari, die am Boden zerstört waren, und Noras und ihr Entschluss, wieder persönlich nach dem Mörder zu suchen.

Flink öffnete sie den Reißverschluss ihrer Jackentasche und holte das Telefon heraus, ehe der Anruf auf der Mailbox landete. »D. Oswald«, stand am Display.

Erfreut wischte sie über das grüne Symbol. »Guten Morgen, Dorothea. Was gibt's?«

Die Kriminalbeamtin klang gestresst, im Hintergrund hörte Valerie ein Auto hupen. »Guten Morgen. Ich bin auf dem Weg ins Tal, und irgendein Tourist hat es besonders eilig. Hat der ein Glück, dass ich bei der Mordkommission arbeite und andere Sorgen habe als seinen unmöglichen Fahrstil. In solchen Situationen wünschte ich mir, dass die Kollegen zufällig mit ihrem Radargerät an der nächsten Ecke stehen und ihn aus dem Verkehr ziehen würden.«

Das konnte Valerie nachvollziehen. Auch sie mochte es nicht, wenn nachkommende Fahrzeuge Druck machten. Besonders auf der Strecke zwischen Talanfang und Dorfgastein passierte das regelmäßig. »Aber du rufst nicht an, um dich bei mir über bescheuerte Autofahrer zu beschweren, oder?«

Dorothea lachte. »Wohl wahr! Ich wollte fragen, ob du zu Hause bist und ich vorbeikommen kann. Ich wette, dass du schon eingehend darüber nachgedacht hast, welche Motive es für Bernhard Lederers Tod geben könnte. Und ich hoffe, du bringst mich diesbezüglich auf den letzten Stand.«

»Kein Problem, komm vorbei. Ich lasse die schmale Tür neben dem Haupteingang offen und warte im Büro auf dich. Magst du Kaffee oder Tee?«

»Kaffee wäre super. Danke! Dann bis gleich. In einer Viertelstunde bin ich da.«

Valerie lächelte und beendete das Gespräch. Wie viel angenehmer würde es sein, mit Dorothea zusammenzuarbeiten, als dem unsympathischen Dr. Siebert vom Vorjahr Rede und Antwort stehen zu müssen. Selbst wenn es um einen unnatürlichen Todesfall ging, würde die polizeiliche Untersuchung um ein Vielfaches entspannter ablaufen als damals.

Die Melodie ihres Klingeltons pfeifend, öffnete sie die Schranktür, hinter der sich Waschbecken, Kaffeemaschine und Wasserkocher befanden, und befüllte den Tank. Das Gerät musste erst auf Betriebstemperatur kommen. In der Zwischenzeit würde Valerie das Gebäck hoch in die beiden Appartements bringen. Dorothea müsste danach jeden Moment eintreffen. Valerie war gespannt, ob sie schon Neuigkeiten zum Todeszeitpunkt hatte.

»Darauf habe ich mich die ganze Fahrt lang gefreut.«

Dorothea lehnte sich bequem zurück und ließ den Bürostuhl sachte hin- und herschwenken. Vor sich hatte sie eine Tasse dampfenden Kaffees und daneben auf einer Serviette drei wunderhübsche Pralinen.

»Deine hausgemachten süßen Verführungen sind mit Abstand das Beste an euren Mordfällen in Bad Gastein. Bei Kaffee und Schokolade kann ich richtig gut nachdenken.«

Valerie freute sich über das Kompliment, konnte aber dennoch nichts Gutes an den Delikten finden. Ein Profi, der täglich damit zu tun hatte, war da wohl etwas abgebrühter.

»Du weißt aber schon, dass du auch Pralinen von mir bekommst, wenn es kein Verbrechen gibt, oder? Ich kann liebend gern auf Leichen bei uns im Tal verzichten.«

»Das glaub ich dir, aber das Schicksal scheint euch nicht hold zu sein. Lass uns lieber loslegen. Die Zeit drängt. Gestern sind wir leider auf der Stelle getreten. Was ist dir zu Bernhard Lederer eingefallen? Je zügiger wir den Täter finden, desto geringer ist das Risiko, dass er noch mal zuschlägt.«

Adrenalin schoss durch Valeries Körper. »Wie meinst du das? Glaubst du, dass noch was passieren wird?«

»Entschuldige, ich möchte dich nicht beunruhigen. Nach derzeitigem Stand gehe ich nicht davon aus, dass es zu einem weiteren Todesfall kommt. Ich nehme an, jemand wollte gezielt Bernhard Lederer aus dem Weg räumen, oder aber ein Streit ist eskaliert. Sieht aus wie eine Tat im Affekt, wobei das bisher nur eine Vermutung ist. Dann hätten wir es mit Totschlag zu tun, und der Täter wäre mit großer Wahrscheinlichkeit für andere ungefährlich, es sei denn …«

»Es sei denn …?« Panik stieg in Valerie auf. Gestern schon

hatte ihre Mutter in ihrer eigenen Angst sie mehrfach ermahnt, nur ja aufzupassen, nicht mehr allein das Haus zu verlassen und Andi nicht zu Fuß zur Schule gehen zu lassen. Zu guter Letzt hatte Valerie eingewilligt, dass ihr Jüngster in den nächsten Tagen von seinem Opa gefahren werden sollte, weil Valerie keine Lust auf Diskussionen hatte und diese Vorsichtsmaßnahme unter den gegebenen Umständen durchaus Sinn ergab. Dass nun Dorothea als Vertreterin der Kripo einen zweiten Mord für möglich hielt, trieb ihr den Schweiß auf die Stirn.

Dorothea, der Valeries veränderter Tonfall und die Anspannung aufgefallen zu sein schienen, beugte sich nach vorn und tätschelte ihren Arm. »Ach, Valerie, vergiss das lieber wieder. Ich meine, dass Täter, die im Affekt gehandelt haben, meist nur dann gefährlich sind, wenn sie das Gefühl bekommen, dass ihnen jemand auf der Spur ist.« Eindringlich fragte sie: »Du hast doch nicht wieder vor, herumzuschnüffeln, oder?«

Valerie wusste nicht, wie sie reagieren sollte, ohne zu lügen. Sie dachte fieberhaft nach und legte dann möglichst viel Überzeugungskraft in ihre Worte.

»Warum sollte ich? Glaubst du nicht, dass ich aus den Vorfällen im letzten Jahr gelernt habe?«

Sie hatte nicht gelogen und hoffte, Dorothea würde sich mit dieser Gegenfrage begnügen. Sie setzte die beste Version eines Pokerface auf, die sie hinbekam. Allem Anschein nach ging ihre Taktik immer wieder auf, wobei es schon langsam mühsam wurde, dass sie so oft das Gleiche zu hören bekam.

Dorothea lehnte sich zurück, trank einen Schluck Kaffee und griff nach der ersten Praline. »Dann bin ich ja beruhigt.«

Bevor sie hineinbiss, lenkte sie das Gespräch auf den Grund ihres Besuches. »Lass uns über den Fall reden. Wir sind gestern noch nicht weit gekommen. Wir waren lange am Tatort beschäftigt, und die ersten Befragungen haben sich auf die Familie konzentriert, für mehr hat die Zeit nicht gereicht. Und da ist noch nicht viel Informatives dabei gewesen. Die einen standen so unter Schock, dass ihnen nicht viel eingefallen ist.

Und die anderen waren sowohl verkatert als auch penibel darauf bedacht, unseren Fragen auszuweichen.«

»Wundert mich beides nicht«, sagte Valerie.

»Ja, leider ist das am Anfang der Ermittlungen häufig so. Und da kommst du ins Spiel. Wie sieht es aus, hast du schon über mögliche Motive nachgedacht?«

Valerie lachte auf. »Ob ich darüber nachgedacht habe? Was glaubst du denn? Seit ich Bernhard dort in seinem eigenen Wohnzimmer liegen gesehen habe, denke ich kaum mehr über etwas anderes nach. Ich habe auch mehrere Kandidaten, die in Frage kommen.«

»Das hatte ich gehofft. Ich lasse übrigens ein Band mitlaufen, wenn dich das nicht stört. Ich mach mir zwar immer Notizen, hör mir aber einzelne Stellen gern auch ein zweites Mal an, wenn nötig.«

»Kein Problem.« Valerie winkte ab.

»Alles klar.« Dorothea legte ihr Aufnahmegerät auf den Tisch und schaltete es ein. »Dann sehen wir uns bitte als Erstes die Familienmitglieder an. Welchen Eindruck hast du von ihnen? Du kannst dich gern auf Sabine und Florian Grafenstein konzentrieren, denn die jüngste Tochter Sophie, Bernhard Lederers Verlobte und ihr Sohn haben alle drei ein Alibi. Da ich auch keinerlei Motiv erkennen kann, scheiden sie für mich vorerst als Täter aus. Aber wie steht es mit den älteren Kindern? Könnten sie Grund dazu gehabt haben, ihren Vater zu töten?«

»Einen Grund hätten sie allemal gehabt. Ihnen wurde nämlich der Geldhahn zugedreht, und Bernhards Erbe wird beträchtlich sein. Ich kann sie nur schwer einschätzen, aber ich möchte sie als Täter nicht ausschließen. Am besten gebe ich dir einen Kurzabriss über die Familienverhältnisse und das, was ich bei der Geburtstagsfeier am Samstag beobachtet und gehört habe.«

Valerie nahm einen Schluck Kaffee und fing dann zu erzählen an. Alles, was sie über die beiden Geschwister wusste.

Nur die Episode am Balkon ließ sie aus. Dorothea durfte unter keinen Umständen erfahren, dass Nora und sie sich bereits auf eigene Faust umhörten.

Dorothea hakte an manchen Stellen nach, ließ Valerie aber größtenteils frei erzählen. Als sie geendet hatte, bedankte Dorothea sich für die Einblicke. »Alle Achtung, Valerie. Da waren viele wichtige Informationen dabei. Danke.«

»Keine Ursache. Das war ja das, was du dir gewünscht hast, nehme ich an.«

»Stimmt. Und mit diesem neuen Wissen starte ich ganz anders ins Gespräch mit Florian und Sabine. Gestern waren sie verschlossen wie Austern, haben sich über den Tod ihres Vaters so erschüttert gezeigt, dass sie nicht lange in der Lage waren, auf meine Fragen zu antworten.«

Valerie riss die Augen auf. »Erschüttert? Das ist ein Witz, oder?«

»Doch, das haben sie gesagt. Ich vermute aber stark, dass es in Wahrheit am feuchten Vorabend lag, dass sie so fertig waren. Die beiden hatten eine gewaltige Fahne und sehr blasse Gesichter.«

»Das glaub ich schon eher.« Valerie lächelte spöttisch, wurde aber umgehend wieder ernst. »Ich denke, über die Familie weißt du jetzt das meiste. Aber der Täter kann auch von ganz anderer Seite kommen. Und Bernhard war gerade in eine große Sache mit viel Konfliktpotenzial verwickelt. Hat gestern schon jemand den Graukogel erwähnt?«

»Ich habe davon gehört, aber nicht im Zusammenhang mit Bernhard Lederer. Wenn du der Meinung bist, dass es relevant ist, dann immer raus mit den Infos.«

Valerie, der das Sitzen schon etwas lang wurde, stand auf und ging im Büro auf und ab, während sie Dorothea von dem Bauvorhaben am Graukogel erzählte, von den Vorkommnissen im Gemeindesaal und von Bernhards Rolle.

Dorothea nickte nachdenklich. »Das ist auf jeden Fall eine Spur, der wir nachgehen müssen. Dass die Familie gestern nicht daran gedacht hat, verstehe ich nicht. Aber es wäre nicht das erste Mal, dass bei einer großen Immobiliengeschichte ein Gegner aus dem Weg geräumt wird. Geld ist immer ein beachtenswertes Motiv. Und hier dürfte es um sehr viel Geld gehen. Was weißt du denn über diesen Investor? Ich werde ihn gleich von meinen Leuten durchleuchten lassen. Aber alles, was du mir sagen kannst, hilft mir bei der ersten Einschätzung, damit ich mein Team im Landeskriminalamt genauer instruieren kann.«

Valerie setzte sich wieder, um einen Schluck zu trinken. Dann beantwortete sie Dorotheas Frage: »Über den Investor weiß ich auch nur wenig. Sein Name ist Peter Baumgartinger, und er stammt wohl aus Graz. Ein unsympathischer Typ, wenn du mich fragst. Womit er anfangs sein Geld gemacht hat, weiß ich nicht. Inzwischen ist er alleiniger Eigentümer der Firma ›Mountain Invest‹, die das Projekt realisieren will. Ansonsten habe ich keine Ahnung, was er treibt. Aber Bernhard hat Viktor und mir bei der Geburtstagsfeier gesagt, dass er einen Anruf von Baumgartinger erhalten hat. Er wollte sich heute mit ihm und Anton Sailer, dem Geschäftsführer der Seilbahnen AG, treffen, um über die Angelegenheit zu sprechen. Am Telefon hat Baumgartinger wohl angedeutet, dass es Bernhards Schaden nicht sein solle, wenn er dafür sorgen könnte, dass die Stimmung im Ort sich zu Baumgartingers Gunsten dreht. Aber unser Schnitzelkönig hätte sich auf keine faulen Kompromisse eingelassen. Das hat er ihm auch gesagt. Daraufhin muss Baumgartinger sehr ausfallend geworden sein und wütend aufgelegt haben.«

Dorothea nickte erneut, wirkte aber skeptisch. »Es sind offenbar noch viele andere gegen dieses Projekt. Ob dieser Investor dann so weit gehen würde, einen Gegner zu ermorden, wenn er dadurch trotzdem keine freie Bahn für sein Vorhaben hätte?«, wandte sie ein.

»Wenn Baumgartinger Gras über die Sache wachsen lässt, sich ruhig verhält, sein Projekt offiziell ein wenig anpasst oder positive Zeichen setzt, indem er zum Beispiel Maßnahmen für den Naturschutz plant, wäre es möglich, das Vorhaben ohne viel Gegenwind durchzuziehen. Das könnte unter Umständen sein Gedanke dahinter sein. Er wird hoffen, dass sich niemand findet, der in Bernhards Fußstapfen tritt. Dass er die Bad Gasteiner damit unterschätzt, das weiß er als Auswärtiger nicht. Wir sind gebrannte Kinder. Leuten wie ihm vertrauen wir nicht mehr. Wir lassen uns nicht mehr sang- und klanglos über den Tisch ziehen.«

»Gut, ein Motiv hatte er allemal«, sagte Dorothea. »Vielleicht wollte er Bernhard Lederer noch einmal zur Rede stellen und ist zu ihm nach Hause gefahren. Bei dem Gespräch könnte alles eskaliert sein.«

»Ja, so wäre es denkbar.« Valerie nippte noch einmal an ihrem Kaffee. »Er hat am Ende der Sitzung wütend gewirkt, ich möchte fast sagen, er hat Bernhard hasserfüllt angestarrt.«

Dorothea lachte. »Na, na, Valerie, übertreib nicht. So schlimm wird es nicht gewesen sein, oder?«

»Doch. Ich sag's dir. Der war mehr als sauer auf Bernhard.« Valerie nahm noch einen Schluck von ihrem mittlerweile fast kalten Kaffee.

Dorothea schwenkte erneut den Stuhl hin und her. »Der Sache mit Peter Baumgartinger werden wir auf jeden Fall nachgehen. Und den Herrn von der Seilbahnen AG werde ich mir auch ansehen. Er scheint ebenfalls auffällig interessiert daran zu sein, dass dieses Projekt realisiert wird. Das kommt mir ein wenig zu motiviert vor. Es würde mich nicht wundern, wenn wir es mit Schmiergeld zu tun hätten. Kann schon sein, dass ihm die Entscheidung mit dem Lift erleichtert wird, wenn er dementsprechend viel geboten bekommt. Aber das ist reine Mutmaßung. War's das, oder hätte noch jemand Grund gehabt, Bernhard Lederer zu töten?«

Valerie zögerte, wusste aber, dass sie Dorothea auch von ihrem letzten Verdächtigen berichten musste. Bei ihm fiel es ihr am schwersten zu glauben, dass er etwas mit Bernhards

Tod zu tun haben könnte. Aber vieles sprach gegen ihn. Sie raffte sich auf und antwortete: »Grund aus objektiver Sicht nicht, aus subjektiver durchaus. Es geht um Fritz Derbacher. Er wohnt hinten in Böckstein und war einige Jahre bei Bernhard als Koch angestellt.«

»War? Gab es Probleme?«

»Leider ja. Bernhard hat ihn letzte Woche entlassen müssen. Es ging nicht mehr.«

Dorothea setzte sich aufrecht hin, kontrollierte flugs das Aufnahmegerät und schnappte sich den Stift.

»Fritz Derbacher wohnt seit jeher im Tal. Er hat vor etwa fünfzehn Jahren geheiratet und war komplett vernarrt in seine Frau. Die beiden waren ein tolles Paar. Alles schien perfekt zu sein, bis zu dem Tag des Unfalls vor zehn Jahren, der Fritz' Leben mit einem Schlag verändert hat. Seine Frau war schwanger, die beiden hatten sich sehr auf das Kind gefreut. Während er bei der Arbeit war, wollte sie ein paar Schwünge über die Pisten wagen, schwanger hin oder her. Sie war eine gute Skifahrerin und mochte nicht auf ihr Hobby verzichten. Mit der letzten Gondel fuhr sie noch einmal nach oben. Und bei dieser Abfahrt muss sie vor der Mittelstation gestürzt sein und sich verletzt haben. Ihr Pech war, dass sie unter einer Kuppe lag und, wie man im Nachhinein vermutet hat, nicht mehr allein aufstehen und weiterfahren konnte. Leider war die Stelle von oben nicht einsehbar. Wenig später fuhr die Pistenraupe ihre übliche Tour, und der Fahrer hat sie voll erwischt. Sie war auf der Stelle tot und mit ihr das ungeborene Kind. Beide hatten keine Chance.«

Dorotheas Mimik zeigte Betroffenheit. »Und das hat diesen Fritz Derbacher aus der Bahn geworfen, sehe ich das richtig?«

»Exakt. Er war wie ausgewechselt, depressiv und nicht arbeitsfähig, hat viel zu viel getrunken. Längere Zeit war gar nichts mit ihm anzufangen. In den ersten zwei Jahren nach dem Unglück hatte jeder Verständnis für ihn, aber dann hat sich einer nach dem anderen von ihm abgewendet. Nur Bernhard hat immer wieder das Gespräch mit ihm gesucht und ihm gut zugeredet. Er hat ihn dazu gebracht, dass er stabiler wurde, so stabil, dass er ihn als Koch einstellen konnte. Fritz hat ihm unendlich viel zu verdanken.«

»Aber wo liegt dann das Problem?« Dorothea sah Valerie irritiert an.

»Vor ungefähr eineinhalb Jahren ist er psychisch wieder in ein Loch gefallen und hat erneut zu trinken angefangen. Bernhard hat lange zugesehen, hat ihm eine Entziehungskur vermittelt, aber es wurde trotzdem schlimmer. Kürzlich wäre dann in seiner Küche beinahe ein schwerer Unfall passiert, weil Fritz wieder einmal stockbesoffen bei der Arbeit erschienen und gegen den Herd getorkelt ist. Einige Liter brennheißes Fett sind aus einer Pfanne in hohem Bogen auf den Boden geschwappt. Wenn dieser Schwall jemanden erwischt hätte, wären die Verbrennungen heftig gewesen. Nach diesem Vorfall war auch mit Bernhards Verständnis Schluss. Alkohol in der Küche birgt zu viel Risiko, und zwar für alle, die dort arbeiten.«

»Und warum glaubst du, dass Fritz Derbacher so wütend auf Bernhard Lederer war? Immerhin hat er ihn lange unterstützt.«

»Dennoch hat er ihn aus seiner Sicht fallen gelassen. Fritz konnte mit der Entlassung nicht umgehen. Er ist sogar bei der Geburtstagsfeier aufgetaucht und wollte dort mit Bernhard reden, war aber so betrunken, dass Viktor ihn nach Hause geschickt hat. Vor seinem Abgang hat Fritz dann in voller Lautstärke durch die Lobby gebrüllt, dass Bernhard am besten umgebracht werden sollte.«

»Und das war am selben Abend, an dem der Mord passiert ist?« Dorothea wirkte wie unter Strom. »Somit gehört Fritz Derbacher definitiv zu den Hauptverdächtigen. Den muss ich mir vorknöpfen. Ich hoffe, er erinnert sich noch an vorgestern Abend. Zu blöd nur, dass ich schon einige Gesprächstermine habe.« Sie blätterte in ihren Aufzeichnungen. »Mit der Familie ist vereinbart, dass ich noch einmal komme. Mit zwei Freunden von der Bergwacht habe ich einen Termin. Und mit den Angestellten aus den Gasthöfen wollte ich auch noch reden.«

Dorothea schien mehr mit sich selbst als mit Valerie zu sprechen. Sie steckte ihre Notizen und das Aufnahmegerät in die Tasche, trug ihre Tasse zur Spüle und wandte sich an Valerie. »Dank dir schön. Du warst mir eine große Hilfe. Ich glaube, ich werde jetzt gleich Bernhard Lederers Tochter und seine Verlobte zu Fritz Derbacher befragen, die müssen ihn ja gut kennen. Dann nehme ich mir gemeinsam mit Erwin die Wiener noch einmal zur Brust. Und während ich am Nachmittag zur Bergwacht fahre, soll Erwin mit Verstärkung den Fritz Derbacher besuchen und in die Mangel nehmen.«

Valerie war inzwischen auch aufgestanden. »Das klingt nach einem guten Plan und einem langen Tag. Freut mich, wenn ich dir helfen konnte. Vergiss aber bitte nicht auf den Investor.«

»Auf keinen Fall. Alles gleichzeitig geht nur leider nicht. Ich werde Hintergrundrecherchen ordern, dann kann ich mich von vornherein ganz anders mit ihm unterhalten.«

Valerie trat von einem Fuß auf den anderen. »Bevor du gehst, habe ich noch eine Frage: Gibt es schon Neuigkeiten von der Tatortgruppe und der Gerichtsmedizin?«

Dorothea schien zu überlegen, ob sie mit ihr darüber sprechen sollte, entschied sich dann jedoch dafür. »Die Spuren sind noch nicht fertig ausgewertet. Es müssen auch noch von einzelnen Personen aus dem Familien- und Bekanntenkreis Abdrücke zum Vergleich genommen werden. Aber der Tatzeitpunkt steht fest. Bernhard Lederer wurde zwischen zweiundzwanzig Uhr fünfundvierzig und Mitternacht ermordet, so viel konnte mir der Gerichtsmediziner schon sagen. Und gestorben ist er, wie nicht anders zu erwarten war, an dem Schlag auf den Kopf. Er muss auf der Stelle tot gewesen sein, hatte laut Gutachten keine Chance.«

»Zumindest musste er nicht lange leiden. Die Vorstellung, dass er die halbe Nacht in der Hoffnung auf Hilfe dort gelegen hat, wäre schrecklich. Danke.«

Ehe Dorothea zur Tür hinausging, erinnerte Valerie sich an ihr Anliegen, das ihr so sehr unter den Nägeln brannte. Sie hielt sie noch einmal zurück und sagte im Flüsterton: »Du, ich hab noch eine allerletzte Frage. Hast du eine Ahnung, wie lange die Familie in Bad Gastein bleiben muss?«

Dorothea sah sie verwirrt an. »Warum fragst du?«

»Hauptsächlich geht es mir um Bernhards Ex-Frau, du weißt schon, Leonore Grafenstein. Ich hab dir vorhin von ihr erzählt. Die ältere Dame, die seit Samstag im Hotel wohnt. Ich kann sie nicht woandershin schicken. Meine Eltern kennen sie schon seit Ewigkeiten, sie wirkt auch körperlich nicht mehr allzu fit, und ich denke, noch mehr Aufregung verträgt sie nicht. Aber es wäre eine Erlösung für uns alle, wenn ich sie ehestmöglich in den Zug zurück nach Wien setzen könnte.«

Dorothea schien nicht recht zu wissen, was sie von dieser Aussage halten sollte. »So dringend wird das schon nicht sein, oder? Ich möchte noch mit ihr reden. Unter Umständen gibt es etwas aus Bernhard Lederers Vergangenheit, das sie uns verraten kann. Heute schaffe ich das leider nicht mehr, aber morgen versuche ich, sie unterzubringen. Versprechen kann ich aber nichts. Tut mir leid.«

Bis morgen! Mindestens! Valerie war frustriert. Aber sie ließ nicht locker. »Du kennst sie nicht, Dorothea. Ein ganzer Tag mit ihr erscheint mir wie eine halbe Ewigkeit. Könntest du nicht etwas in der Art erfinden, dass du sie zu ihrer eigenen Sicherheit unter Polizeischutz stellen musst? Du könntest sie mit auf die Dienststelle nehmen. Dort steht doch für Notfälle ein Bett, oder? Das ist ein Notfall, glaub mir.« Ihr Ton war flehend.

Dorotheas Mundwinkel zuckten verdächtig. »Tut mir leid, Valerie. Bei aller Freundschaft, aber mit der Dame musst du allein klarkommen. Sie würde mir doch nie im Leben abnehmen, dass sie in Gefahr ist. Außerdem war gestern das Bett in der Zelle belegt.«

»Na ja, einen Versuch war es wert«, murrte Valerie, begleitete Dorothea noch bis zum Ausgang und verabschiedete sich.

Als sie ins Büro zurückkehrte, kratzte Nelly an der Tür. Ungewöhnlich lange hatte sie es im Garten ausgehalten. Mit einem herzhaften Gähnen trottete die Hündin zielstrebig zu ihrem Bett unter dem Schreibtisch und rollte sich zusammen. Valerie streichelte ihr über den Kopf und machte sich dann daran, die Tassen abzuspülen. Sie genehmigte sich noch eine der zart schmelzenden Pralinen und dachte darüber nach, wie sie weiter vorgehen sollte. Die Zeit drängte. Zu blöd, dass Nora noch in der Schule war. Wenn sie vor Erwin und Kollegen noch mit Fritz reden wollte, musste sie sich beeilen.

Die Wut, die er bei Bernhards Geburtstagsfest gezeigt hatte, und die Vehemenz, mit der er seinen Einlass gefordert hatte, ließen sie vermuten, dass er nicht klein beigegeben hatte. Sie würde jede Wette eingehen, dass er nicht nach Hause gefahren, sondern zu später Stunde noch beim »Schnitzelwirt« aufgetaucht war, um Bernhard zur Rede zu stellen. Obwohl also vieles gegen ihn sprach, konnte sie sich nicht vorstellen, dass er eines Mordes fähig war. Doch um sich davon zu überzeugen, musste sie ihn persönlich sprechen.

Valerie hörte den Wasserfall, sobald sie aus dem Hotel trat. Sie hatte Nelly dazu motivieren wollen, noch einmal mit ihr nach draußen zu gehen, doch die kleine braune Hündin hatte nur schläfrig ein Auge geöffnet, einmal den Schwanz bewegt und sich dann eng zusammengerollt, als Valerie mit der Leine vor ihr gestanden hatte.

Auch gut, weit würde sie ohnehin nicht gehen. Ihr Weg führte sie nur wenige Schritte um die Ecke des Straubingerplatzes zur Brücke. Auch wenn es für die meisten Leute verrückt klingen mochte, sah sie den Wasserfall wie einen Freund. Oft – und besonders wenn es ihr nicht gut ging – stellte sie sich minutenlang hin und inhalierte die feinen Wassertröpfchen, die beim Aufprall der Ache auf die Felsen in die Höhe stoben.

Dieses Naturschauspiel strahlte unglaubliche Kraft und Energie aus, sodass sich Valerie jedes Mal besser fühlte, wenn sie dort war. Dem Hören nach hatte schon Kaiserin Sisi bei ihren Bad-Gastein-Aufenthalten mit Vorliebe dort gestanden. Und auch die Besucher heutzutage posierten vor der spektakulären Kulisse und schossen zahlreiche Fotos.

Am faszinierendsten war das herabstürzende Wasser für die Touristen aus den regenarmen arabischen Gebieten, die in den letzten Jahren im Salzburger Land häufig anzutreffen waren. Manche von ihnen hatten gefragt, wo denn der Knopf sei, um den Wasserfall abzustellen. Und wie lange das Wasser laufe. Dass diese Unmengen durchgehend die Felsen herunterbrausten, war für sie unvorstellbar. Valerie gefiel ihre Begeisterung, wenn sie ihnen zusah, wie sie auf das Brodeln und die Gischt unterhalb der Brücke schauten.

An diesem Vormittag war niemand dort. Sie stellte sich auf der Brücke direkt vor die kleine Madonnenstatue und schloss die Augen. Bewusst schob sie die Bilder von Bernhard, der am Boden lag, von sich, ließ sie weiterziehen und fokussierte sich auf ihren Atem und das Rauschen des Wassers. Es dauerte nicht lange, und sie fühlte sich gestärkt, geerdet. Eben hatte sie eine Entscheidung getroffen, sie würde auf Nora warten und keinen Alleingang starten. Im Grunde genommen wusste sie, dass alle, die sie ermahnt hatten, recht hatten. Ganz konnte sie das Ermitteln nicht lassen, aber wenigstens würde sie nichts ohne ihre beste Freundin als Unterstützung unternehmen.

Zufrieden setzte sie sich in Bewegung, fuhr aber erschrocken herum, als sie von hinten angesprochen wurde. Erleichtert stellte sie fest, dass Gerti aus der Gastein-Bäckerei vor ihr stand.

Valerie spürte, dass Gerti sie in ein Gespräch verwickeln wollte, dass ihr etwas auf dem Herzen lag. Gerti schien ungewohnt nervös. Ihr Anliegen musste wichtig sein.

Schon beim ersten Satz bestätigte sich dieser Eindruck.

»Du hast doch gute Kontakte zu den Kriminalern, oder?«, fragte Gerti.

»Stimmt, das hat sich im letzten Jahr ergeben. Und es ist wieder dieselbe Kripobeamtin mit dem Fall betraut. Weshalb fragst du?«

»Ich wollt halt deine Meinung hören, ob das, was ich gesehen hab, von Bedeutung sein könnt. Also ob ich zur Polizei gehen und eine Aussage machen soll.«

Valerie horchte auf. »Das kommt darauf an. Worum geht es denn?«

»Ich weiß gar nicht, ob es wichtig ist. An dem Abend, an dem der Bernhard ... du weißt schon ... gestorben ist, da war ich bei meiner Mama. Die wohnt direkt neben dem ›Schnitzelwirt‹. Weil der Hagel mich überrascht und es danach wie aus Kübeln geschüttet hat, bin ich viel länger geblieben als sonst. Und da hab ich ihn gesehen, wie er vom Gasthaus gekommen ist.«

Valerie war von den Fußspitzen bis zu den Haarwurzeln wie elektrisiert. »Wen? Wen hast du gesehen?«

Gerti schien erstaunt. Als müsste Valerie doch wissen, wen sie meinte. »Den Derbacher Fritz. Den hab ich gesehen. Der ist durch den Gastgarten vom ›Schnitzelwirt‹ geschlichen und danach im Regen verschwunden. Und der hat doch dem Bernhard gedroht, sagen die Leut. Meinst, dass ich das melden muss?«

Die Frage brachte Valerie in einen Gewissenskonflikt. Nach außen wollte sie sich das jedoch nicht anmerken lassen. Immer cool bleiben, sagte sie sich.

Unbedingt musste Gerti eine Aussage machen, aber als Folge war zu erwarten, dass die Polizei den Fritz auf der Stelle wegen dringenden Tatverdachts mitnehmen würde. Und Nora und sie konnten nicht mehr mit ihm reden. Optimal wäre es, wenn Gerti erst später mit der Polizei sprach. Das würde ihnen einen zeitlichen Vorsprung verschaffen.

»Ohne Frage, Gerti, das musst du«, sagte sie. »Das hört sich nach einer wichtigen Beobachtung an. Aber von Dorothea Oswald, der Kriminalpolizistin, weiß ich, dass sie und Erwin Steininger die nächsten Stunden unterwegs sind, weil sie so viele Leute befragen müssen. Ich an deiner Stelle würde erst später zur Polizeiinspektion raufgehen.«

Gerti wirkte erleichtert, wodurch sich in Valerie das schlechte Gewissen regte, weil sie sie zu ihren Gunsten manipulierte. Gerti schien davon nichts zu merken. »Dank dir, Valerie. Das passt perfekt. Ich wollt sowieso erst nach Dienstschluss hingehen. Ich hab nur geglaubt, ich blamier mich vielleicht, wenn ich die Kriminaler wegen so einer Kleinigkeit stör.«

»Nein, keine Sorge, Gerti. Das, was du gesehen hast, kann wirklich von Bedeutung sein. Die von der Polizei sind darauf angewiesen, dass wir Bad Gasteiner unsere Augen und Ohren offen halten.«

Nicht nur die Polizei würde an der Information interessiert sein, sondern auch Nora. Valerie konnte es nicht erwarten, ihrer Freundin davon zu berichten. Sie sagte Gerti Lebewohl und eilte nach Hause.

Durch ihr Vorhaben, nichts allein zu unternehmen, stand sie vor dem Problem, nicht zu wissen, wie sie den Vormittag verbringen sollte. Sie musste sich unbedingt ablenken.

Nach eingehender Überlegung beschloss sie, etwas zu tun, das sowohl sinnvoll war als auch anderen Freude bereitete. Sie würde backen.

Gähnend trabte Nelly neben ihr her. Sie hatte sie im Büro aus dem Bett geholt, um sie mit ins Appartement zu nehmen. Dass sich Valerie für die Treppe und nicht für den Aufzug entschieden hatte, entpuppte sich als Glücksfall, ertönte doch schon von Weitem das Gemecker Leonores, die mit Maria auf den Lift wartete. Wenn Valerie das Gezeter richtig interpretierte, hatte ihre Mutter Leonore zu einem Spaziergang und einem Kaffeehausbesuch auf der Kaiser-Wilhelm-Promenade überredet. Das war nicht weit, und untertags würde ihnen dort auch kein Mörder auflauern, so die Worte ihrer Mutter. Doch Leonore schien sich dessen ganz und gar nicht sicher zu sein und jammerte, wie schlimm es war, in einem Tal festzusitzen, das man erstens nicht mochte und in dem zweitens jederzeit ein Verbrecher an der Ecke lauern konnte. Valerie verharrte im Stockwerk unter den Appartements, bis die beiden im Lift waren, und war ehrlich beeindruckt, wie ruhig ihre Mutter bei Leonores unmöglicher Art blieb.

Wenig später betrat sie die Wohnung. An Leas und Jakobs Zimmertür hing jeweils ein handgeschriebener Zettel mit den Worten »Bitte Ruhe, bin online«. Wie angekündigt, folgten die beiden via Laptop ihren Lehrveranstaltungen. Bedacht darauf, keinen Lärm zu verursachen, schlüpfte Valerie in die Küche und schloss die Tür. Beim Anblick der vollen Obstschüssel hatte sie sofort einen Plan. Sie würde einen klassisch gezogenen Apfelstrudel machen. Der eignete sich perfekt als Mittagessen.

Der Teig war im Handumdrehen fertig und durfte im Anschluss eingeölt in einer Schüssel im Kühlschrank rasten. Valerie stellte das Radio leise an, setzte sich an den Tisch und machte sich daran, die Äpfel für die Füllung zu schälen und in feine Scheibchen zu schneiden. Danach fügte sie Semmelbrösel, Zucker, geschmolzene Butter und Zimt dazu. Nur auf die Rosinen verzichtete sie, weil sie in ihrer Familie keinen großen Anklang fanden.

Beinahe meditativ war daraufhin die Arbeit des Teigziehens. Valerie hatte die Methode von ihrer Großmutter gelernt, die ein echter Strudelprofi gewesen war. Bei ihr hätte man eine Zeitung unter den Teig legen und lesen können, so dünn und durchscheinend war er geworden. Valerie hatte auch schon viel Übung darin, aber ab und zu passierte es trotzdem, dass der Teig Löcher bekam. Man brauchte viel Geduld für diese Arbeit. Das war Valeries Schwachstelle. Sie nahm sich an manchen Tagen zu wenig Zeit. Doch diesmal war sie zufrieden mit dem Ergebnis.

Den fertigen Teig belegte sie mit der vorbereiteten Fülle und machte sich dann an Strudel Nummer zwei und drei. Schon bald nachdem sie das Blech in den Ofen geschoben hatte, breitete sich eine feine, süße Duftwolke in der Küche aus. Valerie liebte diesen Geruch nach warmen Äpfeln und Zimt, der eine so heimelige Atmosphäre schuf.

Aus dem Tiefkühler holte sie eine große Schüssel Gemüsebouillon und stellte sie in einem Topf zum Erwärmen auf den Herd, schnitt frischen Schnittlauch und warf Fadennudeln in kochendes Wasser. *Voilà.* Nudelsuppe mit warmem Apfelstrudel zum Mittagessen würde bei allen Familienmitgliedern gut ankommen.

Zuletzt schrieb sie einen Zettel für ihre Liebsten. Sie würde Nora besuchen und zum Essen nicht zu Hause sein. Ihrem Vater schickte sie eine SMS, dass sie für Leonore, Mutter und ihn mitgekocht habe. Er könne die drei Portionen jederzeit holen. Dann machte sie sich mit Nelly auf den Weg, im Gepäck ein dickes Stück Apfelstrudel für Nora und sich selbst. Schließlich mussten auch die engagiertesten Detektivinnen essen, um Kraft für ihre Ermittlungen zu haben.

ELF

»Ich hab frischen Strudel für uns.«

Valerie wartete bereits an der Haustür, als Nora mit dem Fahrrad bei ihrem Wohnblock ankam. In der Hand schwenkte Valerie den Korb samt duftendem Inhalt. Ihr Tatendrang war enorm, und die Zeit drängte, wenn sie als Erste mit Fritz reden wollten.

Sachte trieb sie Nora zur Eile an. Während des Essens brachte sie sie auf den neuesten Stand, erstattete ihr Bericht über das Gespräch mit Dorothea und verkündete als krönenden Abschluss Gertis Beobachtung.

Nun verstand Nora ihre Aufregung. »Das heißt, dass wir nach Böckstein fahren und uns Fritz vorknöpfen? Was willst du ihm denn sagen?«

»Ach, keine Ahnung. Zum Einstieg reicht irgendein Vorwand, egal welcher, der Rest ergibt sich von allein, das können wir nicht planen. Wie wäre es zum Beispiel, wenn wir einen Schirm mitnehmen und fragen, ob es seiner ist? Ob er zufällig am Samstag einen bei uns in der Lobby vergessen hat?«

»Na, hör mal. Der Fritz ist doch kein Typ, der mit Schirm rumläuft.«

»Jetzt sei nicht so pingelig. Woher sollte ich das denn wissen? Und außerdem ist das einerlei. Der Wetterbericht war schlecht, Fritz war an dem Tag bei uns im Hotel, also macht die Überlegung schon entfernt Sinn. Ob er mich dann für doof hält, ist zweitrangig, oder?« Valerie wischte ein Stück Apfel, das auf dem Tisch gelandet war, mit der Serviette weg. »Die Frage ist nur: Hast du einen Schirm, der nicht allzu sehr nach Damenmodell aussieht? Von Felix zum Beispiel? Dann nehmen wir den einfach mit. Der wäre Ausrede und Waffe zugleich, sollte Fritz rabiat werden.« Zufrieden mit ihrem Einfall, steckte sie den letzten Bissen Apfelstrudel in den Mund und kaute genüsslich.

Nora konnte sich ein Lachen nicht verkneifen. »Schau an, du hast seit letztem Jahr dazugelernt. Aber ob Fritz darauf reinfällt, ist die Frage. Deine Ausrede ist schon sehr plump und durchschaubar.«

Valerie wackelte mit dem Zeigefinger. »Nur nicht frech werden. Plump oder nicht. Wir brauchen einen Aufhänger für unser Gespräch. Was meinst du? Sollen wir es versuchen?«

»Logisch, so schlecht finde ich die Idee gar nicht. Könnte von mir sein. Und ein passendes Herrenmodell hab ich auch da. Von Anton. Hat er neulich vergessen.«

»Perfekt. Dann steht unserer Aktion nichts mehr im Weg, außer …« Valerie stockte.

»Außer was? Überlegst du, ob wir das durchziehen sollen?«

»Eigentlich nicht, ich möchte es unbedingt, aber die Frage ist, wie viel Sinn das alles macht. Ich meine, es spricht viel gegen den Fritz. Wenn er tatsächlich der Täter ist und kurz nach uns Erwin kommt und ihn zum Verhör mitnimmt, dann ist der Fall vermutlich bald gelöst, und es gibt keinen Grund für unsere eigenen Ermittlungen.«

»Jetzt werd bloß nicht wankelmütig. Es gibt gleich zwei Gründe. Erstens trauen wir beide Fritz den Mord nicht recht zu. Zumindest wenn wir danach gehen, wie er früher war. Und aus dem Grund wollen wir uns ein eigenes Bild von ihm machen. Und zweitens bringt die Suche nach dem potenziellen Mörder die grauen Zellen auf Trab. Dabei fühl ich mich so lebendig. Es schadet doch niemandem, wenn wir ihn ein wenig aushorchen.«

»Okay, du hast mich überzeugt. Mich reizt der Nervenkitzel auch. Außerdem ist es so gut wie ungefährlich. Es ist helllichter Tag, in seinem Wohnblock wohnen zig andere Leute, und wir bleiben vor seiner Tür stehen.«

Nora parkte ihr kleines Auto in der Straße hinter Fritz Derbachers Wohnblock. Mit Schirm und Hund marschierten sie zur Vorderseite. Dabei fiel Valerie wieder einmal auf, dass das

Tal hier hinten in Böckstein viel enger war als im Zentrum Bad Gasteins. Die Berghänge waren präsenter und näher, dafür war das Rauschen der Ache nicht so dominant.

Auch dieser Teil des Ortes war geschichtsträchtig. Hier hatten lange Zeit Bergwerksknappen gelebt, die für einen Hungerlohn in den Gold- und Silberminen der umliegenden Berge hatten schuften müssen. Das Montanmuseum mit seinen original erhaltenen Gebäuden erinnerte heute noch an diese Zeit.

Wie am Hinweg vereinbart, stellten Valerie und Nora sich neben den Eingang des Gebäudes und ließen Nelly an einigen Büschen schnüffeln. Wenig später trat eine ältere Dame aus dem Haus. Auf diese Gelegenheit hatten sie gewartet. Flink huschten sie hinein und überprüften die Namen an den Türen. Im ersten Stock wurden sie fündig. »Fritz und Anne Derbacher«, stand dort geschrieben.

Valerie schluckte, der Arme hatte das Messingschild, auf dem auch seine verstorbene Frau angeführt war, nie ausgewechselt. Ihren Tod hatte er wohl noch immer nicht überwunden.

Schulter an Schulter stellten sie sich vor die Wohnung, und Nora drückte die Klingel. Ein, zwei Minuten verstrichen, bis sie schlurfende Schritte hörten. Nelly ließ ein Knurren vernehmen. Da Valerie wusste, dass Hunde Gefahren oft besser wahrnahmen als Menschen, wurde ihr bang.

Das Geräusch eines Schlüsselbunds folgte, die Tür schwang auf, und abgestandene Luft, gepaart mit dem Geruch ungewaschener Wäsche und alter Essensreste, schwappte ihnen entgegen. Das Knurren zu ihren Füßen verstärkte sich, und aus dem Augenwinkel nahm Valerie wahr, dass die kleine Hündin die Nackenhaare aufgestellt hatte.

Fritz, der in Jogginghosen und durchgeschwitztem, ausgeleiertem T-Shirt einen Schritt auf sie zutrat, machte nicht nur Nelly nervös. Alkoholdunst schien aus jeder seiner Poren zu strömen. Valerie hätte am liebsten den Atem angehalten, nur leider ließ es sich auf diese Art nicht gut reden.

Ihr Mund war trocken wie die Wüste Sahara. Die stillen

Hilferufe, die sie Nora telepathisch zu übermitteln versuchte, blieben unerhört. Valerie wusste, dass sie endlich etwas sagen sollte, wenn sie nicht von vornherein eine verdächtige Atmosphäre schaffen wollte.

Sie riss sich am Riemen und begann das Gespräch wie geplant mit der Schirmfrage.

Fritz rieb sich die Augen, machte einen verhaltenen Rülpser und antwortete ihr, dass er dieses Ding noch nie im Leben gesehen habe.

Das war zu erwarten gewesen. Valeries Ohren wurden heiß. Hektisch dachte sie darüber nach, wie sie das Gespräch weiterführen konnte. Nach einer kleinen Gesprächspause sagte sie in gequält lockerem Tonfall: »Und bist du am Samstag noch gut nach Hause gekommen?«

Dämliche Frage, aber was sonst sollte sie sagen? Small Talk fiel ihr normalerweise nicht schwer, die Kompetenz dazu hatte sie als Hotelierstochter sozusagen mit der Muttermilch aufgesogen, aber dieses Gespräch war heikel.

Fritz wirkte überrascht, aber nicht misstrauisch. »Nach Hause?«, fragte er schleppend. »Das bin ich noch lang nicht. Ich bin noch in die ›Big Mountains Bar‹ rauf. Wollt nicht allein sein. Bin ich sowieso immer. Unter Leuten geht's mir besser.«

Das konnte Valerie nachvollziehen. Ob es stimmte, dass er der Bar einen Besuch abgestattet hatte? Gut möglich, aber das schloss nicht aus, dass er auch noch bei Bernhard vorbeigegangen war. Er hatte ihm immerhin gedroht. Und wenn Fritz zu viel getrunken hatte, wurde er unberechenbar, hatte seine Wut nicht unter Kontrolle. Das hatte er schon zigfach bewiesen.

»Konntest du die Sache mit Bernhard noch klären? Du wolltest doch unbedingt mit ihm sprechen, oder?« Sie hatte sich dazu entschlossen, nicht lange um den heißen Brei herumzureden.

»Nein, konnte ich nicht.« Fritz antwortete unerwartet bereitwillig, aber war er auch ehrlich?

»Ach so. Ich dachte nur, weil du später zu seinem Haus gegangen bist. Ich hab gehört, dass dich in der Nacht jemand dort gesehen hat. Was hast du denn beim ›Schnitzelwirt‹ gemacht, wenn du dich nicht mit Bernhard ausgesprochen hast?«

Valerie spürte, wie sich Nora neben ihr verspannte. Nun wurde es brenzlig. Mit ihrer Frage hatte sie sich weit vorgewagt. Zu weit? Wie würde Fritz es aufnehmen, dass er gesehen worden war?

Aktuell wirkte er nicht aggressiv, vielmehr phlegmatisch. Ob das sein genereller Zustand um diese Tageszeit war? Wenn der eine Rausch abflaute, bevor der nächste begann?

Valerie rechnete insgeheim damit, dass Fritz ihnen die Tür vor der Nase zuschlagen würde. Ein wackeliger Schritt nach hinten ließ darauf schließen, doch sie täuschte sich. Kurz verschwand er im düsteren Vorraum, tauchte aber mit einer Flasche Bier wieder auf. Es schien, als ob er sich daran festklammern wollte.

Ein höhnisches Lachen, gefolgt von Aufstoßen, entrang sich seiner Kehle. Erst dann antwortete er mit aggressivem Spott in Mimik und Tonfall: »Ich bin gesehen worden? Typisch. In diesem Kaff bleibt auch nichts geheim. Aber es stimmt. Ja, ich war dort, aber Bernhard nicht, zumindest nicht im Gasthof. Der war zu. Ich hab geglaubt, er feiert dort später noch weiter. Und bei seiner Wohnung hab ich's nicht probiert. Zum Frustrunterspülen bin ich wieder zurück in die Bar. Hokuspokus. Das ist der ganze Zauber. Zufrieden?«

Er nahm einen großen Schluck aus der Flasche und wischte sich mit dem Handrücken den Mund ab, sodass kleine Tröpfchen durch die Gegend flogen. Aus dem Nichts veränderte sich sein Gesichtsausdruck, er wirkte plötzlich verschlagen, wie Valerie mit Unbehagen feststellte.

»Verdammt noch mal! Was geht euch das überhaupt an, he?« Sein Tonfall war nun eiskalt und schneidend. »Ich muss euch gar nix sagen. Und wenn ihr mir den Mord am Bernhard unterjubeln wollt, habt ihr euch geschnitten. Das schafft ihr nie. Steckt gefälligst eure Nasen nicht in meine Angelegenheiten. Verstanden? Wenn doch, werdet ihr das bitter bereuen, das versprech ich euch.«

Mit der Bierflasche in der erhobenen Hand machte er einen Schritt vorwärts. Sein wutverzerrtes Gesicht hatte etwas Angsteinflößendes. Würde er seiner Drohung Taten folgen lassen?

Valerie wollte es gar nicht wissen. Sie hechtete nach hinten, riss dabei Nora mit sich und machte sich eben daran, die Treppe hinunterzulaufen und das Weite zu suchen, als sie zurückgehalten wurde. Sie hatte Nellys Beschützerinstinkt und Sturheit nicht bedacht. Die Hündin erhöhte ungeplanterweise die Gefahr, war um nichts in der Welt dazu zu bewegen, sich auch nur einen Millimeter vom Fleck zu rühren. Mit aufgestelltem Nackenhaar und gefletschten Zähnen fixierte sie Fritz und versuchte, ihm Angst einzujagen.

Valerie zog panisch an der Leine, sodass Nelly dadurch fast aus dem Halsband schlüpfte, als sie den Kopf kurz zu ihr wandte. Das durfte unter keinen Umständen passieren. Aber auf Valeries Rufe hörte sie nicht. Sie schien fest entschlossen, es mit Fritz aufzunehmen. Das hatte noch gefehlt.

Fritz starrte grimmig auf die Hündin hinunter. »Elender Köter«, hörte Valerie ihn knurren, dann sah sie zu ihrem großen Entsetzen, dass er mit dem Fuß ausholte. Er würde doch nicht etwa … Nein, das konnte sie nicht zulassen. Mit einem großen Schritt stürzte sie zurück, griff sich von der Seite Nelly, zog sie in ihre Arme und brachte sie außer Reichweite.

Durch einen Tränenschleier hindurch beobachtete sie, wie die Bewegung von Fritz' Fuß ins Leere ging und er strauchelte. Diesen Augenblick nutzte sie, setzte Nelly auf den Boden und machte sich dann in einem Höllentempo auf den Weg über die Treppe Richtung Ausgang. Sie hatte es geschafft. Sie hatte Nelly wagemutig aus der Gefahrenzone gebracht. Zu ihrer großen Erleichterung kam die Hündin jetzt anstandslos mit, lief mit großen Sprüngen voraus, offenbar erschrocken über ihre vorherige Courage. Das war wieder die Nelly, die sie kannte.

Unten angekommen, sah sie, dass Nora bereits die Haustür aufgerissen hatte und für sie aufhielt. Ohne zu wissen, ob Fritz ihnen folgen würde, rannten sie, so schnell sie konnten, bis sie beim Auto waren, stiegen ein und fuhren los. Erst einige hundert Meter weiter blieb Nora am Straßenrand stehen. Valerie bemerkte, dass auch sie am gesamten Körper zitterte.

Noch brachte keine von ihnen ein Wort über die Lippen, zu präsent war die Panik, die sie verspürt hatten, als Fritz mit erhobener Bierflasche auf sie losgegangen war.

Schließlich war es Nora, die die Sache auf den Punkt brachte. »Das war knapp«, krächzte sie, noch immer außer Atem.

Valerie streichelte Nelly, die sie vorschriftswidrig auf ihren Schoß gesetzt hatte. »Das kannst du wohl sagen.« Zu mehr reichte es nicht. Zunächst musste sie innerlich ruhiger werden. Sie hätte nicht geglaubt, dass Fritz dermaßen heftig reagieren würde.

Wahrscheinlich war er doch zu Recht einer von Dorotheas Hauptverdächtigen. Gut, dass Erwin gleich bei ihm aufkreuzen würde. Fritz hatte ein Motiv, hatte Bernhard vor Zeugen gedroht, wurde im Rausch bekanntermaßen aggressiv und hatte dazu noch die Demütigung wegzustecken gehabt, dass er trotz seiner langjährigen Tätigkeit beim »Schnitzelwirt« nicht zur Feier eingeladen worden war. Zu verlieren hatte er auch nichts mehr. Summa summarum könnte er doch gefährlicher sein, als sie gedacht hatten. Nach ihrem jetzigen Besuch war das mehr als naheliegend.

Es dauerte fast eine Viertelstunde, bis Nora sich imstande sah, zurück zu ihrer Wohnung zu fahren. Das Auto stellten sie am Parkplatz ab und stiegen die Treppen hoch in den dritten Stock. Nach Sprechen war ihnen nicht zumute. Die Einzige, der der Vorfall nicht in den Knochen zu stecken schien, war Nelly. Der war das Erlebnis nicht mehr anzumerken. Ein Glück, dass Valerie sie in letzter Sekunde hatte retten können.

Valerie stellte sich ans Fenster. Sie konzentrierte sich auf ihren Atem und zählte im Geiste alle schönen Dinge auf, die sie draußen sehen konnte. Den blauen Himmel, den Stubnerkogel, bis zu dessen Mittelstation nach wie vor Schnee lag, das erste

Grün an einem Baum vor dem Haus und ein paar Kohlmeisen, die von Ast zu Ast hüpften. Mit dieser Methode beruhigte sie sich immer erfolgreich. Der Melissentee, den Nora ihr auf den Tisch stellte, tat sein Übriges. Sie setzte sich und fühlte, wie langsam ihre Lebensgeister und ihr Tatendrang wieder erwachten.

Unschlüssig wandte sie sich an Nora. »Die Frage der Stunde lautet: Was machen wir jetzt?«

»Du sprichst mir aus der Seele. Ich überlege auch schon die ganze Zeit, ob das jetzt alles war. Fall gelöst, Ermittlungen beendet?« Nora schien zwischen Erleichterung und Unzufriedenheit zu schwanken.

Valerie empfand ganz ähnlich. »Das geht dieses Mal ziemlich schnell, oder?«

»Du sagst es«, antwortete Nora seufzend. »Seien wir mal realistisch. Die Polizei wird Fritz gleich verhören, und Gerti wird bald ihre Aussage machen. Da ist alles am Laufen. Wenn Fritz wirklich der Täter ist – und das ist zumindest wahrscheinlich –, dann ist der Fall so gut wie gelöst, und es geht nur mehr um ein Geständnis oder die Beweisfindung. Wo können wir zwei da noch sinnvoll etwas beitragen?«

»Das Einzige, was mir einfällt, ist, dass wir den Abend noch einmal in Bezug auf die Uhrzeiten durchanalysieren. Wir kennen den ungefähren Todeszeitpunkt, und wir könnten in der ›Big Mountains Bar‹ nachfragen, ob und wann Fritz am Samstagabend dort war. Dadurch leisten wir ein wenig Vorarbeit für die Polizei. Ich würde mich einfach besser fühlen, wenn ich zumindest ein wenig zur raschen Klärung des Falles beitragen könnte.«

Nora klatschte in die Hände. »Das nenn ich mal eine gute Idee, Valerie. So machen wir es. Und ganz nebenbei ist das auch noch die klitzekleine Chance für Fritz, dass er sich als unschuldig herausstellt. Wer weiß? Ein aggressiver Trunkenbold ist nicht automatisch ein Mörder, selbst wenn er uns einen gehörigen Schrecken eingejagt hat.«

Valerie war bereits aufgestanden. »Dann machen wir uns

doch gleich auf den Weg. Wir müssen nämlich zuvor noch einmal zu Gerti. Ich hab ganz vergessen, sie nach der Uhrzeit zu fragen, wann sie Fritz in der Nacht gesehen hat. Die Bar sperrt sowieso erst um fünf auf, das passt genau.«

Sie betraten den Cafébereich der Bäckerei genau in dem Augenblick, als aus Valeries Handtasche »Don't Worry, Be Happy« ertönte. Damit hatten sie ungewollt die Aufmerksamkeit der anwesenden Gäste. Und dann passierte das Unvermeidliche. Valerie brauchte ewig, bis sie das Handy fand. Es schien ein Naturgesetz zu sein, dass das, wonach sie suchte, als Letztes zum Vorschein kam. Sie sollte darüber nachdenken, eine kleinere Tasche zu verwenden und sie nicht bis zum Bersten vollzustopfen. Um immer für alle Eventualitäten gerüstet zu sein, schleppte sie stets viel zu viel Zeugs mit sich herum.

Der Refrain »*Don't worry, be happy*« passte aber so gut zu den aktuellen Umständen, dass Nora, die anfangs theatralisch aufgestöhnt hatte, herzhaft lachte. Bobby McFerrin hatte es geschafft und für gute Stimmung, nicht nur bei Valerie und Nora, gesorgt. An den Stehtischen der Stammgäste schnippten sie schon den Rhythmus mit den Fingern. Das war das Schöne an Ohrwürmern, man konnte sich ihrer nicht erwehren. Und dieser Song war berühmt dafür, gute Laune auszulösen.

Das Lachen verging Valerie allerdings im Laufe des Telefonats. Um in Ruhe reden zu können, war sie vor die Tür gegangen. Nora, die es sich an einem der kleinen runden Tische bequem gemacht hatte, klopfte bei ihrer Rückkehr auf den freien Stuhl neben sich und hob fragend eine Augenbraue.

Valerie setzte sich stöhnend. Sie fühlte sich elend, und das schlechte Gewissen nagte an ihr. »Wie können wir über meinen Klingelton lachen, während es Sophie und Mayari so schlecht geht?«

Nora wartete schweigend darauf, dass sie weitersprach.

»Das war Kamon. Ich hab den dreien doch gesagt, dass sie sich melden sollen, wenn sie etwas brauchen. Und er hörte sich ziemlich verzweifelt an. Jetzt, wo Bernhard tot ist, hätten Mayari und Sophie gern Ruhe. Trauer ist sehr persönlich, und jeder geht auf seine eigene Art damit um.«

Nora verstand noch immer nicht, worauf Valerie hinauswollte. »Das ist doch okay. Sie dürfen sich ja zurückziehen, wenn sie das möchten. Wo liegt das Problem?«

Valerie ballte die Hände zu Fäusten. »Das Problem sind Sabine und Florian samt Anhang. Sie sind offenbar der Meinung, dass sie in einem All-inclusive-Club wohnen, und verstehen nicht, warum sie nicht von vorn bis hinten bedient werden. Heute Morgen hat Kamon ihnen ein opulentes Frühstück bereitet, sie dann aber gebeten, sich zukünftig allein zu versorgen. Sie können die Küche im Gasthof und die Vorräte, die es zur Genüge gibt, verwenden.«

»Und das wollen sie beides nicht?«

»Sie sehen es nicht ein, sie seien hierher eingeladen worden, meinen sie. Aber Mayari und Sophie geht es nicht gut, und Kamon möchte viel lieber für die beiden da sein. Er will nicht den ganzen Tag Diener für die Wiener spielen.«

»Diener für die Wiener. Das reimt sich. Wenn es nicht traurig wäre, könnte man lachen. Glauben die tatsächlich, dass sie nur zu rufen brauchen und es wird ihnen alles gebracht?«

Valerie nickte. »Und Florian muss Kamon ins Gesicht gesagt haben, dass ihm als Bernhards Sohn der Gasthof ohnehin bald gehören werde und dass er, Kamon, gefälligst seinen Pflichten nachkommen solle. Und Mayari auch. Schließlich würden die beiden dafür bezahlt. Kamon hatte das Gefühl, dass Florian ihn am liebsten von einer Stunde auf die andere vor die Tür gesetzt hätte, aber dafür fehlt ihm die rechtliche Grundlage.«

»Was? Ja, geht's denn noch? Spielt sich als Chef auf, dabei hat er sich ewig nicht sehen lassen. Der hat doch keine Ahnung davon, wie seit Jahren alles abgelaufen ist. Kamon und Mayari sind Familienangehörige, keine Angestellten. Und als solche haben sie jedes Recht zu trauern. Und Sophie sowieso.« Nora war ehrlich entrüstet und konnte ihren Redefluss nicht stoppen. »Bernhard ist lange Zeit die einzige Familie gewesen, die sie hatte. Ihre Mutter und ihre Geschwister haben sich keinen Deut um sie gekümmert. Und kaum geht's ans Erben, machen sie sich wichtig.« Sie wirkte fuchsteufelswild. Wie Valerie hatte sie ein ausgeprägtes Gerechtigkeitsempfinden.

»Wundern muss einen dieses großspurige Getue nicht«, sagte Valerie. »Sieh dir doch Leonore an. Die hat auch keinen Funken Empathie im Leib und fühlt sich wie die Kaiserin von China höchstpersönlich.«

»So wie du sie beschreibst, sind die beiden ihr tatsächlich sehr ähnlich. Wichtiger als unser Geschimpfe ist aber, wie wir helfen können. Ein Kompromiss muss her, denn vorerst sitzen die alle in Bad Gastein fest.«

»Stimmt, hoffentlich nicht mehr lange. Unter Umständen gesteht Fritz ja die Tat. Und für Kamons Problem hatte ich eine Idee. Die Lösung liegt auf der Hand, nur ist er selbst nicht darauf gekommen. Er hat ja auch andere Sorgen.«

»Das stimmt. Was schlägst du vor?«

»Ganz simpel. Bernhard hatte ja nicht nur den ›Schnitzelwirt‹ in Bad Gastein, sondern auch die Gasthöfe in Bad Hofgastein und Dorfgastein. Diese beiden Betriebe laufen vorerst normal weiter, das hat Sophie heute mit Mayari und Kamon beschlossen. Nur Bad Gastein bleibt zu, weil es ohne Bernhards und ihre Arbeitskraft nicht geht. Aber die Wiener können sich in Bad Hofgastein ihr Essen bestellen, und einer der Angestellten wird es bringen. Oder sie fahren runter zum Essen.«

»Problem vom Tisch. Sehr schön. Das schätze ich an dir, Valerie. Dir fällt immer eine Lösung ein.« Nora klopfte ihr anerkennend auf die Schulter.

»Danke.« Valerie lächelte. »Aber jetzt lass uns unseren Caffè Latte bestellen, damit wir noch mit Gerti reden können.«

ZWÖLF

Das Gespräch war flugs erledigt. Ungefähr um zehn vor elf in der Nacht wollte Gerti Fritz beim Gasthof gesehen haben. Das war aber nur eine Schätzung. Sie hatte sich mit ihrer Mutter die Zehn-Uhr-Nachrichten im Fernsehen angesehen und dann noch ein wenig geplaudert, bis sie sich trotz des starken Regens auf den Nachhauseweg gemacht hatte, weil sie morgens früh aufstehen musste.

Nora trug die Uhrzeit in die Liste ein, die sie sich zuvor für diesen Zweck angelegt hatte, und lehnte sich zurück. »Das bedeutet, dass er als Mörder in Frage kommt. Du hast gesagt, die Tat sei zwischen Viertel vor elf und zwölf verübt worden. Bingo. Auch das spricht gegen Fritz.«

»Ja, bis hierhin scheint alles zu passen. Aber irgendwie kommt es mir trotzdem nicht stimmig vor. Ich meine, ich weiß schon, dass Fritz emotional massiv belastet ist, dass er sturzbetrunken war und Bernhard gedroht hat, aber prinzipiell ist er doch ein ehrlicher Kerl, jedenfalls war er das früher.« Grübelnd rührte Valerie in ihrem Caffè Latte.

»Ach, du immer mit deinen Bedenken. Du hast doch gesehen, wie rabiat er geworden ist, als er gemerkt hat, dass wir ihn verdächtigen. Das war doch wie ein Schuldeingeständnis. Sei zufrieden, dass der Fall relativ eindeutig ist. Freu dich lieber darauf, dass du wie geplant mit Viktor ins Flugzeug steigen kannst und Leonore Grafenstein wieder aus deinem Leben verschwindet.« Nora zog ihr Handy aus der Tasche und aktivierte das Display. »Schon fast fünf. Damit wir sicher sind, dass Gerti sich nicht in der Uhrzeit geirrt hat, sollten wir uns auf den Weg in die ›Big Mountains Bar‹ machen. Harry müsste sie in wenigen Minuten aufsperren. Vielleicht kann er sich erinnern, wann Fritz gekommen und gegangen ist.«

Nachdem sie bezahlt und sich von Gerti durch Winken

verabschiedet hatten, hakte sich Valerie bei Nora ein, und sie machten sich auf den Weg.

»Komm bloß nicht auf die Idee, dich von mir nach oben ziehen zu lassen. Du hängst ja mit deinem vollen Gewicht an meinem Arm.« Nora schnaufte.

Valerie nutzte die Gelegenheit, um eine kleine Pause einzulegen. »Von wegen. Ich hab viel eher das Gefühl, dass du schwer an mir dranhängst.«

Es war eine der steilsten Straßen Bad Gasteins, die sie am »Försterhütterl« und dem »Hotel Bellavista« vorbeiführte. Sie einigten sich darauf, dass es für beide dringend angesagt war, Kondition aufzubauen, das musste aber warten, bis der Mordfall gelöst und Valerie wieder aus dem Urlaub zurück war.

Erschöpft kamen sie bei der Bar an. Schon von Weitem sahen sie einen Zettel an der Tür: »Wegen Reparaturarbeiten vorübergehend geschlossen«.

Verblüfft sahen sie sich an.

»Wusstest du, dass Harry ein Problem im Lokal hat? Davon hab ich letzte Woche gar nichts bemerkt.«

Valerie schüttelte den Kopf. »Nein, er hat es mit keinem Wort erwähnt. Vielleicht hat er einen Rohrbruch. Das kommt doch bei unserem mineralreichen Wasser oft vor. Manche Versicherungen haben wegen des häufigen Problems mit Bad Gasteiner Immobilien gar keine Freude mehr, hab ich gehört.«

Nora schien frustriert. »Gut möglich, aber dass das ausgerechnet heute sein muss. Ich hätte ihn gern unauffällig in ein Gespräch verwickelt. Wir könnten ihn natürlich anrufen, aber das ist zu offensichtlich. Schließlich soll niemand mitbekommen, dass wir unsere Nasen wieder in Angelegenheiten stecken, die uns nichts angehen. Meine Vorstellung war, Dorothea unsere Recherchen zu präsentieren, sobald keine Gefahr mehr droht, weil Fritz bereits wegen dringenden Tatverdachts festgenommen worden ist. Aber ich würde vorschlagen, dass wir uns in diesem Fall das Gespräch mit ihr sparen. Ich dachte, wir könnten ihr die genauen Uhrzeiten der Geschehnisse liefern. Das fällt nun flach. Wir wissen de facto nichts Neues. Schade. Das verletzt meine Hobbydetektivinnenehre.«

Valerie runzelte die Stirn. »Hobbydetektivinnenehre? Dass du so ehrsam bist, wusste ich gar nicht. Aber ich stimme dir zu, es bringt nichts, zu ihr zu gehen. Ist vermutlich besser so. Sie wollte sowieso nicht, dass wir uns einmischen.«

»Hm.« Nora war ungewöhnlich wortkarg.

Valerie zog sie mit sich. »Lass uns gehen. Einerseits bin ich froh, dass der Spuk aller Wahrscheinlichkeit nach bald vorbei ist und Bernhards Mörder seiner gerechten Strafe zugeführt wird, andererseits tut es mir leid. Viel haben wir nicht herausbekommen. Ich hätte schon noch Lust gehabt, ein wenig länger zu ermitteln.«

Schweigend machten sie sich auf den Weg hinunter ins Ortszentrum. Ungefähr auf Höhe des leer stehenden Kongresszentrums blieb Nora abrupt stehen. »Sag mal, wie wären wir vorgegangen, wenn Fritz Bernhard beim Fest nicht bedroht hätte?«

Valeries Augenbrauen schnellten in die Höhe. »Wie meinst du das?«

»Ich überlege, ob wir uns nicht zu früh auf Fritz eingeschossen haben. Es passt alles perfekt zusammen, das geb ich zu, vieles spricht gegen ihn. Aber solange es keine handfesten Beweise gibt und er kein Geständnis abgelegt hat, könnten wir doch noch ein wenig recherchieren. Die anderen Verdächtigen überprüfen zum Beispiel. Dorothea wird sich schon um Fritz kümmern, und bis wir die Information haben, dass er fix der Täter ist, gehen wir beide ganz entspannt unserer Leidenschaft nach. Mördersuche. Was hältst du davon?«

Valerie lachte auf. »Manchmal bist du echt ein verrücktes Huhn, das weißt du selbst, oder?«

Nora grinste. »Verrückt oder nicht. Macht doch nichts. Komm schon, lass uns überlegen, wen wir uns vorknöpfen würden, wenn Fritz Bernhard nicht bedroht hätte.«

»Diese Frage ist rasch beantwortet. Entweder Peter Baumgartinger oder Sabine und Florian. Aber zuerst würde ich mir den Baumgartinger anschauen, du weißt schon, den von ›Mountain Invest‹, und eventuell auch den Sailer von den Bergbahnen. Es wurden schon Leute wegen viel weniger Geld umgebracht.«

»Ich hab's gewusst.« Nora umarmte Valerie spontan. »Dafür hast du dir eine Wohlfühlrunde am Wasserfall verdient. Der regt die Kreativität an, die brauchen wir.«

Valerie rührte sich nicht vom Fleck. »Was hast du gewusst?«

»Dass du Lust hast, mitzumachen. Es tut doch gut, die kleinen grauen Zellen anzustrengen und sich mal mit etwas Neuem zu beschäftigen. Außerdem sind wir es Bernhard schuldig, dass wir noch ein wenig an der Sache dranbleiben. Also, wie können wir die Sache mit Peter Baumgartinger angehen?«

»Zuerst würde ich im Internet recherchieren«, sagte Valerie nach kurzem Nachdenken. »Weil man seine Gegner kennen sollte. Und dann würde ich unter einem Vorwand zu ihm gehen und ihn unauffällig aushorchen.«

Nora nickte. »Klingt gut. Die Online-Recherche sollten wir aber Jakob und Lea überlassen, meinst du nicht? Die haben letztes Jahr zusammen mit Felix viel herausgefunden.«

Valerie traute ihren Ohren nicht. »Du weißt aber schon, dass die beiden von Viktor striktes Verbot haben, mich zu unterstützen. Das können wir vergessen. Ich kann sie auf keinen Fall in einen Loyalitätskonflikt stürzen. Natürlich weiß ich, dass es ihnen damals Spaß gemacht hat, aber –«

Nora schnitt ihr das Wort ab. »Da hast du es. Du würdest ihnen einen Gefallen tun, wenn du sie darum bittest. Und du musst doch nicht sagen, dass wir wegen des Mordes auf der Suche nach Infos über Baumgartinger und am besten auch über Sailer sind, sondern wegen der Sache mit dem Graukogel. Nach Bernhards Tod braucht es jemanden, der den beiden Paroli bietet. Jemanden mit Fingerspitzengefühl, und das hast du ja. Solltest du dich an Bernhards Stelle in dieser

Sache engagieren, würde es nicht auffallen, wenn du mehr über Baumgartinger, ›Mountain Invest‹ und Sailer wissen möchtest. Man sollte seine Gegner schließlich kennen, das hast du selbst gesagt, oder?« Nora hatte, ohne Luft zu holen, durchgesprochen. Erwartungsvoll schwieg sie nun.

»So, wie du das sagst, klingt alles logisch. Aber dann nutze ich meine Kinder aus, manipuliere sie zu unseren Gunsten. Das widerstrebt mir. Und alles nur, damit wir Detektivinnen spielen können.«

Nora klimperte gespielt unschuldig mit den Wimpern. »Ach, Valerie. Gönn uns doch ein wenig Abwechslung. Es wäre außerdem in Bernhards Sinn. Das mit dem Graukogel, das meine ich nämlich ernst. Dir liegt dieses Thema am Herzen, genau wie ihm, das hab ich in den letzten Wochen mitbekommen. Es ist dir nicht egal, ob am Hausberg alles verbaut wird oder nicht. Auf diese Weise können wir zwei Fliegen mit einer Klappe schlagen. Im besten Fall tauchen Argumente auf, die den Gemeinderat davon überzeugen, dass man dieses Projekt auf gar keinen Fall umsetzen sollte, und eventuell kommen wir in der Frage weiter, ob Baumgartinger oder Sailer mit Bernhards Tod zu tun haben könnten. Die Online-Recherche übernehmen Lea und Jakob und die möglichen Gespräche wir. Das klingt für mich perfekt.«

Valerie hob gottergeben die Schultern. »Also gut, du hast gewonnen. Du gibst sowieso keine Ruhe, bis ich Ja sage. Lass uns jetzt gleich zu Lea und Jakob gehen. Ihre Lehrveranstaltungen müssten zu Ende sein. Ich bete bloß, dass wir nicht direkt Viktor in die Arme laufen. Der würde mir sofort ansehen, dass ich was zu verheimlichen habe.«

Nora hakte sich bei ihr unter und marschierte los. Das Versprechen, beim Wasserfall stehen zu bleiben, hatte sie vergessen. Energischen Schrittes überquerte sie die Brücke und steuerte auf den Hoteleingang zu.

»Du machst dir wie üblich zu viele Gedanken. Du weißt doch, der Fall ist vermutlich gelöst. Aus diesem Grund musst du auch Viktor gegenüber kein schlechtes Gewissen haben. Und Anton hat mir übrigens vorhin eine Nachricht geschickt, die beiden sind miteinander unterwegs. Sie sind mit Andi im Jagdbogenparcours. Wir haben also freie Bahn. Du redest mit Jakob und Lea, und ich mach mir bei dir im Büro Notizen. Ich denke, ich hab eine Idee, wie wir mit Baumgartinger ins Gespräch kommen können.«

Valerie traf die Zwillinge in der Küche an. Ohne überredet werden zu müssen, willigten sie ein, nach Informationen über Peter Baumgartinger und Anton Sailer zu suchen, und fanden es megacool, dass ihre Mutter ernsthaft darüber nachdachte, an Bernhards Stelle Sprecherin der Projektgegner zu werden. Auch sie waren der Meinung, dass er sich über ihr Engagement gefreut hätte.

Auf dem Weg zu Nora bekam sie jedoch einen Anruf. Sie blieb am Treppenabsatz stehen und nahm das Gespräch an.

»Hallo, Sophie. Schön, dass du dich meldest. Was gibt's denn?«

Wie sich herausstellte, saß Bernhards jüngste Tochter im Büro ihres Vaters, das die Tatortgruppe schon untersucht und wieder freigegeben hatte, und versuchte, sich einen Überblick zu verschaffen. Valerie vermutete, dass sie verschiedene Phasen in ihrer Trauer durchmachte. Zuvor hatte sie ihre Ruhe haben wollen, und nun brauchte sie Ablenkung. Valerie selbst hatte viel Erfahrung mit den Arbeiten, die in einem Gastgewerbebetrieb anfielen, deshalb sagte sie zu, ihr zu helfen.

Sie beendete den Anruf und bekam ein schlechtes Gewissen, weil Nora ihr erwartungsvoll entgegensah.

»Alles geregelt mit Lea und Jakob? Waren sie misstrauisch?«, fragte sie gespannt.

»Alles im grünen Bereich. Sie werden nach Informationen über Baumgartinger und Sailer suchen. Ob sie ahnen, dass die Recherchen auch einen zweiten Grund haben, weiß ich nicht. Jakob hat eine vage Andeutung gemacht, aber immerhin finden sie es gut, dass ich etwas gegen das Graukogelprojekt unternehmen möchte. Und sollten sie den Braten riechen und der Meinung sein, dass wir in Sachen Todesfall herumschnüffeln, glaube ich, dass sie dichthalten und es Viktor nicht unter die Nase reiben werden.«

»Perfekt. Lassen wir sie suchen. Und ich erzähl dir gleich noch, wie wir die Sache mit Baumgartinger am besten angehen.« Nora hatte einige Zettel, auf denen sie eine stattliche Anzahl an Notizen gemacht hatte, vor sich auf dem Schreibtisch liegen.

Valerie enttäuschte sie nur ungern. »Tut mir leid, das müssen wir verschieben. Sophie hat mich angerufen. Sie braucht Hilfe von Gastronomin zu Gastronomin. Ich hatte allerdings eher den Eindruck, dass sie sich beschäftigen muss, um sich von ihrer Trauer abzulenken. Nimmst du mich mit dem Auto mit hoch?«

»Ja, liegt ja auf dem Weg, schade ist es trotzdem. Am liebsten würde ich sogar heute noch zu Baumgartinger fahren. Aber das wäre sowieso unklug. So ein Besuch will geplant sein.« Sie überlegte. »Wie wäre es, wenn du ihn am Vormittag, während ich in der Schule bin, anrufst und um einen Termin bittest? Sollten wir spontan auftauchen, ist er womöglich nicht da.«

»Um einen Termin bitten? Was soll ich ihm denn sagen, weshalb ich mit ihm reden will? ›Entschuldigung, Herr Investor, ich wollt fragen, ob ich vorbeikommen kann. Ich möcht Sie gern ein bisschen aushorchen und wissen, was Sie in der Mordnacht getrieben haben‹?« Valerie hatte ihre Stimme verstellt, sodass am Tonfall erkennbar war, wie dämlich sie diese Vorstellung fand.

Nora schüttelte den Kopf. »Wo bleibt dein Fingerspitzengefühl? Du gehst als Interessentin hin. Du bist Valerie Thaller, angesehene Hotelbesitzerin in Bad Gastein, und würdest gern mit ›Mountain Invest‹ eine Kooperation eingehen. Entweder als Betreiberin des Luxusresorts oder auch nur zuständig für den gesamten Gastronomiebereich. Dir wird schon was einfallen. Der ist heiß drauf, dass er in Bad Gastein wichtige Unterstützer oder Partner findet. Wahrscheinlich küsst er dir die Hand, wenn du bei ihm aufkreuzt.«

Valerie war beeindruckt. »Alle Achtung. Du bist schlau wie ein Fuchs, liebe Nora, das muss man dir lassen. Die Idee ist genial. Ich ruf ihn morgen Vormittag an und mach für den Nachmittag ein Treffen aus.«

Nora hob die Hand, damit Valerie einschlagen konnte. »Ja, wir sind wieder im Rennen. Solange Dorothea kein Geständnis von Fritz hat, können wir uns der Illusion hingeben, noch mitten in den Ermittlungen zu stecken. Und nebenbei erfahren wir mehr über das Bauprojekt. Wenn da was faul ist und wir etwas rausfinden, können wir es gegen Baumgartinger verwenden. Ist zwar nicht die feine Art, aber damit kann ich leben.«

Valerie stimmte ihr zu. »Das klingt nach einem perfekten Plan.«

DREIZEHN

Als Valerie gegen achtzehn Uhr beim »Schnitzelwirt« ankam, hatte sich der Himmel stark zugezogen. Die düsteren Lichtverhältnisse passten zu ihrer Stimmung. Zögernd schritt sie auf den Gasthof zu. Hier, am Ort des Geschehens, wurde ihr wieder mit Schaudern bewusst, wie rasch ein Leben zu Ende sein konnte und wie tragisch das für das Umfeld war. Bernhard, der Schnitzelkönig, war bekannt für seine Geselligkeit gewesen, sein Tod würde eine spürbare Lücke im sozialen Gefüge Bad Gasteins hinterlassen.

Und sie selbst hatte nichts Besseres zu tun, als mit Nora Detektivin zu spielen, hatte zudem Freude daran. War das pietätlos? Diese Frage hatte sie bisher immer schnell wieder verdrängt, doch nun schob sie sich ihr erneut ins Bewusstsein. War ihre Vorgehensweise moralisch verwerflich?

Sie steuerte über die Gastgarten-Terrasse auf den Eingang zu und nahm sich vor, dieses Thema später zu überdenken. Zuerst wollte sie Sophie helfen. Das hatte Vorrang.

Schon von Weitem sah sie eine von Hand geschriebene kleine Tafel mit dem Schriftzug »Vorübergehend geschlossen« am linken Flügel der Holztür hängen. Welche menschliche Tragödie sich hinter diesen unscheinbaren Worten verbarg, war für Fremde, die den Gasthof besuchen wollten, nicht ersichtlich.

So war es mit vielem im Leben. Man erkannte oft nur einen Teil der Wahrheit, hinter die Fassaden blickte man selten und urteilte somit häufig vorschnell über andere. Das wurde Valerie in diesem Moment wieder bewusst. Auch sie war davor nicht gefeit. Möglicherweise ging sie mit Sabine und Florian zu hart ins Gericht. Sie sollte etwas verständnisvoller sein. Zumindest etwas neutraler.

Entschlossen griff sie nach der Messingklinke und öffnete

den rechten Türflügel. Wie vereinbart hatte Sophie für sie aufgesperrt, damit sie ins Büro hinter der Gaststube gehen konnte.

Beinahe geräuschlos zog sie die Tür wieder hinter sich ins Schloss und ließ den Eingangsbereich auf sich wirken. Das Interieur war modern und traditionell zugleich. Das gefiel ihr und stellte für sie keinen Widerspruch dar. Bernhard hatte bei Renovierungen darauf geachtet, dass der alpenländische Stil in allen Räumen erhalten blieb. Die regionalen Handwerker, die er dafür engagiert hatte, sollten aber durchaus moderne Akzente setzen.

Neu für sie war die Leere, die das Gebäude ausstrahlte. Valerie fand die ungewohnte Stimmung im Haus unheimlich und beeilte sich deshalb, zu Sophie zu kommen. Vor der Bürotür stoppte sie jedoch abrupt ab, weil von drinnen eine Stimme ertönte, die ihr bekannt war. Es war Sabine, die Valerie durch die angelehnte Tür hörte. Allem Anschein nach hatte sie schlechte Laune.

»Gibt's denn bei euch auf dem Land gar nichts? Das darf doch nicht wahr sein. Nicht mal einen Friseur? Ich muss mir dringend die Haare waschen lassen.«

Valerie traute ihren Ohren nicht. Sophie konnte einem leidtun. Der Ton, in dem ihre ältere Schwester mit ihr sprach, war alles andere als freundlich.

Dennoch antwortete Sophie ruhig: »Natürlich haben wir Frisiersalons, aber montags sind die traditionellerweise geschlossen. Brauchst du denn zum Waschen einen Friseur? Ich kann dir gern ein Shampoo von mir geben, wenn du das aus den Gästebädern nicht verwenden möchtest.«

Die Antwort kam prompt und empört. »Ich soll sie selbst waschen? Das mache ich nie. Eine Grafenstein wäscht sich die Haare nicht selbst.«

Valerie wurde es zu bunt. Die Unterhaltung war mehr als grotesk. Sie beschloss, Sophie zu unterstützen, bevor sich diese Lappalie aufschaukelte.

Auf ihr Klopfen erklang ein »Komm herein« von drinnen. Sie betrat den Raum.

Sophie war blass, und ihre Augen waren gerötet. Die Erleichterung darüber, nicht mehr allein mit Sabine zu sein, war ihr ins Gesicht geschrieben. Ihre Schwester hingegen schien weniger erfreut über den unerwarteten Besuch zu sein. Sie musterte Valerie abschätzig, ohne jedoch ihre Begrüßung zu erwidern.

Valerie ließ sich davon nicht irritieren. »Ich hab Ihr Dilemma vernommen. Leider sind tatsächlich montags die Salons geschlossen. Aber ich denke, sogar in Wien ist das bei den meisten Läden so. Und um diese Uhrzeit würde Ihnen auch dort niemand mehr die Haare waschen, es ist ja schon reichlich spät, um ohne Termin noch wo aufzukreuzen. Morgen früh können Sie es gern versuchen, dann sind alle wieder offen. Ich muss aber dazusagen, dass bei uns niemand nur zum Waschen hingeht. Ausgenommen Senioren, die es nicht mehr schaffen, die Arme über den Kopf zu heben. Soll ich Ihnen eine Adresse aufschreiben?« In zuckersüßem Ton hatte sie den letzten Satz hinterhergeschoben und lächelte übertrieben freundlich.

Ihr Auftritt verfehlte die gewünschte Wirkung nicht. Sabine war sichtlich wütend und verließ unter Schimpfen den Raum. Dann fiel die Tür ins Schloss. So schnell konnte es gehen, dass man die besten Vorsätze über Bord warf. Hatte sich Valerie nicht eben noch vorgenommen, Sabine neutral zu begegnen? Das war ihr eindeutig nicht gelungen.

Sophie ließ sich auf einen Stuhl sinken. »Dank dir, Valerie. Sabine und Florian bringen mich zur Verzweiflung. Das ist alles Schikane. Ich glaub gar nicht, dass Sabine gegen mich persönlich etwas hat, aber sie ist es gewohnt, dass sie Menschen herumkommandieren kann. Mutter ist auch so. Und den Frust darüber, dass sie in den Bergen festsitzt, lässt sie an mir aus. Und an Mayari und Kamon.«

Valerie umarmte Sophie zur Begrüßung. »Nimm's nicht zu tragisch. Du wusstest schon vorher, dass deine Geschwister anders drauf sind als du.« Um keine sentimentale Stimmung aufkommen zu lassen, fragte sie: »Wie sieht's aus? Womit kann ich dir helfen?«

Es waren noch keine zehn Minuten vergangen, als Florian, ohne zu grüßen, in den Raum stürzte. »Darf ich fragen, was hier vor sich geht?«

Perplex schauten Sophie und Valerie zu ihm hoch. Er hatte sich in voller Größe vor ihnen aufgebaut und wartete auf eine Antwort.

»Wir erledigen die Bestellungen und kümmern uns um die Buchhaltung«, erklärte Sophie. »Valerie hilft mir dabei. Sie kennt sich mit diesen Dingen aus. Papa hat das meistens allein gemacht, er hat erst kürzlich damit begonnen, mich im Büro einzuarbeiten. Aber ich weiß einfach noch nicht genug und will nichts übersehen. Wir sind auch die E-Mails durchgegangen und seinen Stapel für unerledigte Dinge.«

»Das kann ja wohl warten«, schnauzte Florian sie an. »Mach dich nicht wichtig.«

Sophie zuckte im ersten Moment erschrocken zusammen, reckte dann aber ihr Kinn und setzte sich gerade hin. »Nein, das kann nicht warten. Die Rechnungen müssen bezahlt und die Bestellungen der Köche aus den anderen Gasthöfen weitergegeben werden. Papa hat das für alle zusammen erledigt. Er hat den Kontakt mit seinen Lieferanten geliebt. Mit den meisten war er befreundet und hat sie regelmäßig besucht. Deswegen hatte er immer auch ein Auge auf die Qualität der Lebensmittel. Und ich weiß, dass es ihm viel bedeuten würde, wenn er wüsste, dass das in seinem Sinne gut weiterläuft. Die Arbeiten erledigen sich nicht von selbst.«

Ärgerlich hob Florian die Hände. »Das ist alles schön und gut. Aber ich wünsche nicht, dass du solche Dinge ohne mich machst. Und ich verbiete dir, Fremden unsere Geschäftsinterna anzuvertrauen.« Abfällig, so schien es Valerie, nickte er in ihre Richtung. »Immerhin wird das alles bald mir gehören. Ich bin der einzige Sohn, mir stehen Vaters Betriebe ja am ehesten zu.«

Valerie war sprachlos.

Sophie fing sich schneller. »Geschäftsinterna? Was bitte hast *du* damit zu tun?«, konterte sie. »Du hast dich noch nie für Papas Arbeit interessiert. Seine Schecks hast du aber, ohne dich zu bedanken, immer angenommen. Woher das Geld kam, war dir nicht wichtig. Du hast doch keine Ahnung von den Betrieben. Übrigens sind die schon vor Jahren in einer GmbH zusammengeführt worden, und ich bin, ganz nebenbei erwähnt, als zweite Geschäftsführerin offiziell gemeldet. Also kann ich die Arbeiten übernehmen und Entscheidungen ohne dich treffen. Und wenn ich mir Hilfe hole, ist das allein meine Sache.«

Florian rang sichtlich um Fassung. »Das werden wir noch sehen. Das lasse ich mir nicht bieten.« Wütend verließ er das Büro und knallte die Tür hinter sich derart fest zu, dass das kleine Jesuskreuz neben dem Eingang wackelte.

Valerie war bestürzt, wollte aber Sophie bestärken. »Mach dir nicht zu viel daraus. Wenn es hart auf hart kommt, weißt du, dass du immer auf uns zählen kannst. Und nicht nur auf uns, auch auf viele andere.«

»Ich weiß«, flüsterte Sophie. »Trotzdem tut es weh, dass meine eigenen Geschwister mich wie ein unerwünschtes Übel behandeln. Ich bin doch nicht Aschenbrödel.« Sie wischte sich mit einem Taschentuch Tränen aus den Augenwinkeln. »Komm, lass uns lieber wieder arbeiten«, sagte sie dann mit einem Anflug von Entschlossenheit.

Eine Stunde später lehnte sich Valerie im Bürostuhl zurück.

»Ich denke, das war's. Bernhard hat alles tipptopp geordnet hinterlassen. Es wird nicht lange dauern, bis du dich vollends eingearbeitet hast. Vieles weißt du ja schon von ihm, für manche Dinge ist euer Steuerberater zuständig, und mich kannst du auch jederzeit fragen, wenn du Rat brauchst. Mit der Vermietung der Appartements kennt sich Mayari aus, und die Abrechnung für die Fremdenzimmer, die kann ich dir gern noch einmal zeigen, wenn ihr die ersten Gäste habt. Ihr schafft das schon, davon bin ich überzeugt.« Sanft berührte sie Sophie am Arm.

»Vielen Dank für alles«, sagte diese, und Valerie spürte, dass der Satz von Herzen kam.

»Nichts zu danken.« Ihr Blick fiel auf den Stapel Post, den Sophie eben von draußen hereingeholt hatte. »Ist noch eine Rechnung gekommen, um die wir uns sofort kümmern sollten?«

Sophie schob sich eine Haarsträhne hinters Ohr und nahm einen Brieföffner aus der obersten Schublade. »Ich denke nicht, schau die Briefe aber noch durch.«

Valerie schnappte sich ihre Handtasche, holte ihr Handy heraus und schrieb eine Nachricht an Viktor, dass sie in Kürze nach Hause kommen werde. Plötzlich hörte sie Sophie aufschreien.

»Was ist? Etwas Schlimmes?«

»Sieht ganz danach aus.« Sie streckte Valerie einen Brief hin.

Am Kuvert standen Bernhards Name und Adresse, aber kein Absender. Beim Überfliegen der Zeilen wurde ersichtlich, warum.

Kälte kroch Valerie den Nacken hoch. Sie wischte sich die Hände an der Hose ab und las die Botschaft erneut. Es handelte sich um ein anonymes Schreiben, und der Inhalt hatte es in sich. Beginnend mit wüsten Beschimpfungen endete der Text mit einer Drohung, sich »Mountain Invest« nicht in den Weg zu stellen. Das werde Bernhard sonst bitter bereuen.

Sophie war noch um eine Nuance blasser geworden. Unsicher wankte sie zum nächsten Stuhl und ließ sich darauf nieder.

Valerie nahm das Kuvert noch einmal zur Hand und betrachtete es eingehend von beiden Seiten. Nicht nur der Absender fehlte. Auch Briefmarke und Poststempel waren nicht vorhanden. Das konnte nur bedeuten, dass dieses Drohschreiben persönlich abgegeben worden war.

Fieberhaft überlegte sie, wie der Brief einzuordnen war. Konnte er von Baumgartinger stammen? War Fritz Derbacher womöglich wirklich unschuldig? Und waren Schreiber und Mörder zwingend ein und dieselbe Person?

Sie stoppte ihre Gedanken. Erst einmal brauchte sie mehr Informationen. Mit den zeitlichen Abläufen würde sie anfangen.

»Weißt du, wann ihr euren Postkasten das letzte Mal entleert habt?«, fragte sie.

Es dauerte, bis Sophie antwortete. Valerie hatte den Eindruck, dass ihre Frage nur langsam zu ihr durchdrang. Sie hatte Verständnis dafür. Dieser Brief ließ Bernhards Tod in neuem Licht erscheinen. Er legte den Schluss nahe, dass der Täter nicht im Affekt, sondern geplant gehandelt hatte.

Das Einwerfen des Drohschreibens wirkte dennoch unüberlegt. Wenn der Brief tatsächlich von Baumgartinger stammte, hatte er einen groben Fehler gemacht. Dass Sophie ihn finden würde, war vorhersehbar gewesen. Hoffentlich brachte sie das nicht ebenfalls in Gefahr.

Sophies Stimme riss sie aus ihren Gedanken. »Ich denke, das ist schon einige Tage her. Wir bekommen jeden zweiten Tag Post. Letzte Woche waren Dienstag und Donnerstag dran. Diese Woche kommt sie am Montag, Mittwoch und Freitag.«

»Das bedeutet, dass der Brief zwischen Donnerstagabend und heute Nachmittag eingeworfen worden ist. Wir können den Zeitpunkt aber noch weiter einschränken. Ich nehme an, dass mittlerweile jeder im Ort weiß, dass dein Vater tot ist. Das hat sich in Windeseile im Tal herumgesprochen. Folglich wird der Schreiber ihn vor Sonntag eingeworfen haben. Der Inhalt legt nahe, dass der Brief von Baumgartinger stammen könnte. Aber warum hätte er ihn schreiben sollen? Er hat doch am Samstag noch mit Bernhard telefoniert, hat sogar einen Termin mit Sailer und ihm vereinbart. Das Gespräch ist aber nicht gut verlaufen. Gegen Ende hat Baumgartinger ihn beschimpft, bedroht und dann aufgelegt. Bernhard hat ihm nämlich gesagt, dass er nicht käuflich ist und seine Meinung zum Projekt nicht ändern wird. Deswegen war er unsicher, ob der Termin heute überhaupt noch stattfindet.«

»Echt?«, flüsterte Sophie in ungläubigem Ton. »Davon weiß ich gar nichts. Das hat er mir nicht erzählt.«

Valerie war darüber nicht verwundert. »Ich nehme an, dass er dich nicht mit seinen Problemen belasten wollte. Er hat mit Viktor und mir darüber gesprochen. Ich wette, er hat nicht im Traum daran gedacht, dass er in Gefahr schweben könnte. Ich denke, dass er Baumgartingers Geschimpfe nicht ernst genommen hat.«

»Aber ergibt das Sinn, dass er Papa am Telefon bedroht, ihm später einen Brief schreibt und ihn im Anschluss umbringt, bevor Papa ihn noch gelesen hat?«

»Nein, eben nicht. In dieser Reihenfolge klingt das nicht realistisch.« Valerie dachte nach und versuchte, eine mögliche Erklärung für die zeitlichen Abläufe zu finden. »Vielleicht hat sich Baumgartinger nach der Sitzung am Freitag in die Enge getrieben gefühlt. Er hat sich zwar zu Bernhards Rede nicht geäußert, aber er machte auf mich einen wütenden Eindruck. Und dein Vater war aus Baumgartingers Sicht der Rädelsführer. Viele Gasteiner haben seine Meinung geschätzt.«

»Das habe ich beim Fest gesehen. Immer wieder sind Freunde zu ihm an den Tisch gekommen und haben sich für sein Engagement bedankt.« Die Erinnerung daran entlockte Sophie ein trauriges Lächeln.

Valerie spann den Gedanken weiter. »Baumgartinger musste um sein Projekt bangen. Es wäre also möglich, dass er sich nach dem Telefonat im Laufe des Samstags immer tiefer in seinen Hass auf deinen Vater hineingetigert und den Brief geschrieben hat. Den hat er dann am Abend persönlich vorbeigebracht, in der Meinung, Bernhard sitze noch bei seinem Geburtstagsfest. Die Feier war aber wegen des Hagels früh zu Ende. Bernhard kommt heim und trifft Baumgartinger vor dem Haus. Sie gehen hinein, um noch einmal zu reden. Der Konflikt verstärkt sich, und Baumgartinger schlägt deinen Vater im Affekt nieder. So könnte es gewesen sein, oder?«

»Möglich. Die Polizei hält es für wahrscheinlich, dass ein Streit eskaliert ist. Das haben sie uns gesagt. Das wäre dann Totschlag, meinen sie. Aber mir ist doch egal, wie es heißt. Papa ist tot, und er kommt auch nicht mehr wieder. Und der, der das getan hat, soll dafür büßen.« Sophie schlug die Hände vors Gesicht.

Valerie fühlte mit ihr. »Du wirst sehen, Dorothea Oswald ist gut, die wird den Täter finden, ob es Baumgartinger ist oder nicht«, sagte sie ermutigend. »Ruf sie bitte unbedingt an und sag ihr das von dem Brief. Der ist ein wichtiges Beweismittel und muss ins Labor. Vielleicht sind Fingerabdrücke darauf.«

Sophie nickte schweigend. Dann sah sie zu Valerie hoch, die unruhig im Raum hin- und herging, weil ihr das beim Nachdenken half. »Das mach ich. Versprochen. Aber, Valerie …«

»Ja?«

»Könntest du bitte mit Nora reden? Vielleicht hat sie noch eine Idee zu dem Ganzen. Ich weiß, dass ihr beide letztes Jahr vor der Polizei herausgefunden habt, wer der Täter war. Ich kann mit dieser Unsicherheit nicht umgehen. Ich will nicht, dass der Mörder frei herumläuft. Und schon gar nicht, dass noch mehr passiert. Was, wenn es ein Irrer ist und Papa nur zufällig zum Opfer geworden ist? Dann könnte das jederzeit wieder passieren … Aber andererseits …«

»Ja?«

»Andererseits bringt ihr euch dann selbst in Gefahr. Daran hatte ich nicht gedacht. Das möchte ich nicht. Vergiss lieber, was ich gesagt habe, Valerie. Ich bin nicht klar bei Verstand. Ich werde Dorothea Oswald anrufen. Das wird am besten sein.«

Valerie bestärkte sie darin, bat sie aber auch, besonders vorsichtig zu sein und nach Möglichkeit in Kamons Nähe zu bleiben. Die Tatsache, dass Baumgartinger wissen musste, dass sie den Brief kannte, war beunruhigend.

Was sie Sophie wohlweislich verschwieg, war die Tatsache, dass Nora und sie längst vorhatten, Baumgartinger auf den Zahn zu fühlen. Nur erschien das geplante Treffen unter den neuen Gesichtspunkten nicht mehr so harmlos wie ursprünglich gedacht. Dennoch würde das Risiko überschaubar sein. Baumgartinger war in einem kleinen, luxuriösen Hotel in Bad Hofgastein abgestiegen. Wenn sie ihn dort trafen, drohte ihnen keine Gefahr, so hoffte Valerie, egal ob er in Bernhards Tod verwickelt war oder nicht.

Sie half Sophie schweigend beim Absperren des Gasthofs und begleitete sie bis zur Wohnungstür, wo sie sich verabschiedeten.

Kurz blieb Valerie noch im Eingangsbereich stehen und sog die kühle Nachtluft ein. Sie stellte sich die Frage, ob nicht doch hier und jetzt Schluss sein sollte mit ihren eigenen Ermittlungen. Sie könnte Dorothea ihre Überlegungen schildern und dann friedlich die Hotelpause genießen.

Aber so spontan dieser Einfall gekommen war, so schnell war er auch wieder verflogen. Nein, sie schaffte es nicht, Däumchen zu drehen und der Polizei das Feld zu überlassen. Der Drohbrief warf zu viele neue Fragen auf. Und Sophie und Mayari würden erst zur Ruhe kommen können, wenn Bernhards Mörder gefasst war.

Es war schon dunkel, als Valerie den Gartenweg entlang zum Parkplatz ging, der gut beleuchtet vorn an der Straße lag. Die kürzeste Strecke zum Grand Hotel führte den Wasserfallweg hinab, doch dazu fehlte ihr der Mut. Um diese Uhrzeit war es dort menschenleer. Das war ihr unter den gegebenen Umständen zu gefährlich. Sie würde einen Umweg machen, um sich sicher zu fühlen.

In so einer Situation kann man paranoid werden, dachte sie. Jedes kleine Geräusch, wie das Knacken der Äste, wenn sich ein Vogel im Gebüsch tummelte, ließ ihren Puls in die Höhe schnellen. Im Eilschritt ging sie die Straße entlang, überquerte sie und wandte sich dann an der nächsten Ecke nach links.

Vorbei ging es am Naturdenkmal Gletschermühle und am örtlichen Tennisplatz bis zur Apotheke. Um diese Jahreszeit begegnete man hier abends kaum jemandem. Valerie entspannte sich erst ein wenig, als sie vorn an der Hauptstraße angelangt war. Die Geschäfte, die dort rund um Therme und Bahnhof angesiedelt waren, hatten zwar schon alle zu, aber vereinzelte Spaziergänger oder Zugreisende waren immer unterwegs. Dennoch war dieses ungute Gefühl in der Dunkelheit, man könnte fast sagen: diese Angst im Nacken, schier unerträglich. Grund genug, um den Mörder ehestmöglich dingfest zu machen.

Damit hatte sich auch die Frage beantwortet, die sie sich eingangs beim »Schnitzelwirt« gestellt hatte. Nein, es war nicht pietätlos, wenn sie sich mit dem Fall beschäftigte. Ganz im Gegenteil, es war dringend notwendig.

Ohne stehen zu bleiben, tippte sie eine Nachricht an Nora, um sie über den Drohbrief zu informieren. Dann steckte sie das Handy weg. Für diesen Abend war Schluss. Ein wenig Zeit mit ihrer Familie zu verbringen würde ihr guttun.

Bei ihrer Ankunft im Grand Hotel war Valerie entschlossen, sich den beiden Frauen zu stellen, denen sie seit dem Mord tunlichst aus dem Weg gegangen war. Ihrer Mutter und Leonore Grafenstein. Welche Meinung Leonore von ihr hatte, war ihr egal, ihre Mutter hingegen war ihr wichtig. Deswegen entschied sie, gleich zu ihr hochzugehen.

Sie klingelte an der Tür der elterlichen Wohnung.

Ihr Vater öffnete und lächelte sie liebevoll an. »Valerie! Das ist aber eine schöne Überraschung. Wo treibst du dich denn ständig rum? Komm doch rein. Wir haben sturmfreie Bude.« Ein verschmitztes Grinsen, das ihn um Jahre jünger wirken ließ, stahl sich in sein Gesicht. »Leonore trifft sich gleich noch mit Sabine und Florian. Ich glaube, sie fahren runter in Bernhards Lokal in Bad Hofgastein, um dort zu essen. Sie holen sie mit dem Taxi ab.«

»Mit dem Taxi? Sind die denn alle mit dem Zug angereist?«

»Scheint so. Vielleicht haben sie gar kein Auto. In Wien ist das doch blöd mit den Parkplätzen. Bei Leonores Erzählungen habe ich den Eindruck, dass sie sich oft einen Wagen ruft. Das scheint ganz normal für sie zu sein.«

»Na, das passt perfekt. Einen Fahrer zu haben, an dem man rummeckern kann, gefällt ihr garantiert. Und Sabine und Florian bestimmt auch.« Valerie musste plötzlich an Hermann und Jenny denken, die jeweiligen Lebensgefährten von Sabine und Florian. Waren sie auch so anspruchsvoll? Vielleicht hatte Leonore ihren Eltern ein wenig von ihnen erzählt. Spontan sagte sie: »Ich könnte Sabine und Florian an Hermanns und Jennys Stelle nicht aushalten. Keinen einzigen Tag lang. Weißt du eigentlich was über die beiden? Spricht Leonore von ihnen?«

Ihr Vater griff sich nachdenklich ans Kinn. Mit seinem kurz geschnittenen, vollen grauen Haar war er immer noch ein attraktiver Mann mit einer sympathischen, energievollen Ausstrahlung. Seine Stimme war angenehm tief und warm.

»Nicht viel. Sie hat ein paarmal über sie gelästert, das schon. Hermann ist ihrer Ansicht nach ein Versager. Er arbeitet schon seit zwanzig Jahren im selben Unternehmen, hat dort aber nie Karriere gemacht. Er ist eher phlegmatisch, nicht besonders ambitioniert. Das wäre ich aber auch nicht bei so einer Frau.«

Valerie musste bei dieser Aussage auflachen. »Ginge mir ebenso. Und sonst, hat Leonore noch was erzählt?«

»Sie hat angedeutet, dass Hermann sich für nichts interessiert. Er ist anwesend, wenn Sabine das will, bringt nicht viel, aber verlässlich Geld nach Hause und lässt sich schon lange nicht mehr auf Diskussionen mit seiner Frau ein. Ein jämmerlicher Waschlappen, wie Leonore ihn genannt hat.«

»Und Jenny, die Lebensgefährtin von Florian? Was ist mit der?«

»Lebensgefährtin? Ich denke nicht, dass man sie als solche bezeichnen kann. Laut Leonore schmückt sich Florian gern mit jüngeren Frauen, ist aber unstet, wenn es um Beziehungen geht. Er wechselt die Damen häufig. Und wenn es stimmt, was Leonore heute Mittag zu berichten hatte, ist Jenny bei dem Essen in Bad Hofgastein gar nicht dabei. Sie hat sich von Florian mehr versprochen und ihm den Laufpass gegeben. Sobald die Kripo es erlaubt, reist sie ab.«

Das nannte man Karma. Bevor Florian seine Freundin hätte abservieren können, war sie ihm zuvorgekommen. In diesem Fall waren sich zwei Ebenbürtige begegnet. Valerie hatte Hermann und Jenny also richtig eingeschätzt. Ihre Menschenkenntnis war gar nicht so übel.

Hans hatte offenbar genug über die Wiener geplaudert. Neugierig musterte er Valerie. »Du bist aber nicht gekommen, um mit mir über Bernhards Kinder zu reden, oder?«

»Nein, das hat sich so ergeben, weil du von ihnen erzählt hast. Ich wollte fragen, ob wir heute zusammen essen. Ich könnte mit Mama kochen, vielleicht würde ihr das Spaß machen.«

»Das ist eine hervorragende Idee. Ich würde mich über einen Abend mit euch freuen. Immer nur Leonore ist auf Dauer anstrengend.« Verschwörerisch zwinkerte er ihr zu. »Mama sitzt im Wohnzimmer. Frag sie doch am besten.«

Valeries Entscheidung, ihre Eltern herüberzubitten, war goldrichtig gewesen. Ihre anfangs noch sehr gestresst wirkende Mutter wurde im Laufe des Abends immer lockerer. Wollte sie zu Beginn nur über Bernhards Tod und die Riesengefahr reden, die in Bad Gastein lauerte, konnte sie sich mit der Zeit sichtlich entspannen und genoss es, dass Valerie und Viktor gänzlich andere Themen ansprachen und sie von ihrer Sorge ablenkten.

Auch die routinierten Handgriffe in der Küche taten ihr gut. Nach einem Kühlschrank-Check stand der Menüplan schnell fest. Es gab Eier und Milch vom Biobauern aus der Nähe und eine beachtliche Menge Bärlauch – Viktor, Andi und Anton hatten ihn im Waldstück neben dem Jagdbogenparcours gepflückt. Der Jahreszeit entsprechend würde es Bärlauchsuppe geben, die Valerie kochen wollte, und Buchteln mit Vanillesoße, für die ihre Mutter bekannt war.

Ursprünglich stammte diese Mehlspeise aus Böhmen, war aber in Österreich schon lange heimisch geworden. Traditionell wurden dabei Hefeteigstücke mit Powidl, also Zwetschgenmarmelade, gefüllt, in Butter getaucht, nebeneinander in eine Form gesetzt und dann goldbraun gebacken. Bei Maria wurden sie immer besonders fluffig. Und sie verwendete entgegen der Tradition Marillen- oder Erdbeermarmelade dafür, weil niemand der Thallers Freude mit Powidl hatte.

Das Tüpfelchen auf dem i war die Vanillesoße, die unglaublich gut mit dem luftigen Germteig harmonierte. Ein wahrer Genuss! Auch aus Sicht von Jakob und Andi waren die Buchteln von der Oma die besten. Für sie machte sogar Lea eine Ausnahme, die sich überwiegend vegan ernährte.

Die Freude war ihnen allen anzusehen. Für einige Minuten wurde am Tisch nicht mehr gesprochen. Das war eine Rarität im Hause Thaller.

Der Abend war wie eine kleine Auszeit. Beendet wurde er jäh durch die Glocke, die vom Hoteleingang erklang. Jemand läutete Sturm und wollte gar nicht mehr aufhören.

»Das kann nur Leonore sein«, sagte Maria seufzend. »Dabei kommt sie doch mit ihrer Zimmerkarte ins Haus. Am besten mach ich ihr auf. Kommst du auch mit, Hans?«

»Ja, meine Liebe. Danke für den netten Abend, ihr fünf. Bis morgen dann.«

Morgen, was würde dieses Morgen bringen? Valerie wünschte sich zutiefst, dass sie in ihren Ermittlungen einen großen Schritt vorankommen würden. Insbesondere aber wünschte sie sich, dass der nächste Tag keine weiteren Hiobsbotschaften bereithielt. Die konnten sie wahrlich nicht gebrauchen.

VIERZEHN

Der Dienstag zog regnerisch ins Land. Bloß vier Tage, bis ihre Reise mit Viktor starten sollte. Normalerweise machte sie sich spätestens zu diesem Zeitpunkt an die Reisevorbereitungen, nach dem Motto »Vorfreude ist die schönste Freude«. Doch davon konnte nun keine Rede sein. Wie sollte sie sich unter den gegebenen Umständen auf einen Urlaub freuen, der noch dazu in den Sternen stand? Die Chance, am Samstag verreisen zu können, schwand mit jeder Stunde. Doch alles Lamentieren half nichts. Ein neuer Tag hatte begonnen – und den galt es über die Bühne zu bringen, egal welche Überraschungen auf sie warteten.

Valerie huschte unter die Dusche und entschied sich für ein T-Shirt und eine kuschelige Strickweste zu Jeans. Eine Funktionsjacke komplettierte das Outfit. Somit war sie für Aprilwetter bestens gerüstet. Bekannterweise konnten Regen, Sonnenschein und Wind in diesem Monat häufig wechseln. Das war in den Alpen besonders spürbar.

Sie klinkte die Leine in das Halsband von Nelly, die sie schon erwartungsvoll ansah, und machte sich auf den Weg nach draußen. Stillschweigend hatte sie sich mit ihren Eltern dahingehend geeinigt, dass sie auch weiterhin alles für das Frühstück besorgte, Leonore aber bei ihnen im Appartement aß. Dass sie dafür in ihrer Urlaubszeit früh rausmusste, war das geringste Problem. Sie liebte die morgendliche Stimmung. Schön war es, wenn noch keine Kurgäste oder Touristen auf der Straße waren, sie ihren Wasserfall für sich allein hatte und nur wenige Einheimische und Hotelangestellte ihren Weg kreuzten.

Als sie vor Gertis Theke in der kleinen Bäckerei stand und ihre Bestellung aufgab, spitzte sie die Ohren. Zu gern wollte sie wissen, worüber an den Stehtischen gesprochen wurde und ob der Mord noch die Diskussionen dominierte. Er wurde nur nebenbei erwähnt, vorrangig wurde die Frage diskutiert, ob Bernhard beim Graukogelprojekt zu ersetzen war. Schwer, darüber waren sich alle einig. Die passende Person musste erst gefunden werden.

Gerti schob das Gebäck samt Rechnung über den Ladentisch, Valerie bezahlte, wünschte allen noch einen schönen Tag und ging eiligen Schrittes zurück ins Grand Hotel. Sie war wieder einmal spät dran. Ausnahmsweise nahm sie den Lift. Sie hängte an die Tür ihrer Eltern das herrlich nach frischem Brot duftende Sackerl, ein Wort, das ihre deutschen Gäste oft amüsierte, weil die österreichische Variante für »Tüte« vielen nicht vertraut war. Dann öffnete sie ihre eigene Wohnungstür, um in der Küche das Frühstück vorzubereiten.

Aus dem Badezimmer hörte sie das Geräusch einer elektrischen Zahnbürste. Kurz darauf stand Viktor in der Küche, um sie zu begrüßen. Um den Hals hatte er ein Handtuch geschlungen, mit dem er sich das Gesicht abtupfte. Liebevoll zog er sie für einen Guten-Morgen-Kuss an sich heran.

Als Valerie sich von ihm gelöst hatte, bat sie ihn, Andi aufzuwecken. »Der überhört zurzeit regelmäßig seinen Wecker, weil er wie ein Murmeltier schläft.«

»Ist doch gut, wenn er einen tiefen Schlaf hat. Das ist erholsam. Aber keine Bange, ich bekomm ihn schon aus dem Bett. Und dann bring ich ihn in die Schule, damit Hans nicht immer fahren muss. Ich habe auch Lea und Jakob empfohlen, nicht allein unterwegs zu sein. ›Vorsicht ist die Mutter der Porzellankiste‹ heißt es doch immer, gell?«

»Vorsicht ist immer gut.«

Viktor rubbelte sich mit dem Handtuch durchs leicht ergraute dunkelblonde Haar und betrachtete Valerie grübelnd. »Und wie ist es mit dir? Du bist viel unterwegs seit Bernhards Tod. Bist du das auch allein?«

Valerie verharrte in der Bewegung. »Keine Sorge, ich pass schon auf mich auf«, sagte sie eilig. »Leider kann ich nicht zu Hause rumsitzen. Du weißt, dass ich versprochen habe,

Sophie zu unterstützen. Ich bin selten allein unterwegs, weil mir bewusst ist, dass das nicht klug ist. Meistens ist Nora mit von der Partie, und Nelly hab ich auch. Du kannst also ganz beruhigt sein.«

»Und wie ist der letzte Stand der Ermittlungen? Dorothea wollte dich doch als Beraterin einbinden. Gibt es da schon was Neues?«

»Sie war gestern bei mir unten im Büro. Ich hab ihr alles erzählt, was mir wichtig erscheint. Mehr konnte ich nicht für sie tun. Ich weiß nicht, ob sie noch mehr Informationen von mir braucht. Aber ich habe volles Vertrauen in sie. Sie ist gut und wird den Täter früher oder später finden. Nur kann es sich noch hinziehen, weil das mit der Auswertung aller Spuren vom Tatort anscheinend noch eine Weile dauert. Bernhard hatte doch so oft Besuch, da ist es garantiert nicht leicht, die Anwesenheit seines Mörders nachzuweisen. Sogar auf der Karaffe könnten theoretisch Fingerabdrücke verschiedenster Leute sein. Er war doch da bei privaten Treffen sehr locker, jeder hat sich geholt, worauf er Lust hatte, und gerade sein Zirbenschnaps war bei den meisten beliebt.«

»Ja, sein Schnaps war beinahe so gut wie deiner. Und ich nehme an, dass es schier unmöglich sein wird, anhand der Spuren jemanden zu überführen«, sagte Viktor nachdenklich. »Denn es stimmt, seine Tür stand für jeden offen. Das ist ihm nun zum Verhängnis geworden, wenn er tatsächlich seinen Mörder selbst ins Haus gelassen hat.«

»Das hat er echt nicht verdient«, meinte Valerie betrübt. »Aber es hilft nichts. Jetzt heißt es, für Sophie, Mayari und Kamon da zu sein. Das wäre auch in Bernhards Sinne.«

Viktor gab ihr recht und ging in Andis Zimmer. Valerie atmete durch, ungemein erleichtert darüber, dass er sich mit ihren Antworten zufriedengegeben hatte. Allem Anschein nach vertraute er darauf, dass sie in Sachen Mordfall die Füße stillhielt.

Nachdem Viktor und Andi aus dem Haus gegangen waren,

setzte Valerie sich zu Jakob und Lea an den Frühstückstisch. Beide sahen verschlafen aus, und Valerie spürte, dass sie noch keine Lust auf ein Gespräch hatten.

Sie übte sich in Geduld, nippte an ihrem Tee, drehte die Tasse in den Händen, stand zwischendurch auf, um Viktors und Andis Geschirr in den Spüler zu stellen, und setzte sich wieder. Unbewusst wippte sie mit dem übergeschlagenen Bein.

Plötzlich sah Jakob von seinem Teller hoch. »Also spuck's schon aus, Mama. Wo drückt der Schuh? Du wartest doch auf irgendwas.«

Beschämt stellte Valerie die Bewegung ein. »Ist das derart offensichtlich?«

»Ja, krass, Mama«, antwortete Lea an Jakobs Stelle. »Du kannst echt gar nichts verheimlichen. Also los. *What's going on?*«

Englisch am frühen Morgen. Das gehörte mittlerweile schon zum Thaller'schen Familienalltag, und Valerie musste aufpassen, dass sie nicht selbst englische Phrasen einbaute, wenn sie Lea gegenübersaß. Das hätten alle drei Kinder megapeinlich gefunden.

»Nun, ich wollte halt wissen, wie es gestern gelaufen ist. Hattet ihr zufällig Zeit zu schauen, ob ihr was über Baumgartinger und Sailer findet?«

»Zeit schon, aber viel gefunden haben wir nicht«, sagte Jakob, nachdem er seinen letzten Bissen hinuntergeschluckt hatte. »Ich hab mir den Baumgartinger vorgeknöpft. Die Firma ›Mountain Invest‹ gibt es seit drei Jahren, und sie hat bis heute erst ein Projekt realisiert. Einige kleine Hütten mit Zweitwohnsitzgenehmigung irgendwo in Tirol. Ein kleiner Fisch im Vergleich zu dem Bauprojekt in Bad Gastein. Ich kann mir vorstellen, dass der Erfolgsdruck hoch ist. Letztes Jahr hatte er ein ähnliches Projekt in Bischofshofen am Laufen, das hat ihm aber der Gemeinderat abgedreht. Er hat die nötigen Genehmigungen nicht bekommen, weil er anscheinend versucht hat, einen Beamten auf Landesebene zu bestechen. Die Korruptionsstaatsanwaltschaft hat ihm das zwar nicht nachweisen können, aber das Projekt war damit vom Tisch.«

»Aber wie hält er das finanziell durch? Hast du dazu auch etwas finden können?«, fragte Valerie.

»Laut meinen Infos stammt er aus reichem Haus und hat nach dem Tod seines Vaters das Familienunternehmen an den Meistbietenden verkauft. Es dürfte viel Kohle den Besitzer gewechselt haben, er hat damals laut Berichten in einem Wirtschaftsmagazin einen guten Zeitpunkt erwischt. Geldsorgen hat er wohl keine. Ab und zu ein Objekt wird er trotzdem brauchen. Ganz zum Spaß wird er ›Mountain Invest‹ nicht gegründet haben.«

»Und hast du was über andere mögliche Investoren gefunden? Will er noch jemanden ins Boot holen?«

»Davon ist nirgends was gestanden. Tut mir leid. Ist das denn wichtig?«

»Na, in diesem Fall wäre der Druck noch höher, der auf ihm lastet. Angenommen, er hat potenziellen Geldgebern den Bau des Luxusresorts schmackhaft gemacht und es vielleicht so dargestellt, als ob alles in trockenen Tüchern wäre, dann könnten die unter Umständen mehr als sauer auf ihn sein, wenn das Projekt platzt.«

Jakob schnappte sich einen Kornspitz und schnitt ihn in der Mitte durch. »Soll ich noch mal konkret nach solchen Infos suchen?«

»Nein, mach dir vorerst keine Mühe. Wenn nötig, gebe ich dir Bescheid. Ich wüsste halt gern, woran wir sind. Ich möchte einschätzen können, wie kompliziert es wird, Baumgartinger dazu zu bewegen, sein Projekt zu verändern und lieber im Ortszentrum zu investieren. Aber ich bin sowieso noch unschlüssig, wie sehr ich mich in die Sache reinhängen soll. Richtig Lust habe ich nicht darauf, nur wäre es schade, wenn ihm nach Bernhards Ableben keiner mehr Paroli bieten würde.«

Das war erneut eine Halbwahrheit. Langsam wurde das zur Gewohnheit.

Valerie stand auf und machte sich an der Kaffeemaschine zu schaffen. Klar beschäftigte sie Baumgartinger als Investor des Großprojekts, aber viel mehr interessierte sie sich für ihn als möglichen Mörder.

»Und habt ihr über Sailer von der Seilbahnen AG auch etwas gefunden?«, fragte sie.

Eifrig ergriff Lea das Wort. »Den hab *ich* mir gestern vorgeknöpft.«

»Und?«

»*Nothing important.* Vor seinem Job bei der Pongauer Seilbahnen AG findet man nichts Wichtiges über ihn. Auf den typischen Business-Plattformen gibt es zwar einen Kurzabriss seines Lebenslaufs, aber der ist sehr überschaubar. Er war ewig bei einem Tiroler Liftbetreiber, hat dadurch viel Erfahrung in der Branche. Aber bis in die Chefetage hat er es dort nicht geschafft.«

Valerie war enttäuscht. »Und sonst hast du nichts gefunden? Irgendwelche Medienberichte zum Beispiel?«

»Erst seit er bei der Seilbahnen AG arbeitet. In der Funktion des Geschäftsführers hat er öfter Interviews gegeben. Vor allem rund um das große Projekt in Großarl drüben. Und auch zur möglichen Schließung des Graukogellifts. Die ist ja schon länger ein Thema. Sonst nichts. *Sorry.*«

»Schon gut. Hätte ja sein können, dass er eine Leiche im Keller hat.«

»Was hattest du dir denn erhofft, Mama?« Valerie hatte nun Leas volle Aufmerksamkeit.

»Ach, ich weiß auch nicht. Vielleicht einen Hinweis auf Gerüchte, wonach er schon einmal unter Verdacht gestanden hat, bestochen worden zu sein. Ihr wisst schon: Eine Hand wäscht die andere. Ich halte es für möglich, dass Sailer so hartnäckig hinter dem Luxusresort am Graukogel steht, weil für ihn privat was dabei rausspringt. Wenn an der Geschichte in

Bischofshofen was dran ist, wäre es nicht das erste Mal, dass Baumgartinger zu solchen Methoden greift. Sollte das aufkommen, wäre das für die beiden eine Katastrophe. Und dann hätte sich unser Problem aller Wahrscheinlichkeit nach von allein gelöst. Aber das war auch nur eine Idee. Schade, aber trotzdem danke, dass ihr für mich recherchiert habt. Ihr seid die Besten.«

Sie stellte sich zwischen die Stühle von Jakob und Lea und gab ihnen jeweils einen kleinen mütterlichen Kuss auf die Wange, ein Busserl, wie man in Österreich sagte.

»Na klar, Mama. Haben wir doch gern gemacht.« Jakob stand auf und räumte seinen Teller in die Spüle. Es war genug der Nähe. Zu viel war uncool. Schnell sagte er noch beim Hinausgehen: »Jetzt muss ich aber. Das Seminar geht los. Ein Kumpel stellt wieder den Laptop für mich auf. Ciao.«

Auch Lea verabschiedete sich, und Valerie nahm mit zittrigen Fingern ihr Telefon zur Hand. Länger wollte sie es nicht mehr hinausschieben, sonst würde sie der Mut verlassen. Nun musste sie Baumgartinger davon überzeugen, sich am Nachmittag mit ihr zu treffen.

Im Internet suchte sie sich die Webseite von »Mountain Invest« und scrollte durch. Nichts deutete darauf hin, dass Baumgartinger ein Team beschäftigte. Kaufte er benötigte Leistungen zu und machte sonst alles allein? Unter den Kontaktdaten erschienen jedenfalls nur sein Name und eine Mobiltelefonnummer, die sie nervös wählte.

Als das Gespräch angenommen wurde und sie die Stimme Baumgartingers erkannte, wurden Valeries Knie weich. Dennoch legte sie möglichst viel Kraft in ihre Worte. Sie erklärte, wer sie war und dass sie Interesse an einer Kooperation hätte, sollte das Projekt am Graukogel die entsprechenden Bewilligungen erhalten und realisiert werden.

Baumgartinger hörte sich ihr Anliegen an, ohne sie zu unterbrechen.

Als sie geendet hatte, reagierte er hocherfreut. »Aber selbstverständlich, liebste Frau Thaller. Ich hatte gehofft, dass es geschäftstüchtige Unternehmer gibt, die gewahr werden, welch großes finanzielles Potenzial in meinen Plänen steckt. Ursprünglich war es mein Ansinnen, mit der Suche nach Partnern vor Ort zu warten, bis diese leidige Geschichte mit den Genehmigungen erledigt ist – nur eine Frage der Zeit, seien Sie versichert –, aber wenn Sie Interesse haben, bin ich allzeit gesprächsbereit. Mit einem Traditionsunternehmen wie Ihrem an meiner Seite stehen auch die Chancen, sich mit der Gemeinde zu einigen, um ein Vielfaches höher. Werte Frau Thaller, darüber sollten wir zweifelsohne von Angesicht zu Angesicht sprechen. Ich kann mich zeitlich gern nach Ihnen richten. Wie passt es Ihnen denn am besten? Soll ich bei Ihnen vorbeikommen?«

Um Himmels willen, das fehlte noch, dachte Valerie. Rund um das Grand Hotel durfte er nicht gesehen werden, ansonsten würde die Gerüchteküche brodeln und sie als Verräterin dastehen. Sie hatte ja keinerlei wahres Interesse an einer Zusammenarbeit, sondern benutzte diese Geschichte nur als Vorwand, um den Investor auszuhorchen, sowohl was das Projekt betraf als auch die Nacht von Bernhards Tod.

Fieberhaft überlegte sie, wie sie das am besten umgehen konnte, und entschied sich bis zu einem gewissen Grad für die Wahrheit.

»Das mit dem persönlichen Gespräch ist eine hervorragende Idee, werter Herr Baumgartinger. Aber ich denke, in Anbetracht der unterschiedlichen Meinungen im Ort in Bezug auf Ihr Projekt wäre es taktisch klüger, wenn wir uns vorerst bei Ihnen in Bad Hofgastein treffen könnten. Wie ich gehört habe, logieren Sie im ›Michaelerhof‹, stimmt das? Dann würde ich heute Nachmittag gegen vierzehn Uhr bei Ihnen vorbeikommen, wenn es Ihnen passt.«

Baumgartinger säuselte etwas von Verständnis für ihre Situation und dass er sich auf ihren Besuch außerordentlich freue, ihn vielmehr gar nicht erwarten könne, und verabschiedete sich.

So ein Schleimer, war Valeries erster Gedanke. Er hatte schon bei der Sitzung im Gemeindesaal den Eindruck erweckt, als ob er besonders wichtig wirken wolle. Gott sei Dank konnte sie sich ihren Gesprächspartnern gut anpassen, wenn nötig. Ein wenig Heuchelei hatte auch sie eingebaut und war überaus zufrieden mit sich. Sie hatte es geschafft, ihn für ihr Anliegen zu interessieren, ohne dass er Verdacht geschöpft hatte.

Flugs schrieb sie eine Nachricht an Nora, dass alles nach Plan laufe und sie sie um halb zwei zu Hause abholen werde.

Keine Minute später – es musste gerade große Jausenpause sein – antwortete Nora:

»Super! Hast du gut gemacht! Aber ich komme um Viertel nach eins zu dir, muss dich noch bezüglich Outfit beraten!!! LG Nora«.

Auf die drei Fragezeichen, die Valerie hinterherschickte, reagierte sie nicht mehr. Na bravo. Was sollte das nun wieder heißen?

Als Nora um die angekündigte Uhrzeit zur Tür hereinkam, traute Valerie ihren Augen nicht. Ihre Freundin trug doch tatsächlich ein Dirndlkleid. Das machte sie nur zu besonderen Anlässen. Sie war nicht wirklich der traditionelle Typ. Üblicherweise kleidete sie sich leger feminin, gern auch sportlich, aber nicht in Tracht.

Valerie musterte sie genau und verglich die Länge der Kleider. Noras Dirndl war wesentlich kürzer als ihr eigenes, das sie für das Gespräch ausgewählt hatte.

Auch Nora begutachtete Valerie skeptisch. »Ich hab's doch gewusst, dass du dich für das lange dunkelblaue Kleid entscheidest. Das wirkt seriös, signalisiert Ehrlichkeit und Vertrauen. Das ist zwar passend für geschäftliche Treffen, aber wir wollen Baumgartinger heute um den Finger wickeln. Er soll uns die Tür öffnen und einen Wow-Effekt erleben. Lass mich mal durch.«

Mit wachsendem Unbehagen beobachtete Valerie Nora, die sich an ihr vorbeizwängte und mit entschlossener Miene ins Schlafzimmer rauschte. Dort steuerte sie schnurstracks auf den Kleiderschrank zu.

Valerie trabte ihr hinterher, wieder einmal überrumpelt von der Tatkraft ihrer Freundin, die ein Kleid nach dem anderen durchging. Zugegeben, ihre Sammlung an Dirndln war beachtlich. In der Rolle der Hotelchefin musste sie stets gut gekleidet sein.

Nach wenigen Handgriffen rief Nora begeistert: »Das ist es! Wenn du das trägst, haben wir leichtes Spiel bei Baumgartinger, wirst schon sehen.« Sie holte ein Kleid hervor und zeigte es Valerie.

Deren Befürchtungen bestätigten sich. »Das kann ich nicht anziehen. Du weißt schon, warum, oder? Ich habe es vor ewigen Zeiten gekauft, weil du es mir damals bei einem Ausflug nach Salzburg eingeredet hast, aber ich habe es nie getragen.«

»Freilich kannst du das anziehen. Es ist perfekt.« Nora sprühte vor Begeisterung.

»Aber … das ist doch viel zu sexy. Kannst du dich nicht daran erinnern, wie es meine Brüste in die Höhe drückt? Damit sehe ich aus wie Pamela Anderson.«

»Na, na, übertreib bitte nicht. Es stimmt schon, dieses Modell betont dein Dekolleté, aber dafür sind Dirndlkleider schließlich da. Und dieses hier«, sie hob den Bügel in die Höhe, »betont es noch stärker. Keine Sorge, es sieht nicht obszön aus, das garantiere ich dir, so wahr ich hier stehe. Sonst würde ich dir nicht dazu raten.«

»Aber es geht nicht einmal bis zu den Knien.« Valerie gab noch nicht auf.

»Macht doch nichts, du bist gertenschlank und musst deine Beine nicht verstecken. Baumgartinger gefallen sie mit Sicherheit.« Frech grinste Nora sie an.

Schon seit ihrer Kindheit war es immer das Gleiche. Nora

war im Gegensatz zu Valerie nie angepasst gewesen. Das mochte an ihrer unterschiedlichen Erziehung liegen. Doch um sich darüber Gedanken zu machen, reichte die Zeit nicht. Es war schon gegen halb zwei. Lange diskutieren konnten sie nicht mehr.

Auch Nora war das bewusst, denn sie kehrte dem Schrank den Rücken, warf mit dem Fuß gekonnt die Tür zu und streckte Valerie das Kleid entgegen. »Anziehen. Sofort. Wir müssen los.«

Alles in Valerie sträubte sich dagegen, trotzdem nahm sie den Bügel und legte das Kleid aufs Bett. Während sie sich umzog, erklärte Nora ihr, dass die Farbe Rot aus psychologischer Sicht für Selbstbewusstsein stehe, Stärke, Vitalität und Leidenschaft ausstrahle. Wie sie dann eher im Nebensatz erwähnte, auch Erotik. Und Studien zufolge fänden Männer Frauen in roten Kleidern besonders attraktiv.

Valerie war genau aus diesem Grund unglücklich mit der Kleiderauswahl, aber sie musste Nora zugestehen, dass sie recht hatte. Bei ihrem Treffen mit Baumgartinger ging es darum, ihn aus der Reserve zu locken. Seinem Auftreten nach schätzte sie ihn als Macho ein, der sich unwiderstehlich fand und weiblichen Reizen gegenüber aufgeschlossen war. So gesehen war Noras Wahl perfekt. Der Schnitt des Dirndls betonte ihre schmale Taille, und ihre Beine kamen gut zur Geltung, vor allem wenn sie Schuhe mit Absatz dazu wählte. Das Dekolleté zog ohne Frage Aufmerksamkeit auf sich – und zwar ohne frivol zu wirken.

Nora schnalzte zufrieden mit der Zunge. »Wer sagt's denn? Ich wusste, dieses Kleid ist perfekt für heute. Das Einzige, was noch fehlt, ist Lippenstift in der passenden Farbe.«

Valerie gab sich geschlagen, sie wusste, dass Nora nicht aufgeben würde, bis das Ergebnis in ihren Augen perfekt war. Hoffentlich lohnte sich der Aufwand. Sie wollte Baumgartinger ernsthaftes Interesse am Projekt vorgaukeln und sein Vertrauen gewinnen. Ihre Aufmachung sollte dabei helfen, ihr Ziel zu erreichen. Insbesondere sollte sie ihn ablenken, da ihm Valerie im letzten Teil des Gesprächs, quasi beim Small Talk zum Schluss, bezüglich Mordabend auf den Zahn fühlen wollte. Wenn er bei ihren Fragen nur nicht misstrauisch wurde. Sie drückte sich selbst die Daumen.

FÜNFZEHN

Es war zeitlich knapp geworden. Hätten sie nicht einen Parkplatz direkt vor Baumgartingers Hotel bekommen, wären sie zu spät gewesen.

Sie hatten vereinbart, Nora als Mitarbeiterin vorzustellen, die bei einer Kooperation zwischen Grand Hotel und dem neuen Luxusresort die Verantwortung übernehmen würde. So geschwind es mit den hohen Absätzen ging, eilten sie auf den Eingang des »Michaelerhofs« zu. Valerie schickte ein Stoßgebet zum Himmel, dass eine der vielen im Tal beschäftigten ausländischen Saisonkräfte an der Rezeption stand. Die Einheimischen waren beinahe alle untereinander bekannt, und es wäre ihr unangenehm gewesen, wenn publik geworden wäre, dass sie Baumgartinger in seiner Suite einen Besuch abstatteten.

Nora sah solche Dinge wesentlich entspannter. Dennoch schien auch sie aufzuatmen, als ihnen eine fremde junge Frau im Trachtenkostüm, das herzlich wenig zu ihrem niederländischen Akzent passen wollte, die Zimmernummer sagte und den Weg wies.

Die erste Hürde war geschafft, sie standen im Lift und fuhren aufwärts, ohne in der Lobby erkannt worden zu sein. Im Anschluss aber wartete die viel größere Herausforderung auf sie. Das Gespräch mit Baumgartinger.

Sich vergewissernd, dass niemand im Flur war, stiegen sie aus dem Aufzug und suchten nach der richtigen Tür. Eine Minute vor vierzehn Uhr. Perfektes Timing!

Valerie wischte sich undamenhaft die Hände an der Schürze ab und unterdrückte einen immer stärker werdenden Fluchtreflex. Es gab kein Zurück mehr. Egal wie heftig das Herz gegen ihre Brust hämmerte und wie unwohl sie sich fühlte, sie würden dieses Gespräch hinter sich bringen. Passieren konnte ihnen im geschützten Rahmen des Hotels und zu zweit ohnehin nichts, selbst wenn sich der Verdacht erhärtete, dass Baumgartinger als Täter in Frage kam. Sie würden ihn nicht in die Enge treiben. Unauffällig aushorchen lautete die Devise.

Eine letzte Umarmung und schon klopfte Valerie an die Tür, bevor sie es sich noch anders überlegen konnte.

»Es ist offen«, schallte es von drinnen heraus. Eine unmissverständliche Aufforderung.

Valerie kontrollierte ihre Körperhaltung – ihre Unsicherheit sollte ja nicht sichtbar sein – und öffnete die Tür.

Sie betraten eine Art Vorraum, in dem akkurat aufgestellt drei Paar blank geputzte Lederschuhe standen – allesamt maßgefertigt, wie es Valerie schien. Auf Bügeln hingen mehrere Anzüge. Ein dunkelroter Teppichboden schluckte ihre Schritte, und Valerie registrierte, dass dieser perfekt mit ihrem Kleid harmonierte. Eine mehr als nebensächliche Beobachtung in Anbetracht der Wichtigkeit dieses Treffens.

Interessiert sah sie sich um, bis sie Peter Baumgartinger entdeckte, der in dieser Sekunde aus dem angrenzenden Badezimmer kam und sich noch die Hände abtrocknete.

Aus seiner Reaktion schloss Valerie, dass Nora mit der Wahl des Kleides ins Schwarze getroffen hatte. Der Investor schien mehr als entzückt zu sein und hatte bei der Begrüßung Mühe, seinen Blick auf Kopfhöhe zu lenken.

»Grüß Sie Gott, liebste Frau Thaller. Schön, dass Sie den Weg zu mir gefunden haben.«

Mit wenigen Schritten stand er vor ihr und küsste ihr mit der größten Selbstverständlichkeit die Hand. Ihren Instinkt, sie ihm zu entziehen, musste sie tunlichst unterdrücken, wenn das Treffen in ihrem Sinne verlaufen sollte.

Baumgartinger hielt ihre Rechte länger als nötig fest und sah ihr tief in die Augen, wodurch sie sich reichlich unwohl fühlte. Im Geiste hörte sie Nora sagen: »Sei doch zufrieden, dass er dir ins Gesicht schaut und nicht nach unten.« Sie wandte sich an ihre Freundin, die noch hinter ihr in der Tür stand.

Erst in diesem Moment nahm Peter Baumgartinger wahr,

dass noch jemand anwesend war. Er ließ Valeries Hand los und setzte wie zuvor ein strahlendes Lächeln auf.

»Ja, was sehe ich denn da? Sie haben mir noch jemanden mitgebracht. Mit welcher hübschen Frau habe ich denn das Vergnügen?« Begeistert musterte er Nora, die zugegebenermaßen unglaublich gut aussah in ihrem Dirndl.

Valerie stellte sie wie vereinbart als langjährige Mitarbeiterin vor. Nach dem Austausch der üblichen Höflichkeitsfloskeln bat Baumgartinger sie beide in die Suite. Er schaffte es wahrhaftig, sich auf den wenigen Metern unauffällig zwischen sie zu drängen und jede von ihnen unterzuhaken.

Die unerwartete Berührung verursachte Valerie Gänsehaut. Aber keine von der wohligen Sorte, nein, eher eine, die aus dem unguten Gefühl entsprang, einem Menschen körperlich nahe zu kommen, den man nicht nur unsympathisch fand, sondern dem man im Extremfall zutraute, einen Mord begangen zu haben, zumindest aber zahlreiche Umweltsünden in Kauf zu nehmen, ohne mit der Wimper zu zucken.

Ihr Lächeln fühlte sich unecht an. Wie eingefroren. Sie konnte nur hoffen, dass Baumgartinger das nicht auffiel.

Dieser bot ihnen Platz auf der ausladenden Ledercouch an und ging gänzlich in der Rolle des charmanten Gastgebers auf. Er bestellte beim Zimmerservice Kaffee und Petits Fours und setzte sich Valerie und Nora gegenüber. Sein Jackett hatte er über eine Stuhllehne gehängt und die Krawatte abgenommen. Offensichtlich trug er sie nicht gern. Wie bei der Sitzung im Gemeindesaal öffnete er einige Knöpfe, sodass seine Brustbehaarung zu sehen war. Viel zu viel Haut für Valeries Geschmack.

Valerie konnte nicht exakt benennen, woran es lag, denn er gab sich äußerst zuvorkommend, aber trotzdem störte sie seine Ausstrahlung. Die Energie, die von ihm ausging, war stark, aber im negativen Sinne, ein Typ, der sich nahm, was er wollte, so schätzte sie ihn ein. Aber ging er auch über Leichen?

Das Geschäftliche war binnen kurzer Zeit besprochen.

Ein erstes Herantasten und Kennenlernen. Eine grobe Einschätzung der Möglichkeiten einer Kooperation, mehr war es noch nicht. Wie erwartet hatte Baumgartinger kein Interesse daran, das Resort persönlich zu betreiben, sondern würde sich einen Profi aus der Hotellerie dafür wünschen. Seine Versuche, Konzerne dafür zu begeistern, hatten bis dato keine zufriedenstellenden Ergebnisse geliefert, sodass er offen dafür war, direkt mit Geschäftsleuten aus dem Ort zu kooperieren. Es wäre demnach ganz in seinem Sinne, Valerie und Viktor die Anlage zu verpachten, damit diese sie unter der Marke Grand Hotel vermarkten und führen konnten.

Dass Nora die wichtige Rolle der Geschäftsführerin des Resorts zukommen sollte – ihren wahren Beruf kannte er ja nicht –, gefiel ihm außerordentlich gut. Gleich zwei hübsche Damen als seine Verbündete zu haben entzücke ihn außerordentlich, säuselte er augenzwinkernd.

Valeries Vorschlag, das Luxusresort am Berg offiziell mit dem Grand Hotel gemeinsam zu betreiben und es dadurch an dem erstklassigen Ruf des Traditionshauses teilhaben zu lassen, fand er einen Geniestreich. Begeistert sprach er von einer groß aufgezogenen Pressekonferenz, bei der sie die Katze aus dem Sack lassen würden, sobald die Genehmigungen vorlagen und sie sich tatsächlich geeinigt hatten. Euphorisch orderte er eine Flasche Champagner, um sogleich auf eine zukünftige Kooperation anzustoßen.

Dass sowohl Nora als auch Valerie dankend ablehnten, ließ er nicht durchgehen. Der Zimmerkellner erschien, befüllte die Gläser und verabschiedete sich dezent.

Baumgartinger stand auf, hob sein Glas und sprach einen Toast aus: »Auf die zwei schönsten Frauen des Gasteiner Tales und darauf, dass unser Resort die Hotellerie im alpenländischen Raum revolutionieren wird.«

Bei dieser Gelegenheit linste er beiden Damen in den Ausschnitt, gewiss in der Annahme, dass es ihnen nicht auffallen würde. Am liebsten hätte Valerie ihm den Champagner ins

Gesicht geschüttet, aber sie musste unbedingt gute Miene zum bösen Spiel machen, denn der heikle Teil des Gespräches folgte erst. In ihren Ermittlungen waren sie noch keinen Schritt vorangekommen. Das ganze Gerede über das Resort, bei dem Baumgartinger zu ihrem Missfallen bislang keinerlei Andeutungen gemacht hatte, die darauf schließen ließen, ob bei den Genehmigungen und dem Kauf des Liftes und der Grundstücke alles mit rechten Dingen zuging, war nur das Vorgeplänkel gewesen. Nun war es Zeit, das Thema geschickt auf die Mordnacht zu lenken.

Valerie hatte eben unter dem Tisch einen kleinen Stoß von Noras Fuß erhalten. Unmissverständlich hatte sie ihr signalisiert, sie solle auf den Punkt kommen.

Noch grübelte sie, wie sie zu dem Abend, an dem Bernhard ermordet wurde, überleiten konnte. Da ihr nichts Passenderes einfallen wollte, erhob sie sich und strahlte Baumgartinger an.

»Schön haben Sie es hier, Herr Baumgartinger. Der ›Michaelerhof‹ ist das beste Hotel in Bad Hofgastein. Darf ich mir mal Ihre Aussicht ansehen?«

Nach erstauntem Nicken ihres Gastgebers öffnete sie die Balkontür und wagte sich ins Freie. Der Höflichkeit halber folgte Baumgartinger ihr und stellte sich neben sie – zu dicht, wie Valerie unangenehm auffiel. Trotzdem zwang sie sich dazu, stehen zu bleiben. Sie streckte ihren Arm aus und deutete nach Bad Gastein.

»Und erst der Blick auf unseren wunderschönen Ort. Der ist doch traumhaft, nicht wahr? Das Flair der Kaiserzeit – Franz Joseph hat übrigens im Grand Hotel gastiert – erkennt man an den majestätischen Gebäuden. Ich liebe den Stil der Belle Époque.«

»Ja, der Ort hat fürwahr etwas Besonderes, genau wie seine Bewohnerinnen.« Er lächelte sie schmierig an und rückte noch ein Stück näher.

Ähnlich aufdringlich wie Baumgartinger selbst war auch sein Aftershave. Valerie war generell der Ansicht, dass ein

Duft, den ein Mensch für sich wählte, viel Aussagekraft besaß. An Baumgartinger nahm sie eine Moschusnote wahr, deren typisch süßlicher Geruch ihr unangenehm in die Nase stieg, aber perfekt zu ihm passte. Schließlich wurde, zumindest ursprünglich, der Duftstoff aus der Drüse des Moschushirschen gewonnen, der damit Weibchen anlocken wollte. Bei ihr allerdings zeigte das keinerlei beabsichtigte Wirkung. Im Gegenteil.

Instinktiv rümpfte sie die Nase, unterdrückte diesen Reflex aber gleich wieder und setzte ihre belanglos erscheinende Konversation fort.

»Von hier aus haben Sie sicherlich das Gewitter am Samstagabend gut beobachten können, oder? Ich sag Ihnen was, der Hagel ... an so starken Hagel kann ich mich im April überhaupt nicht erinnern.«

Sie zwang sich, mit den Wimpern zu klimpern. Wetterkapriolen waren zwar kein typisches Flirtthema, aber irgendwie musste sie den Bogen zum Mordabend spannen. Dabei hatte sie das Gefühl, dass sie wenigstens ein Minimum an Interesse und Begeisterung für ihn heucheln sollte, um ihm die Zunge zu lockern.

»Ach ja, der Hagel am Samstag.« Er sah in die Ferne und machte noch einen Schritt auf sie zu, stellte sich direkt seitlich hinter sie und legte seine rechte Hand vorn am Geländer ab. Somit hatte er sich ihr so sehr genähert, dass es für eine verheiratete Frau unpassend war und sie am liebsten Reißaus genommen hätte.

Valerie ahnte, dass sich Nora, die noch in der Tür zum Balkon stand, köstlich amüsierte. Oft warf sie Valerie vor, zu prüde zu sein. Das war ein altes Geplänkel zwischen ihnen, obwohl sie in Bezug auf Männerkontakte nicht minder seriös war.

Valerie drehte sich ein klein wenig zur Seite, damit sie wieder Sichtkontakt zu ihm hatte, und plapperte weiter drauflos.

»War das Wetter hier in Bad Hofgastein auch so heftig wie oben in Bad Gastein? Da machen oft ein paar Kilometer einen markanten Unterschied. Wir hatten zahlreiche Schäden an Dächern und Autos. Etliche umgefallene Bäume haben die Straßen blockiert, und einige Trampoline und Sonnenliegen wurden ausgehoben und auf die Wege geweht. Das muss man sich mal vorstellen.« Valerie wollte am liebsten im Erdboden versinken. Der musste sie für schön dämlich halten, bei dem Schmarrn, den sie ihm erzählte. Aber vielleicht brachte sie das dennoch weiter.

Valerie spürte Baumgartingers Zögern. Sie nahm ein nervöses Blinzeln an ihm wahr. Er ließ die Balkonbrüstung los, machte einen Schritt weg von ihr und winkte ab.

»Offen gestanden hatte ich die Vorhänge geschlossen und habe gar nicht auf den Hagel geachtet. Ich habe am Laptop gearbeitet, Sie verstehen. Ein Projekt in dieser Dimension organisiert sich nicht von allein. Mein Auto stand in der Hotelgarage, und am nächsten Tag bin ich erst am Nachmittag ausgegangen. Ich habe folglich nicht viel gesehen und gehört von dem Chaos, das draußen geherrscht hat.« Er befeuchtete sich die Lippen mit der Zunge und sah dann wieder in die Ferne.

Sein Verhalten kam Valerie komisch vor. Alles, was er gesagt hatte, schien durchaus nachvollziehbar, und doch hatte sie den Eindruck, dass es nicht der Wahrheit entsprach. Was aber verheimlichte er? Stimmte es, dass er hier im »Michaelerhof« gewesen war? Oder hatte er unter Umständen doch Bernhard beim Gasthof in Bad Gastein aufgelauert? Hatte Bernhard ihn womöglich erwischt, als er das Drohschreiben in den Briefkasten geworfen hatte?

Zu viele Fragen, die ihr durch den Kopf gingen, nur befürchtete sie, dass Baumgartinger sie ihr nicht beantworten würde. Wie sollten sie in Erfahrung bringen, ob er zum Zeitpunkt des Hagels und somit zur Tatzeit im Hotel gewesen war?

Frustriert, weil sie aufgrund seiner Körpersprache ahnte, dass er ihr wichtige Informationen verschwieg, antwortete sie ihm, in der Hoffnung, dass er ihren Zweifel nicht spürte: »Seien Sie froh. Unsere Autos waren auch in der Garage, aber nicht jeder war solch ein Glückspilz. Wir hatten an diesem Abend eine große Geburtstagsfeier im Grand Hotel. Am Anfang gab es wunderschönes Wetterleuchten. Aber dann ist alles unerwartet schnell gegangen. Die meisten Gäste sind früher als geplant aufgebrochen, ein paar wenige hat es dennoch auf dem Heimweg erwischt, die haben ordentliche Dellen in den Autos. Hagelkörner in der Größe von Tischtennisbällen sind da vom Himmel gekommen. Unglaublich, dass Sie das Unwetter verpasst haben.« Forschend sah sie Baumgartinger an und kam zu der Überzeugung, dass er sich unwohl fühlte.

Um keine schlechte Stimmung aufkommen zu lassen, lenkte sie ein. »Aber ich weiß ja, wie das ist. Wenn *ich* tief in der Arbeit stecke, könnte neben mir eine Bombe einschlagen, und ich wäre die Letzte, die es mitbekäme.« Sie lächelte unschuldig, versuchte sich wiederum an einem dezenten Flattern der Lider und schaute zu Nora, die das Gespräch schweigend verfolgt hatte.

Demonstrativ klopfte sie mit dem Fingernagel auf das Glas ihrer Armbanduhr. »Ich denke, wir müssen uns wieder auf den Weg machen. So leid es mir tut, die Pflichten zu Hause rufen.«

Nora stimmte ihr mit wenigen Worten zu und kehrte in die Suite zurück. Valerie und Baumgartinger folgten ihr. Der Investor wurde nicht müde, sein Bedauern darüber zu äußern, dass zwei so außergewöhnlich sympathische und schöne Frauen ihn verließen.

Valerie vertröstete ihn auf ein nächstes Treffen, bat ihn um Verschwiegenheit, bis die Genehmigungen in trockenen Tüchern waren, und versprach, mit ihm in Kontakt zu bleiben.

Im Zuge der Verabschiedung, bei der Baumgartinger es sich nicht nehmen ließ, Valerie und Nora die Hand zu küssen, kam es zu einem kleinen Zwischenfall. Der Investor fasste Valerie spürbar an den Hintern, entschuldigte sich aber wortreich. Es sei ein Versehen gewesen, er habe nur nach der Tür greifen wollen, um sie ihnen aufzuhalten. Valerie glaubte ihm nicht, blieb aber um der Tarnung willen höflich und machte ihrem Unmut erst im Aufzug Luft.

»Igitt, hast du das gesehen? Von wegen Versehen. Der hat mir dreist an den Allerwertesten gegriffen.«

Noras Miene war finster. »Ja, vollkommen daneben.« Dann heiterte sich ihr Gesicht auf. »Nur dein Gesichtsausdruck war sagenhaft, der war die Sache beinahe wert. Aber keine Angst, Mr. Macho persönlich hat es meiner Meinung nach nicht gemerkt, wie empört du innerlich warst. Empathie gehört zweifelsfrei nicht zu seinen Stärken.« Sie prustete los.

Valerie stieß ihr spielerisch den Ellenbogen in die Rippen. »Du hast gut lachen. Das Gespräch musste ich zur Gänze allein führen. Du hast dich nett zurückgelehnt, deinen Kaffee und Champagner geschlürft, ab und an genickt und Baumgartinger angestrahlt, wenn er in deine Richtung geschaut hat. Das war's dann. Danke für die großartige Unterstützung.«

»Ich kann doch meiner Chefin nicht die Show stehlen, oder? Es war deine Idee, mich zur Angestellten zu degradieren, wenn ich dich daran erinnern darf.«

Valerie bedeutete Nora, still zu sein. Sie waren eben im Erdgeschoss angekommen, und die Aufzugstür öffnete sich geräuschlos. Vorsichtig und, wie sie hoffte, nicht zu auffällig lugte Valerie in die Eingangshalle des »Michaelerhofs«. Keine bekannten Gesichter. Erleichtert durchquerten sie den Raum und verließen auf kürzestem Weg das Hotel.

SECHZEHN

Als sie auf dem Parkplatz ankamen, blinzelte die Sonne zwischen den Wolken hindurch.

Wenigstens ein Lichtblick an diesem Tag, dachte Valerie.

Sie steuerte auf Noras Kleinwagen zu, bis sie realisierte, dass diese ihr nicht folgte.

»Sag mal, hättest du noch Lust auf einen kleinen Spaziergang?«, fragte Nora. »Ich brauch dringend frische Luft, das viele Testosteron in Kombination mit dem Moschusduft war heftig, findest du nicht?«

Valerie gluckste. »Dann hast du das auch gerochen! Ich dachte, ich sterbe. Der ist mir so auf die Pelle gerückt, dass ich mir am liebsten die Nase zugehalten hätte und schreiend davongelaufen wäre. Ob es Frauen gibt, die auf diesen Geruch stehen und auf aufgeblasene Typen wie Baumgartinger reinfallen?«

»Unfassbar, soll aber regelmäßig passieren.« Nora hakte sich bei Valerie unter. »Na komm. Lass uns ein Stück gehen. Die Allee bis ins Zentrum ist so schön und der Weg extra durch eine Hecke von der Fahrbahn getrennt. Ich mag die Aussicht auf den Ort mit dem Kirchturm und die dahinterliegende Bergkulisse gern, bin aber viel zu selten da.« Resolut lotste sie Valerie zur Straße und bog mit ihr in den geschotterten Fußweg ein.

Sie waren noch nicht weit gekommen, da hörten sie ein Fahrzeug starten. Das Geräusch kam ohne Zweifel vom Parkplatz des »Michaelerhofs« und klang nach teurem Sportwagen. Der Sound, wie Jakob und Felix das nannten, war unverkennbar.

»Ich wette, das ist der aufgemotzte Porsche, der in letzter Zeit im Tal herumfährt«, mutmaßte Nora. »Tipptopp gepflegt, mit Spoiler und auffälligen großen Felgen. Ein typisches Ange-

berauto. Am Steuer ist immer so ein aufgeblasener Fatzke …«
Abrupt stockte sie. »Ich könnt mich selbst ohrfeigen. Dass
mir das entgangen ist! Der Porschefahrer ist Baumgartinger.
Im Hotel ist mir das nicht bewusst geworden, aber ich könnte
schwören, er ist es. Das will ich jetzt aber wissen.«

Sie stellte sich auf die Zehenspitzen, um besser über die
Hecke auf die Fahrbahn sehen zu können.

Valerie tat es ihr gleich.

Aus der Einfahrt des »Michaelerhofs« rollte in der Tat ein
knallroter Porsche 911. Von der Ferne konnten sie den Fahrer
nicht identifizieren, aber beim Näherkommen erhaschten sie
einen Blick ins Innere des Autos. Wie vermutet, war es Peter
Baumgartinger, der nun auf der langen Geraden viel zu rasant
Richtung Ortszentrum davonbrauste.

Nora klopfte ihre Dirndlschürze sauber und stöhnte: »Uff,
ich dachte schon, ich komme aus der Hecke nicht mehr raus.
Gar nicht so leicht zu erspähen, wer in einem Porsche sitzt.
Der liegt so tief auf der Straße. Aber es hat sich gelohnt. Ich
habe gesehen, was ich wollte, hatte sogar den Eindruck, einen
Hauch von Moschus wahrzunehmen.«

»Moschus! Durchs geschlossene Fenster! Du spinnst ja!«,
konterte Valerie und grinste. Dann wurde sie ernst. »Das
Wichtigste ist dir aber auch aufgefallen, oder? Sagenhaft, Nora.
Das verändert alles, findest du nicht?« Valerie war aufgeregt
wie schon lange nicht mehr.

Doch Nora musterte sie verständnislos. »Wie meinst du
das? Du findest Baumgartinger sagenhaft? Jetzt ganz plötzlich? Hat der Moschus doch gewirkt? Du bist mir unheimlich,
Valerie.«

»Wie bitte? Ich rede doch nicht von Baumgartinger. Sein
Auto, von dem rede ich.«

»Und seit wann stehst du auf Angeberkarossen?«

»Tu ich nicht. Also wirklich, was du mir alles zutraust. Ich
seh schon. Du hast keinen blassen Schimmer, was ich meine.«

Jetzt endlich schien Nora zu begreifen, dass etwas Entscheidendes Valeries Aufmerksamkeit erregt hatte. Doch ganz konnte sie das Sticheln nicht lassen. »Klär mich bitte endlich auf. Was hab ich denn Bahnbrechendes verpasst, dass du so aus dem Häuschen bist? Hat er vielleicht einen Kratzer am Spoiler?«

»Einen Kratzer am Spoiler? Wenn es nur das wäre. Der Wagen ist übersät mit Hageldellen. Weißt du, was das bedeutet?«

Jegliche Farbe wich aus Noras Gesicht. Valerie erlebte sie selten sprachlos. Beinahe konnte sie hören, wie die Zahnrädchen in ihrem Gehirn sich in Bewegung setzten, um zum einzig logischen Schluss zu kommen.

»Das bedeutet, der hat uns eiskalt angelogen.«

»Genau!«, rief Valerie. »Er ist Samstagabend gar nicht im Hotel gewesen, und sein Auto stand nicht in der Garage. Der war unterwegs. Und mit dem Beweis für seine Lüge fährt er ungeniert durch die Gegend. Das ist der Hammer.«

Nora ließ sich auf die nächste Bank fallen. »Du meine Güte! Und wir waren allein mit ihm in seiner Suite und haben seelenruhig versucht, ihn auszuhorchen.«

Jetzt, da Nora es auf den Punkt brachte, wurde auch Valerie die Tragweite der neuen Erkenntnis bewusst. Sie setzte sich ebenfalls. »Dann habe ich womöglich Körper an Körper mit einem Mörder auf dem Balkon gestanden? Und mich über seinen Geruch aufgeregt? Als ob das das Hauptproblem an ihm wäre ...« Sie schüttelte sich. »Wir wollten es langsam angehen und nichts Gefährliches unternehmen.«

Nora schien den ersten Schock überwunden zu haben. »Zu unserer Verteidigung muss ich sagen, dass er uns im Hotel nur schwerlich etwas hätte antun können. Wir waren demnach nicht unvernünftig. Ich hoffe nur, er hat keinen Verdacht geschöpft.«

»Das hoffe ich auch.« Valerie rief sich die Szenen in der Hotelsuite in Erinnerung. »Ich hatte eigentlich den Eindruck, dass seine Begeisterung für das gemeinsame Projekt echt war.«

»Und er war ehrlich fasziniert von uns und unseren Dekolletés.« Nora hatte ihren Humor wiedergefunden.

»Meinst du nicht, das war gespielt?«

»Definitiv nicht. Diesen Blick kann man gar nicht spielen«, antwortete Nora trocken.

»Und wenn doch? Wenn er schon den nächsten Schritt plant?« – Da war sie schon wieder. Valeries frühere Ängstlichkeit.

»Welchen nächsten Schritt?« Nora verstand offenbar nicht, worauf sie hinauswollte.

»Was glaubst du denn? Beseitigung von unliebsamen Schnüfflerinnen. Was sonst?«

»So schlimm wird's schon nicht werden. Du hast ihn nur nach dem Wetter gefragt. Daraus wird er bestimmt nicht schließen, dass wir ihn als Mörder verdächtigen. Außerdem heißt es noch lange nicht, dass er Bernhard ermordet hat, nur weil er zur Tatzeit unterwegs war und uns das verschwiegen hat. Er könnte überall gewesen sein. Er ist uns keinerlei Rechenschaft schuldig.«

»Warum hat er dann so eigenartig reagiert, als ich ihn direkt auf den Hagel angesprochen habe?«

»Was weiß denn ich? Aber der Rest hat ehrlich gewirkt. Freilich müssen wir gut überlegen, wie wir weiter vorgehen, denn ein Motiv ist vorhanden, die Lüge in Bezug auf die Tatnacht ist quasi bewiesen, und der Drohbrief wirft kein gutes Licht auf ihn.«

Valerie schob mit dem Schuh die Schottersteinchen unter der Bank hin und her. »Das sehe ich ähnlich. Aus meiner Sicht ist es durchaus denkbar, dass Baumgartinger unser Mörder ist. Aber was ist dann mit Fritz? Bei dem waren wir auch schon relativ überzeugt, dass er die Tat begangen hat, oder?«

»Stimmt, es ist wie verhext. Beide sind gleich verdächtig«, sagte Nora mit frustriertem Ton. »Haben wir was übersehen? Könnte es ganz wer anders sein? Was meinst du?«

Valerie überlegte. »Außer Baumgartinger und Fritz denke

ich nach wie vor auch über Florian und Sabine als mögliche Täter nach. Hermann und Jenny schließe ich für mich persönlich aus. Bleiben noch Anton Sailer und der große Unbekannte, den wir übersehen haben könnten. Unter Umständen hatte Bernhard einen Konflikt, von dem wir alle nichts wissen, oder er hat jemanden falsch eingeschätzt, nicht ernst genug genommen.«

Nora hob ratlos die Schultern und schwieg.

Valerie sinnierte weiter. »›Nicht ernst genug genommen‹, das würde aus meiner Sicht wieder auf Fritz Derbacher hindeuten. Verdammt, ist das verzwickt, wir drehen uns im Kreis.«

Nora stieß sich von der Bank ab. »Und ich dachte anfangs, diese Tat wird sich im Nu aufklären lassen.«

Valerie lachte bitter auf. »Ja, und das war uns sogar zu schnell, weil wir unbedingt weiterermitteln wollten. Jetzt wünschte ich mir, der Fall wäre schon gelöst. Mein Flieger geht in vier Tagen. Den kann ich mir wohl abschminken.«

Nora wackelte mit dem Zeigefinger. »Sag das nicht. Noch haben wir Zeit. Und je verworrener die Geschichte wird, desto spannender ist sie. Zumindest haben wir heute herausgefunden, dass uns Baumgartinger etwas bewusst verschweigt. Unser Anfangsverdacht hat sich somit verstärkt. Inzwischen spricht gleich viel gegen ihn wie gegen Fritz. Das ist doch eine interessante Erkenntnis. Wir kommen voran, Valerie, auch wenn wir noch nicht wissen, wie es ausgeht.«

Valerie erhob sich ebenfalls. »Es stimmt, was du sagst. Lass uns jetzt lieber noch einen Kaffee im Ortszentrum trinken, das ist nicht mehr weit, und dann fahren wir heim. Ich bin neugierig, ob Dorothea schon im Hotel war und Leonore und meine Eltern befragt hat. Dieses Mal bekomme ich viel weniger von den polizeilichen Ermittlungen mit als beim letzten Mal.«

Nora lächelte wissend. »Da wird schon Taktik dahinterstecken. Dorothea ist nicht blöd. Die kennt dich oder, besser gesagt, uns. Die ahnt garantiert, dass wir die Füße nicht stillhalten können, wenn wir zu viel wissen. Und sie kann dir schwer widerstehen. Sobald du ihr deine Pralinen hinstellst und sie im Plauderton aushorchst, rutschen ihr regelmäßig Details raus, die uns beide wiederum dazu animieren könnten, uns persönlich umzuhören. Dieses Risiko will sie nicht eingehen.«

Von dieser Seite hatte Valerie es noch nicht betrachtet. »Du meinst, sie geht uns absichtlich aus dem Weg?«

»Daran habe ich keinen Zweifel.«

»Das wäre blöd, ich hatte auf meine Pralinentaktik spekuliert. Die eine oder andere Information wäre gut für uns. Aber noch wichtiger wäre mir, dass Dorothea bald mit Leonore redet und sie nach Wien zurückschickt. Sie wird doch ohnehin nichts zur Lösung des Falles beitragen können, weil sie Bernhard schon ewig nicht mehr gesehen hat. Sie weiß doch nichts über sein aktuelles Leben.«

»Das stimmt. Deshalb wünsch ich dir von Herzen, dass sie bald abreisen darf.« Nora hakte sich bei Valerie unter. »Dann bist du voraussichtlich wieder entspannter und nervst nicht mehr wegen Leonore.«

SIEBZEHN

Als sie nach ihrem Caffè Latte vor Noras Auto beim »Michaelerhof« standen, ertönte wieder Bobby McFerrins »Don't Worry, Be Happy«.

Umständlich kramte Valerie in ihrer Tasche herum. Erstaunlich rasch bekam sie ihr Handy zu fassen und wischte übers Display, um den Anruf anzunehmen.

Es war Sophie. Deren massive Panik übertrug sich binnen Sekunden auf Valerie, die sich am Autodach festhalten musste, weil die Beine ihr beinahe den Dienst versagten. Die Nachricht bestürzte sie. Das durfte, nein, das konnte nicht wahr sein.

Hektisch beendete sie das Gespräch mit dem Satz: »Wir sind in fünfzehn Minuten da.«

Nora musterte sie bange. »Ist etwas passiert?«

»Wir müssen zum ›Schnitzelwirt‹.« Valerie riss die Autotür auf, warf ihre Tasche in den Fußraum und gab Nora ein ungeduldiges Zeichen, sich zu beeilen. »Es hat einen zweiten Angriff gegeben. Diesmal auf Mayari. Sophie hat sie in der Vorratskammer im Gasthof gefunden. Das gleiche Muster: ein heftiger Schlag auf den Kopf, von hinten.«

»Was? Oh nein! Und wie geht es ihr? Lebt sie noch?«

»Soweit ich es verstanden habe, hatte Mayari noch ganz schwachen Puls. Der Notarzt war zum Glück schnell da. Aber die Verletzung dürfte gravierend sein, eine Prognose wollte oder konnte er vor Ort nicht abgeben. Tatsache ist, dass sie nicht bei Bewusstsein war. Sie haben sie nach Schwarzach ins Krankenhaus gebracht.«

»Auch das noch.« Nora ließ den Gurt einrasten und startete den Motor. »Dann nichts wie hin.«

Als sie eine Viertelstunde später bei der Bad Gasteiner Apotheke abbogen und den kürzesten Weg zum »Schnitzelwirt«

nahmen, schrieb Valerie Viktor eine Nachricht. Er sollte informiert sein. Nach der neuerlichen Tat war sie höchst verunsichert, wie weit der Täter gehen würde und was er im Sinn hatte. Stand ein konkretes Motiv hinter den Taten, wie sie vermutet hatten, oder schlug er wahllos zu? Bedrohten die Angriffe nur Bernhards Familie oder auch den Freundeskreis? Sie bat Viktor, ihren Kindern und Eltern Bescheid zu geben, damit sie noch wachsamer als vorher sein konnten. Wie es aussah, hatte sie die Gefahr, die im Ort lauerte, unterschätzt. Das wurde ihr schmerzlich bewusst.

Schon näherten sie sich dem Gebäude und sahen von Weitem zwei Polizeiautos und Dorotheas Wagen. Auch heute war der Parkplatz abgesperrt worden.

Erwin stand mit einem der jungen Polizisten vor der Tür. Er wirkte mitgenommen, umarmte Valerie und erlaubte Nora und ihr, außen herum zu Sophies Wohnung zu gehen. Ins Gasthaus durften sie nicht, dort musste erst die Tatortgruppe, auf die er gerade wartete, ihre Arbeit erledigen.

Auf ihre Frage hin bestätigte er, dass Mayaris Zustand bedrohlich sei. Mehr konnte er zu diesem Zeitpunkt nicht sagen.

Als sie bei Sophie klingelten, öffnete ihnen Dorothea die Wohnungstür.

»Hallo, ihr beiden. Mir fällt ein Stein vom Herzen, dass ihr da seid.« Prüfend musterte sie Valeries und Noras ungewöhnliches Outfit, verkniff sich aber einen Kommentar. Unter den gegebenen Umständen hatten sie wahrlich andere Themen. »Ich sollte dringend runter in den Gasthof. Sophie Lederer habe ich bereits befragt. Sie steht unter Schock, ich möchte sie nur ungern allein lassen. Könnt ihr bei ihr bleiben?«

»Das ist doch gar keine Frage, natürlich bleiben wir«, antwortete Valerie. »Oder ich nehme sie mit ins Hotel. Vermutlich ist Kamon ins Krankenhaus gefahren, oder? Ich habe ein ungutes Gefühl, wenn Sophie noch länger in der Wohnung bleibt. Wäre das aus polizeilicher Sicht okay?«

»Das wäre nicht nur okay, ich würde es sehr befürworten.

Der Vorfall heute stellt uns vor neue Rätsel. Nach Überprüfung der verschiedenen Alibis bezüglich Bernhard Lederers Tod hatte ich den Kreis der Verdächtigen stark eingeengt. Wir waren auf einem guten Weg, obwohl die Auswertung der Spuren noch immer nicht fertig ist. Was das Motiv betrifft, passt dieser Anschlag aber zu keinem der potenziellen Täter, wenigstens bei flüchtiger Beurteilung. Das bedeutet, wir fangen wieder von vorn an.« Dorothea rieb sich die Nasenwurzel und hob dann entschlossen ihr Kinn in die Höhe. »Das ist ein Rückschlag, von dem ich mich aber nicht entmutigen lasse. Denjenigen, der das zu verantworten hat, den schnapp ich mir, darauf könnt ihr euch verlassen.«

Sie ging zurück ins Wohnzimmer, verabschiedete sich von Sophie, die wie ein Häuflein Elend auf dem Sofa saß, und verließ die Wohnung eilenden Schrittes.

In der Zwischenzeit schlüpften Valerie und Nora aus ihren Schuhen und setzten sich zu Sophie.

»Du wirst schon sehen, mit Mayari wird alles wieder gut, das spüre ich«, versuchte Valerie ihr Mut zu machen. »Die Ärzte in Schwarzach sind top, mach dir nicht allzu große Sorgen. Und Dorothea wird den Täter bald dingfest machen, davon bin ich überzeugt.«

Unter Tränen berichtete Sophie den beiden, was vorgefallen war. Mayari hatte nach zwei Tagen der Lethargie den Drang verspürt, aus der Wohnung herauszukommen und sich sinnvoll zu beschäftigen. Deshalb war sie in den Gasthof runtergegangen, um den Vorratsraum in Ordnung zu bringen. Das machten sie regelmäßig. Sie schlichteten die Produkte so um, dass die älteren vorn standen, um sie nicht zu übersehen und später wegwerfen zu müssen. Neu gekaufte Sachen kamen nach hinten. In Listen trugen sie alle Artikel ein, die sie besorgen mussten. Alles reine Routine, die sie von Bernhards Tod ablenken sollte.

Am Nachmittag war Mayari aber nicht wie vereinbart zum Kaffee in der Wohnung aufgetaucht. Sophie hatte nach ihr gesehen und sie am Boden im Vorratsraum gefunden. Der Schürhaken, der seinen Platz beim großen Kachelofen in der Wirtsstube hatte, lag neben ihr auf den Fliesen – am Blut unzweifelhaft als Tatwaffe identifizierbar.

Valerie wollte instinktiv die Hände vors Gesicht schlagen, zwang sich aber Sophie zuliebe, ihre Reaktion zu unterdrücken. In welche Sache waren sie da nur hineingeraten? Mayari, die keiner Fliege etwas zuleide tun konnte, war auch zum Opfer geworden. Warum nur?

Valerie bot Sophie an, mit ins Grand Hotel zu kommen. Sie würde sie in ihrem Appartement unterbringen, wo sie am sichersten war und auch nicht ungeplant Leonore über den Weg lief. Obwohl sie Sophies Mutter war, traute Valerie ihr nicht zu, auch nur ein Fünkchen mütterlicher Wärme für ihre jüngste Tochter aufbringen zu können.

Als Nora sie vor dem Hotel absetzte und sich für diesen Abend verabschiedete, zitterten Valeries Hände beim Aufsperren der Tür. Der Tag war ereignisreich gewesen, hatte aber nicht, wie erhofft, zur Lösung des Falles geführt. Im Gegenteil, er hatte viele neue Aspekte aufgeworfen, die es nun einzuordnen galt.

Sie hielt Sophie die Tür auf und folgte ihr nach drinnen. Plötzlich erschrak sie. Ein weißer Umschlag lag am Rand des Fußabtreters im Eingangsbereich. Sophie war einfach darüber hinweggestiegen, ohne ihn zu bemerken. Bestimmt war sie in Gedanken versunken, was nur allzu verständlich war. Das Schreiben musste jemand unter der Tür durchgeschoben haben. Solche Szenen hatte Valerie bisher nur in Filmen gesehen, und selten waren es positive Nachrichten, die so übermittelt wurden.

Hastig hob sie den Brief auf und steckte ihn in ihre Tasche. Sie würde warten müssen, bis sie Gelegenheit hatte, die Botschaft ungestört zu lesen. Die Angst vor dem Inhalt schnürte ihr beinahe die Kehle zu.

Viktor nahm sie im Appartement in Empfang und machte

sich daran, für Sophie das Gästezimmer herzurichten. Valerie gab sich Mühe, sich ihre Unruhe nicht anmerken zu lassen und Sophie von ihren Sorgen abzulenken. Der Notarzt hatte ihr ein leichtes Beruhigungsmittel verabreicht, sodass sie am Tisch einzuschlafen drohte. Höchste Zeit, dass sie sich ausruhte.

Valerie bereitete noch einen kleinen Imbiss und eine Thermoskanne mit Tee für sie zu und stellte ihr beides anschließend ans Bett. In ihrer derzeitigen Verfassung hatte Sophie keinen Appetit, wollte nur schlafen. Valerie hatte Verständnis dafür. Ihr war es dennoch wichtig, sie versorgt zu wissen, falls sie nachts aufwachte, wenn alle anderen schliefen.

Dann richtete sie auch für ihre Familie eine Jause her. Ihre deutschen Gäste wunderten sich häufig über diesen typisch österreichischen Ausdruck. Gemeint war eine Brotzeit, Brot oder Gebäck mit Schinken, Wurst, Käse oder Aufstrichen, je nach Geschmack. Valerie mochte gern Gemüsesticks dazu oder eingelegte Gürkchen und Zwiebeln.

Sie rief die anderen zum Abendbrot und huschte noch schnell auf die Toilette, um ungestört den Brief lesen zu können. Obwohl er nichts Gutes versprach, wollte sie wissen, welche Botschaft er enthielt.

Zittrig riss sie den Umschlag auf und starrte entsetzt auf die gestochen scharfen Blockbuchstaben des anonymen Schreibens. Nur zwei Sätze waren es, die mit blauem Kugelschreiber geschrieben worden waren. Die hatten es aber in sich.

Auf unliniertem Papier stand: »Halt dich da raus. Wenn du rumschnüffelst, wirst du es bereuen.«

Unwillkürlich begann sie zu zittern. Ihr Herz raste im Galopp. Bernhards Mörder musste Wind davon bekommen haben, dass sie nach ihm suchte. Diese Drohung war ernst zu nehmen. Der Täter kannte keinen Spaß. Dorothea hatte schon vorhergesagt, dass er gefährlich werden könnte, sollte er das Gefühl haben, dass ihm jemand auf der Spur war.

Nun war der Augenblick gekommen. Warum nur hatte sie

nicht stillhalten und abwarten können? Weshalb musste sie sich wichtigmachen?

Sie schauderte und versuchte nachzudenken. Bedrohte der Täter nur sie persönlich oder auch ihr Umfeld? Würde er sich an ihren Kindern vergreifen, wenn sie nicht aufhörte zu recherchieren? Das durfte auf keinen Fall geschehen.

Draußen hörte sie Andi nach ihr rufen. Er konnte es nicht ausstehen, wenn er vor dem gedeckten Tisch saß und warten musste. Mittlerweile war sie ungewöhnlich lang auf dem Klo. Sie konnte hier nicht bleiben und Trübsal blasen. Am Esstisch warteten Viktor und die Kinder auf sie.

Sie zwang sich aufzustehen, kühlte sich Wangen und Handgelenke mit kaltem Wasser und verließ die Toilette in der Hoffnung, die anderen würden ihre Betroffenheit nicht sehen oder sie auf die Ereignisse der letzten Stunden schieben.

Schon von Weitem hörte sie Lea sagen: »Sind Leonore Grafensteins Kinder wieder weg, Papa?«

»Ja, die waren nur auf einen Sprung da, um ihrer Mutter den Vorfall mit Mayari zu schildern. Sie wollten ihr schonend beibringen, dass sie noch länger in Bad Gastein bleiben muss. Das haben Erwin und Dorothea wegen der geänderten Umstände heute Nachmittag verfügt.«

»Na bravo. Ich finde es zwar gut, dass sie an sie gedacht haben, aber sie hätten eher *uns* vorwarnen müssen. Leonore fehlt es an nichts, wir dagegen müssen sie ertragen«, sagte Valerie verärgert und betrat den Raum.

Sie setzte sich und bediente sich am würzigen Bauernbrot, das sie so gern mochte. Sie verspürte zwar keinerlei Hunger, doch sie durfte sich nicht zu auffällig verhalten. Niemand sollte von dem Schreiben erfahren, schon gar nicht die Kinder.

Später wollte sie noch einmal mit Nora telefonieren. Sie war die Einzige, der sie ihr Herz ausschütten konnte. Der beste Zeitpunkt würde sein, wenn Viktor seine abendliche Runde durchs Hotel machte, um alle Ausgänge zu überprüfen. Da würde sie Nora anrufen und ihr von dem ominösen Drohbrief erzählen. Mehr konnte Valerie an diesem Tag nicht mehr ausrichten. Sie musste sich in Geduld üben und beten, dass Mayari den brutalen Angriff überlebte. Denn laut Kamon, mit dem Viktor vor dem Essen telefoniert hatte, waren die Kopfverletzungen massiv. Mayari war noch nicht zu Bewusstsein gekommen. Ihr Leben stand auf Messers Schneide.

»Mama, wach auf. Ich hab so coole Fotos gefunden.«

Valerie öffnete mühsam die Augen. Nach einer unruhigen Nacht, in der sie sich von einer Seite auf die andere gewälzt hatte, war sie erst in den frühen Morgenstunden eingeschlafen. Obwohl sie prinzipiell Frühaufsteherin war, konnte sie an diesem Tag Andis Elan herzlich wenig abgewinnen. Warum war er, der Langschläfer, ausgerechnet heute schon viel zu früh wach geworden?

Zu gern hätte sie sich noch länger dem Gefühl des Vergessens hingegeben, das sich in herausfordernden Zeiten nur im Tiefschlaf einstellte, aus dem ihr Jüngster sie eben gerissen hatte. Doch daraus wurde nichts mehr, das wusste sie. Wenn sie einmal wach war, konnte sie nicht mehr einschlafen. Und außerdem hatte sich Andi am Bettrand niedergelassen, fest entschlossen, ihr am Smartphone irgendwelche Bilder zu zeigen.

Unzählige Diskussionen hatte es gegeben, als er vor wenigen Monaten zum zwölften Geburtstag als Letzter der Klasse ein Handy bekommen hatte. Vornehmlich darüber, wie oft er es benutzen durfte und welche Apps für sein Alter passend waren. Bei dieser Entscheidung war es Valerie zum großen Leidwesen Andis nicht darum gegangen, welche Apps in seiner Klasse angesagt waren, sondern eher darum, einen Kompromiss zu finden, denn viele der Inhalte, die sich die meisten Zwölfjährigen ansahen, waren nicht für sie geeignet.

Valerie gehörte nicht zu den Müttern, die in Panik verfielen, sobald es um den Konsum von Medien ging, aber die Art und Weise musste gut überlegt und fix geregelt sein.

Ihr Glück war gewesen, dass Andi nach anfänglichem Schmollen wegen manch fehlender App die Handykamera für sich entdeckt hatte. Er war leidenschaftlicher Bad Gasteiner und wusste um die versteckten Schönheiten des Tals. Auch mit den unterschiedlichen Wetterstimmungen, die auf gekonnt aufgenommenen Fotos gut zur Geltung kamen, kannte er sich aus. Zu Valeries Verblüffung hatte er sich autodidaktisch einiges über Bildbearbeitung angeeignet und dadurch ein neues Hobby gefunden. Einige seiner Freunde hatte er zum Glück ebenfalls dafür begeistern können, sodass sie oft mit ihren Fahrrädern auf Fotojagd unterwegs waren.

Ein bisschen hatte wohl auch dazu beigetragen, dass ein junger Bad Hofgasteiner eine App entwickelt hatte, über die alle, die wollten, Gastein-Fotos hochladen durften, die man dann liken konnte.

Diese App reichte ihm vorerst vollkommen aus und ersetzte seinen ursprünglichen Drang nach Instagram, TikTok und Co.

Als Andi ihr sein Handy unter die Nase hielt, sah Valerie ein gelungenes Foto des Wetterleuchtens am Samstagabend, das von einem Schulfreund stammte.

Sie rieb sich den Schlaf aus den Augen und setzte sich auf, um besser sehen zu können. Gern wollte sie ihm den Gefallen tun und mit ihm zusammen die Fotos betrachten.

Eifrig wischte er übers Display und zeigte Bilder von unterschiedlichen Uhrzeiten. Die Gewitterstimmung hatten manche Hobbyfotografen perfekt eingefangen, andere hatten sich mehr auf die Sturmschäden, die riesigen Hagelkörner oder die Aufräumarbeiten fokussiert. Das Gewitter war so heftig gewesen, dass die Feuerwehr in den letzten Tagen alle Hände voll damit zu tun gehabt hatte, die Schäden zu beseitigen.

Begeistert zeigte ihr Andi Aufnahme für Aufnahme. Einer seiner Freunde hatte sich auf die vom Hagel verbeulten Autos spezialisiert.

»Und jetzt kommt das Beste, Mama. Sogar einen Porsche hat's erwischt. Der Ferdinand, der in der Nähe von Bernhard wohnt, hat ihn fotografiert. Schau dir das an, wie viele Beulen der hat. Wahnsinn, oder? Wer lässt denn einen Porsche im Hagel stehen? Wenn ich so ein Auto hätt, würd ich schon besser drauf aufpassen.« Er öffnete das nächste Foto.

Valerie stoppte ihn. »Kann ich mir bitte den Porsche noch mal anschauen?« Sie war wie elektrisiert. Wie viele rote Porsches mit Hagelschaden mochten in Bad Gastein unterwegs sein? Gewiss nicht viele.

Unverkennbar zeigte das Foto, das laut Bildunterschrift um zweiundzwanzig Uhr fünfzig aufgenommen worden war, Baumgartingers Wagen. Das bedeutete, dass nicht nur Fritz Derbacher zur fraglichen Zeit in der Nähe von Bernhards Haus gesehen worden war, sondern auch Baumgartinger zur Tatzeit dort, nur wenige Meter weiter, wie Valerie am Foto sah, geparkt hatte.

In ihrer schlaflosen Nacht war sie drauf und dran gewesen, ihn als Mörder auszuschließen, weil sie kein Motiv für die gestrige Attacke hatte finden können. Baumgartinger hätte keinen erkennbaren Nutzen davon gehabt, wenn Mayari tot wäre. Und nun tauchte ein neues Indiz auf, das gegen ihn sprach. Was hatte er wohl um zweiundzwanzig Uhr fünfzig bei Bernhards Haus zu suchen gehabt? Es musste wichtig gewesen sein, wenn er deswegen gelogen hatte.

»Kannst du mir das Bild bitte schicken, Andi? Das finde ich sehr originell. Einen Porsche mit Hageldellen sieht man nicht alle Tage. Und dann noch die tolle Aufnahme mit den Blitzen hinter dem Ortszentrum. Die gefällt mir auch besonders gut.«

»Klar, Mama. Das mach ich gleich.« Andi trollte sich wieder.

Valerie hatte ihn extra noch um ein zweites Foto gebeten, damit er sich nicht wunderte, warum seine Mutter das Porschefoto haben wollte.

Als sie später in der Küche ihr eigenes Telefon einschaltete, waren beide Aufnahmen schon angekommen. Das von Baumgartingers Auto leitete sie an Nora weiter. Dass im Hintergrund das Schild des »Schnitzelwirts« prangte, das die Einfahrt zum Parkplatz markierte, war nicht zu übersehen und bedurfte keiner Erklärung.

»Den knöpfen wir uns vor«, schallte es am frühen Nachmittag aufgeregt aus Valeries Handy. Nora hatte das Foto erst nach dem Unterricht entdeckt und war voller Tatendrang. »Der hat uns doch nach Strich und Faden belogen. Ich hab's mir gedacht. Seine Reaktion auf deine Fragen war komisch. Wenn *er* Bernhard nicht auf dem Gewissen hat, wer dann? Noch klarer geht es nicht, oder?«

Valerie war etwas überrumpelt, weil sich Nora so in die Sache hineinsteigerte. »Das stimmt schon, es spricht vieles gegen ihn, aber das tut es bei Fritz auch.«

»Ach, der Fritz. Ich denke, der war zum falschen Zeitpunkt am falschen Ort. Der ist doch im tiefsten Herzen einer von den Guten. Hat ihn halt alles aus der Bahn geworfen, das mit seiner Frau und seinem Kind damals. Aber der Baumgartinger, der ist mir derart unsympathisch, es kann nur er gewesen sein, wenn er uns bewusst angelogen hat. Wer eine reine Weste hat, muss nicht lügen. Das hat schon meine Oma immer gesagt.«

»Wenn du meinst. Aber was hast du vor? Willst du hingehen und ihm das Foto unter die Nase halten? Frei nach dem Motto: ›Wir wissen, dass du uns belogen hast. Gib doch zu, dass du unseren Schnitzelkönig erschlagen hast‹?«

Nora musste lachen. »Na, ganz so plump nicht, aber ich hab da schon eine Idee. Wirf dich in Schale, wir haben einen Termin mit Baumgartinger. Er weiß zwar nichts davon, aber umso besser.«

»Du meinst, ich soll wieder ein höchstens knielanges Kleid anziehen?«

»Kluges Kind. Genau das meine ich. Und zier dich bitte nicht, dafür haben wir keine Zeit, es gilt, am Samstag einen Flieger zu erwischen, oder?«

Valerie machte einen Schmollmund, auch wenn Nora das

nicht sehen konnte, fügte sich aber. »Okay, soll ich dich abholen?«

»Nein, ich komm zu dir, denn ich baue stark drauf, dass ich noch Pralinen bekomme, wenn ich dich danach heimbringe. Die Aussicht auf eine kleine Belohnung macht alles leichter erträglich. Bis dann.« Ohne eine Antwort abzuwarten, legte Nora auf. Valerie ahnte, dass sie bereits vor ihrem Kleiderschrank stand und exakt wusste, wonach sie zu greifen hatte. Ein bisschen mehr von Noras Entschlusskraft würde sie sich manchmal wünschen.

Sinnierend, welches Kleid sie anziehen sollte, ging sie ins Schlafzimmer. Eingehend begutachtete sie den Inhalt ihres Schrankes. Nach einigem Hin und Her fiel ihre Entscheidung auf ein Dirndl, das bis zum Knie ging, hervorragend zu ihren grünen Augen passte, aber einen dezenteren Ausschnitt hatte als das vorige. Aus Prinzip bevorzugte sie es nämlich, dass Gesprächspartner ihr beim Reden ins Gesicht sahen und nicht mit ihrem Dekolleté kommunizierten.

Zufrieden mit dem Ergebnis, schlüpfte sie in passende Schuhe und klebte Viktor, der sich wie Sophie nach dem Mittagessen in alter Urlaubsmanier hingelegt hatte, einen Notizzettel auf den Küchentisch, auf dem sie ihm mitteilte, dass sie mit Nora den Nachmittag in Bad Hofgastein verbringen werde. Sollte er ruhig glauben, dass sie ihre Freizeit genoss, indem sie im Zentrum des Nachbarorts bummeln ging. Das schaffte sie während des Hotelbetriebs viel zu selten, und er wusste das.

Wie für sie reserviert, war derselbe Parkplatz, auf dem sie auch am Vortag gestanden hatten, wieder frei, sodass Nora den Wagen mit Schwung in die Lücke fuhr.

Valerie war noch nicht ausgestiegen, da wartete Nora schon ungeduldig mit dem Schlüssel in der Hand vor dem Auto, um abzuschließen. Valerie hätte gern noch ein wenig Zeit gehabt, um sich gedanklich auf das Gespräch vorzubereiten, doch wenn Nora in Fahrt war, konnte sie nichts stoppen.

»Ist ja schon gut, ich beeil mich«, sagte Valerie. »Aber sag mir doch bitte vorher noch, wie dein Plan aussieht. Was hast du vor? Willst du Baumgartinger direkt damit konfrontieren, dass er sich zur Tatzeit in der Nähe des Tatorts aufgehalten hat? Oder willst du ihn auf die Lüge ansprechen, die er uns aufgetischt hat?«

»Ich spreche ihn bestimmt darauf an, dass er uns belogen hat. Lass mich nur machen.«

Valerie war besorgt. Ob das gut ging? Wenn Nora sauer war, wurde sie oft undiplomatisch. Und noch war nicht bewiesen, dass Baumgartinger der Täter war. Ihr Magen drückte unangenehm, als sie hinter ihrer Freundin herging.

Beim Betreten des Hoteleingangs sahen sie, wie sich die Rezeptionistin einem Gast widmete, dem sie auf dem Ortsplan einen Weg erklärte. So gut und schnell es mit den hohen Absätzen ging, eilten sie zur Treppe. Auf den Lift wollten sie nicht warten, damit niemand sie fragen konnte, wohin sie auf dem Weg waren. Keiner sollte Baumgartinger ihren Besuch ankündigen, das Überraschungsmoment sollte auf ihrer Seite sein.

Leicht aus der Puste kamen sie vor der Zimmertür des Investors an.

»Warte bitte noch«, flüsterte Valerie. »Ich will erst wieder zu Atem kommen. Wenn wir schnaufen wie zwei Dampflokomotiven, lacht er uns doch höchstens aus.«

Nora lehnte sich neben Valerie an die Wand vor Baumgartingers Suite. Keine zwei Minuten später waren sie bereit, sich dem heiklen Gespräch zu stellen. Nur die Tatsache, dass sie zu zweit waren und sich in einem Hotel befanden, in dem etwaige Hilfeschreie gehört würden, ließ sie den Mut finden, Baumgartinger unter den gegebenen Umständen auf den Zahn zu fühlen.

Valerie zog die Schürze ihres Dirndls fest, streckte den Rücken durch, um eine gute Figur zu machen, und klopfte an die Tür. Schwungvoll öffnete Baumgartinger und wirkte mehr als erstaunt.

»Hallo, die Damen, welch unerwartete, dennoch entzückende Überraschung«, säuselte er. Sein Hemd stand noch eine Spur weiter offen als sonst, und statt des üblichen Anzugs trug er dunkle Jeans. Sein Haar hing ihm strähnig ins Gesicht, und Valerie sprang ein dunkler Bartschatten ins Auge. Nein, mit Besuch hatte er definitiv nicht gerechnet, schon gar nicht geschäftlicher Natur, wie er nun vermuten musste.

Nora schob sich an Valerie vorbei in die Suite. »Dürfen wir reinkommen?«, fragte sie, als sie schon drinnen stand.

Überrumpelt machte Baumgartinger ihr Platz.

Nora ließ ihm keine Zeit, darüber nachzudenken, warum sie unangemeldet bei ihm aufgetaucht waren. Kaum war die Tür zu, veränderte sich schlagartig ihr Gesichtsausdruck. Sie setzte ihren typischen Lehrerinnenblick auf, wie Valerie ihn nannte, streckte ihren Zeigefinger aus und setzte ihn Baumgartinger auf die Brust, sodass der zurückwich und mit dem Rücken an der Wand stand.

Valerie bewunderte Nora. Ihre Körpersprache hatte sie voll im Griff, einschüchternd sah sie aus, wenn sie sich groß machte und das Kinn vorreckte. Eine steile Falte auf der Stirn zeigte deutlich, dass man lieber nichts tat, um sie zu verärgern.

Beim Anblick Baumgartingers, der eine solch geballte weibliche Kampfbereitschaft nicht gewohnt zu sein schien, musste Valerie im Stillen lachen. Äußerlich versuchte sie, es Nora gleichzutun. Frauenpower war angesagt, wenn sie in ihren Ermittlungen vorankommen wollten.

Nora gab sich alle Mühe, Baumgartinger einzuschüchtern. Selbst ihr Tonfall konnte einen das Fürchten lehren. »Sie haben uns angelogen, Herr Baumgartinger. Und das mögen wir gar nicht. Wir machen grundsätzlich keine Geschäfte mit Leuten, die nicht mit offenen Karten spielen.«

Baumgartinger war blass geworden. »Wovon sprechen Sie? Worum geht's hier, Frau Thaller?« Hilfesuchend sah er zu Valerie.

Doch Nora kam ihr zuvor. »Es geht darum, dass Sie in

unserem letzten Gespräch unehrlich gewesen sind. Dabei war die Frage meiner Chefin doch harmlos.«

Verständnislos schaute Baumgartinger von einer zur anderen. »Ich verstehe nicht. Welche Frage?«

Valerie hatte das Gefühl, das Gespräch übernehmen zu müssen, bei zu viel Druck von Noras Seite konnte es passieren, dass der Investor dichtmachte und sie gar nichts aus ihm herausbekämen. »Ich hatte Sie gefragt, wie viel Sie von dem Hagelgewitter mitbekommen haben und wie schlimm es hier bei Ihnen in Bad Hofgastein gewesen ist. Sie haben uns angelogen. Sie waren nicht im ›Michaelerhof‹ und haben gearbeitet. Sie waren in Bad Gastein. Ihr Auto wurde gesehen. Wenn Sie möchten, können wir Ihnen ein Foto davon zeigen, mit Datums- und Uhrzeitangabe.«

Schweißtropfen bildeten sich auf Baumgartingers Stirn. Kraftlos ließ er sich auf die kleine Bank sinken, die unter den Garderobenhaken stand. »Ein Foto von meinem Wagen?«

»Ganz recht, von Ihrem Porsche. Und zwar mit all den schönen Hageldellen, die er beim Unwetter abbekommen hat.«

Baumgartinger schluckte. »Der arme 911er, der Hagel hat ihn völlig entstellt.« Dann räusperte er sich, stand auf und stierte Nora und Valerie kampflustig an. Das Überraschungsmoment war verpufft, er hatte sich wieder im Griff. »Ich wüsste jedoch nicht, was Sie beide das anginge, wo und wie ich meine Zeit verbringe.« Sein Tonfall war schneidend.

Valerie empfand es als bedrohlich, wie nah vor sie er sich gestellt hatte. Sie reckte ihr Kinn. Wenn er mit Körpersprache arbeitete, konnte sie das auch. Angst empfand sie keine, lediglich ein unbehagliches Gefühl, doch das würde sie ihm nicht zeigen.

»Es könnte uns auch egal sein, aber Sie müssen zugeben, dass Lügen keine gute Voraussetzung für eine Geschäftsbeziehung sind. Ich weiß nicht, wie das in Graz abläuft, aber in Bad Gastein zählt die Handschlagqualität einer Person. Wir machen nur Geschäfte mit Leuten, denen wir vertrauen.«

Valerie nahm ein Zögern in Baumgartingers Mimik wahr. Offenbar wollte er die mögliche Zusammenarbeit mit den Thallers und ihrem gut eingeführten Grand Hotel nicht aufs Spiel setzen, wollte aber auch nicht verraten, warum er nicht die Wahrheit gesagt hatte. Eine klassische Zwickmühle. Vermutlich überschlugen sich seine Gedanken auf der Suche nach einem diplomatischen Ausweg aus diesem Gesprächsdilemma. Würde er ihnen eine neue Lüge auftischen, um sie zufriedenzustellen?

Letztendlich blieb er stur. »Ich werde Ihnen dennoch nichts über diesen Abend verraten. Es geht Sie nichts an. Tut mir leid. Ich trenne gern Privates von Geschäftlichem.« Mit unecht wirkender Zuversicht pokerte er. Vielleicht spekulierte er darauf, dass Valerie ebenso auf die zukünftige Kooperation angewiesen war wie er. Dass sie diese nicht nötig hatte und schon gar nicht wollte, konnte er nicht wissen. »Der Samstagabend war rein privat und hat mit uns«, er deutete mit dem Zeigefinger zwischen Valerie und sich hin und her, »nicht das Geringste zu tun.«

Nora stieß einen Unmutslaut aus, und auch Valerie war erzürnt. Sie musste sich zwar eingestehen, dass er gar nicht unrecht damit hatte, dass er sein Privatleben nicht vor ihnen ausbreiten musste, aber dennoch ärgerte sie sein überheblicher Versuch, die Sache vom Tisch zu wischen.

Sie würde ihre Trumpfkarte ausspielen. Sie hatte keine Zeit für falsche Höflichkeiten und Versteckspiele. Es galt, den Fall zu lösen und mit gutem Gefühl auf Urlaub fahren zu können.

»Nora, wir brechen auf. Die Polizei wird sich garantiert für das Foto interessieren.«

Baumgartinger starrte sie ungläubig an. »Die Polizei? Machen Sie sich doch nicht lächerlich, Frau Thaller. Warum sollte sich die Polizei dafür interessieren? In unserem letzten Gespräch habe ich Sie für eine kompetente und vernünftige Frau gehalten. Aber ich sollte wohl die Verhandlungen lieber mit Ihrem Gatten führen.«

Das hatte gesessen. Welch ungehobelter Kerl. Dem würde sie es zeigen.

Sie nahm all ihren Mut zusammen und zischte: »Ich denke schon, dass die Polizei sich dafür interessieren wird, dass Sie zum Zeitpunkt des Mordes an Bernhard Lederer Ihren Porsche in Sichtweite des Tatorts geparkt hatten. Dass Ihr größter Widersacher in Sachen Luxusresort am Graukogel am Samstagabend erschlagen worden ist, wird Ihnen, wie ich annehme, bekannt sein, oder? Vielleicht sind Sie es ja sogar, der Bernhard Lederer auf dem Gewissen hat. Ein starkes Motiv hätten Sie. Und mit dem Alibi sieht es nicht gut aus. Auch der Drohbrief, der in seinem Postkasten lag, lässt sich unter Garantie zu Ihnen zurückverfolgen. Komm, Nora. Wir fahren.«

Sie legte ihre Hand auf die Klinke und betete, dass sie nicht zu weit gegangen war und Baumgartinger zu sehr in die Enge getrieben hatte. Was, wenn er sie, Hotel hin oder her, angreifen würde? Sein Gesicht war aschfahl. Ob Angst oder unbändige Wut der Grund dafür war, vielleicht sogar Mordlust, war nicht erkennbar.

Wie aus dem Nichts ging alles rasend schnell, sie spürte schmerzhaft seine Hand an ihrem Oberarm. Ruckartig riss er sie von der rettenden Tür weg. Daraufhin stieß sie einen spitzen Schrei aus, was Nora dazu veranlasste, ebenso zu kreischen und wie eine Verrückte mit ihrer Handtasche auf Baumgartinger einzuschlagen.

Vom ersten Schock erholt, versuchte Valerie mit voller Kraft, sich von ihm loszureißen. Der Griff lockerte sich, sie vollführte eine gekonnte Kehrtwendung und kam frei. In diesem Moment sah sie, wie Baumgartinger schützend die Arme über den Kopf nahm.

»Ist ja schon gut. Hören Sie auf, bitte hören Sie doch auf damit. Ich sag's Ihnen. Versprochen.«

Nora erhob drohend ihre Tasche. »Nun gut, bleiben Sie, wo Sie sind«, sagte sie atemlos. »Kommen Sie uns nicht zu nahe, haben Sie verstanden? Wir sind zu zweit, und wir schreien beim kleinsten Kratzer das ganze Hotel zusammen. Reden Sie schon. Haben Sie etwas mit dem Tod von Bernhard Lederer zu tun oder nicht?«

»Nein, hab ich nicht, Himmel noch mal. Warum sollte ich ihn umbringen? Und außerdem wollte ich auch Ihnen nichts tun, sondern nur mit Ihnen reden.« Diese letzten Worte waren an Valerie gerichtet, die sich ihren schmerzenden Arm rieb. Peter Baumgartinger klang empört.

Aber sie war es ebenfalls. »Das liegt doch auf der Hand«, blaffte Valerie ihn an. »Weil Bernhard Lederer Ihr tolles Projekt gefährdet hat. Sie haben bei der Sitzung am Freitag gesehen, wie sehr die Einheimischen ihm vertraut haben. Und seine Argumente waren schlüssig. Es stand zu befürchten, dass er noch viel mehr Leute auf seine Seite gebracht hätte. Das konnten Sie nicht zulassen. Deshalb haben Sie versucht, ihn zu ködern, zu bestechen. Aber das hat zu nichts geführt. Dann haben Sie ihm am Telefon gedroht. Und wie war das mit dem Brief? Hat er Sie erwischt, als Sie ihn eingeworfen haben, hat er Sie dennoch zu einem Gespräch hineingebeten, und haben Sie ihn dann hinterrücks erschlagen?«

Baumgartinger sagte gar nichts. Ungläubig starrte er sie an. Verschiedenste Emotionen huschten über sein Gesicht. Valerie meinte, Wut, Verzweiflung und auch Scham zu sehen. Vor allem aber wirkte er zutiefst erschüttert. Die Frage war nur, warum? Weil er tatsächlich der Täter war oder weil er zu Unrecht verdächtigt wurde? Valerie wusste es nicht. Sie hatte aber das Gefühl, dass sie so nicht weiterkamen. Fast tat er ihr leid. Sie schaltete einen Gang zurück, wollte aber endlich Antworten von ihm bekommen.

Etwas versöhnlicher sagte sie: »Mag ja sein, dass Sie ihn nicht umgebracht haben, aber es spricht vieles gegen Sie. Das muss Ihnen doch bewusst sein. Warum erzählen Sie nicht endlich, was passiert ist? Und ob Sie auch mit dem Angriff auf Mayari etwas zu tun haben.«

Ruckartig schoss Baumgartingers Kopf in die Höhe. »Wer ist Mayari?«

»Mayari ist … war die Lebensgefährtin von Bernhard Lederer. Gestern nach unserem Gespräch haben wir Sie mit dem Porsche wegfahren gesehen. Kurz darauf wurde Mayari beim ›Schnitzelwirt‹ niedergeschlagen. Es ist ungewiss, ob sie den Angriff überleben wird.«

Baumgartinger wischte sich mit der Hand über die Stirn. Er sah blass aus. »Warum sollte ich diese Frau, die ich gar nicht kenne, umbringen wollen? Die hat doch mit dem Graukogelprojekt nichts zu tun.«

Gute Frage. Die hatte sich Valerie selbst auch schon gestellt. Was hätte er von Mayaris Tod gehabt? Nur warum sagte er dann nicht endlich, was er in dieser Gegend zu suchen hatte? Sie wollte schon einlenken, da kam Nora ihr zuvor. Im Gegensatz zu Valerie hatte sie eine mögliche Erklärung auf seine Frage parat.

»Könnte ja sein, dass Sie Ihre Spuren verwischen wollten«, konterte sie. »Da Mayari keinen direkten Bezug zu Ihren Plänen hatte, würde die Polizei nicht auf die Idee kommen, Bernhards Tod in Zusammenhang mit Ihnen zu bringen. Sie würden den Täter wohl im familiären Kreis vermuten. Klug gedacht, aber nicht klug genug für uns beide.«

»Ich schwör's, ich hab weder Herrn Lederer noch seine Lebensgefährtin angegriffen«, erwiderte Baumgartinger kleinlaut. »Aber ich gebe zu, ich habe versucht, Bernhard Lederer zu bestechen. Ich wollte, dass er dafür sorgt, dass die Stimmung sich zu meinen Gunsten dreht. Auch der Drohbrief war von mir, der war unbedacht und kindisch, weil ich wütend auf ihn war. Aber mit dem Mord habe ich nichts zu tun. Und diese Mayari habe ich noch nie gesehen. Heiliges Ehrenwort.«

Valerie hatte den Eindruck, dass er die Wahrheit sagte. Selbst wenn Noras Erklärung Sinn ergab, glaubte sie ihm, dass er nicht Mayaris Angreifer war, vielleicht auch nicht Bernhards Mörder. Aber sie wollte eine Begründung von ihm für seine

Lügen, damit sie ihm Glauben schenken konnte. Einen letzten Versuch wagte sie noch. »Was hatten Sie dann in der Mordnacht beim ›Schnitzelwirt‹ verloren? Sie werden doch nicht aus Spaß Ihren Porsche im Hagel stehen gelassen haben.«

Tiefe Röte überzog Baumgartingers Wangen. Da war sie wieder, die Scham, die Valerie vorhin schon bemerkt hatte. »D… das ist mir höchst unangenehm«, stotterte er. »Und ich hab mein Ehrenwort gegeben, nicht zu sagen, wo ich war.«

»Wem haben Sie Ihr Ehrenwort gegeben, Herr Baumgartinger?«, fragte Nora.

»Der Susi. Die hab ich schon vor Monaten über eine Dating-App kennengelernt. Ich bin damals das erste Mal wegen des Projekts in Bad Gastein gewesen. Seitdem treffen wir uns regelmäßig, wenn ich im Tal bin. Die wohnt in einem Wohnblock nur zwei Häuser vom ›Schnitzelwirt‹ entfernt.«

»Und warum darf niemand wissen, dass Sie sich mit dieser Susi treffen?«

»Weil sie verheiratet ist, was glauben Sie denn? Ihr Mann ist Fernfahrer, immer unterwegs. Aber die Susi, die hat halt ihre Bedürfnisse. Trotzdem würde sie ihren Mann nie verlassen. Leider.«

Echtes Bedauern schwang in Baumgartingers Stimme mit. Valerie konnte sich des Eindrucks nicht erwehren, dass der toughe Geschäftsmann Baumgartinger bis über beide Ohren verliebt war. Nun ergab langsam alles Sinn.

»Das verändert natürlich die Sachlage, Herr Baumgartinger. Das hätten Sie doch früher sagen können. Und wenn wir schon dabei sind, alles auf den Tisch zu legen: Wir waren ebenfalls nicht ehrlich zu Ihnen. Ich war mit Bernhard Lederer eng befreundet. Ich hatte nie vor, eine Kooperation mit Ihnen einzugehen, das war eine Finte, weil wir mehr über Sie erfahren wollten. In Wahrheit sind wir auf der Suche nach demjenigen, der Bernhard Lederer das angetan hat.«

»Eine Finte? Sie wollen gar nicht …? Das ist …« Baumgartinger fehlten die Worte.

»Ich verstehe, wenn Sie jetzt wütend auf uns sind. Das ist nachvollziehbar. Aber Sie werden hoffentlich auch verstehen, dass wir Ihr Alibi überprüfen möchten.«

»Muss das wirklich sein? Ich schwöre Ihnen, ich war dort. Nur hab ich der Susi hoch und heilig versprochen, niemandem davon zu erzählen. Sie können da nicht einfach hingehen und nachfragen.«

»Dafür finden wir eine Lösung. Aber es ist ja auch in Ihrem Interesse zu beweisen, dass Sie nichts mit dem Mord zu tun haben, oder? Können Sie uns sagen, von wann bis wann Sie dort waren?«, fragte Valerie.

Baumgartinger kratzte sich am Kopf. »Da muss ich nachdenken. Weggefahren bin ich um halb neun herum, gleich nach dem Abendessen. Ich habe geparkt und die Gelegenheit dazu genutzt, den Brief beim Lederer einzuwerfen. Ich weiß, das war eine blöde Idee von mir. Ich wollte ihm nie etwas antun, hab mich aber maßlos über ihn geärgert. Mit Geld lässt sich doch meistens alles regeln, aber der Kerl war zu stur dafür.«

Das klang aufrichtig. Auch seine geschwollene Sprache hatte Baumgartinger abgelegt, nun wirkte er viel authentischer. Der Eindruck verstärkte sich noch, als er weitersprach.

»Und dann bin ich zur Susi. Das muss ungefähr um zehn vor neun gewesen sein. Das Wetterleuchten hab ich zwar gesehen, aber ich hab nicht mit Hagel gerechnet. Ich kenne mich mit dem Wetter in den Bergen nicht aus. Wenn ich das geahnt hätte, wäre ich im Hotel geblieben und hätte meine Verabredung abgesagt. Was glauben Sie, wie ich mich über die Dellen im Porsche geärgert habe?«

»Haben Sie denn den Sturm gar nicht bemerkt?« Nora schien zutiefst verwundert.

»Nein, hab ich nicht.« Kleinlaut gab Baumgartinger Antwort. »Die Susi, die macht immer alle Rollläden zu, wenn ich komme, damit niemand was sieht. Und raus bin ich erst um drei in der Früh. Mehr weiß ich nicht.«

»Na bravo. Wenn das stimmt, wissen wir wieder nicht, wer

Bernhard erschlagen hat.« Diese Worte hatte Nora an Valerie gerichtet.

»Stimmt, aber erst wüsste ich gern, wie wir die Frage mit dem Alibi lösen, ohne dass aufkommt, dass er uns von seinen Treffen erzählt hat.«

»Dafür hab ich schon eine Idee. Ich brauche nur den Namen der Dating-App, die Telefonnummer und den Nachnamen Ihrer Susi.« Mit den letzten Worten hatte Nora sich an Baumgartinger gewandt.

Der war sichtlich hin- und hergerissen, aber offenbar war ihm daran gelegen, den Verdacht gegen ihn endgültig aus dem Weg zu räumen. Er verschwand im Wohnbereich der Suite und kam kurz darauf wieder – in der Hand einen Zettel mit den gewünschten Informationen.

Nora bedankte sich. »Und keine Sorge, Susi wird nichts merken.« Räuspernd nahm sie ihr Telefon zur Hand und tippte die entsprechende Nummer ein. Sie stellte auf Lautsprecher, sodass Valerie und Baumgartinger das Gespräch mit anhören konnten.

»Schönen guten Tag, Frau Schmollner. Brigitte Hudacky am Apparat, von der Dating-App ›Zweisam statt einsam‹. Wir machen aktuell eine groß angelegte Umfrage unter unseren Kunden, alles anonym und streng vertraulich, und würden Ihnen gern ein paar Fragen stellen.«

Valerie war verblüfft. Nora unterdrückte ihre Salzburger Sprachfärbung und täuschte eine Wiener Note vor. Sie klang wie eine geschulte Callcenter-Mitarbeiterin aus der Bundeshauptstadt.

»Haben Sie ein wenig Zeit für mich? Es dauert auch nur eine Minute.« Professionell hatte Nora den Einstieg ins Gespräch hinbekommen. Blieb nur zu hoffen, dass Susi Schmollner sich darauf einlassen würde.

Diese stimmte nach kurzer Pause zu. »Wenn es nur eine Minute dauert und vertraulich ist, gern. Schließlich habe ich doch Interesse daran, dass Ihr Service noch besser wird.« Ein heiseres Lachen, dem man jahrelanges Rauchen anmerkte, ertönte durch den Lautsprecher.

»Das ist sehr freundlich von Ihnen. Wir sind immerzu darum bemüht, unser Bestes für Sie als Kundin zu geben. Um Sie nicht zu lange aufzuhalten, kommen wir gleich zu den Fragen. Haben Sie sich bereits persönlich mit jemandem getroffen, den Sie auf unserer Plattform kennengelernt haben?«

Susi Schmollners Antwort kam prompt. »Ja.«

»Wann fand das letzte Treffen statt?«

»Samstagabend.«

»Wie lange dauern Ihre Treffen im Durchschnitt? Unter einer Stunde, zwischen ein und drei Stunden, vier bis sechs Stunden oder länger?«

Nun kam Susi Schmollners Antwort zögerlicher. »Unterschiedlich, vier Stunden mindestens, oft auch länger.«

»Wie lange hat Ihr letztes Date gedauert?«

»Ungefähr sechs Stunden. Aber hören Sie, warum wollen Sie denn das wissen? Was bringt Ihnen das?«

Nora überging die Frage und verabschiedete sich. »Herzlichen Dank, Frau Schmollner. Sie haben uns sehr geholfen. Wir wünschen Ihnen noch viele nette Treffen über unsere App. Schön, dass Sie bei unserer Umfrage mitgemacht haben. Haben Sie einen angenehmen Tag.«

Baumgartinger wirkte gelöst. »Na bitte, Sie haben es gehört. Glauben Sie mir jetzt?«, fragte er mit einem Anflug von Genugtuung.

»Leider ja«, sagte Nora unzufrieden.

»Natürlich glauben wir Ihnen.« Valerie hatte zu sprechen begonnen, bevor Nora wieder undiplomatisch werden konnte. Sie hatten Baumgartinger schon genug zugesetzt. »Mir reicht, was ich gehört habe. Aber nur so als Tipp: Der Polizei wird es nicht genügen. Für mich fallen Sie als Täter weg, aber der Drohbrief liegt meines Wissens schon bei der Kripo. Sie werden bestimmt bald Besuch bekommen. Auf Wiedersehen, Herr Baumgartinger.«

Flink schlüpfte sie hinter Nora durch die Tür auf den Flur. Nach kurzer Überlegung steckte sie jedoch noch einmal den Kopf in den Vorraum und sagte: »Und übrigens, die Sache mit dem Graukogel können Sie sich abschminken. Mit Leuten, die andere bestechen und bedrohen, arbeiten wir in Bad Gastein nicht zusammen. Ich erwarte, dass Sie von dem Projekt Abstand nehmen, sonst sehe ich mich gezwungen, unsere Kenntnisse öffentlich zu machen. Schönen Tag noch, Herr Baumgartinger.«

Kaum hatte sich die Aufzugstür geschlossen, prustete Nora los. »Sein Gesichtsausdruck bei deiner Meldung über die Polizei war Gold wert. Wetten, dass er gehofft hat, dass sein Techtelmechtel nicht auffliegt, er ungeschoren aus der Sache rauskommt und weitermachen kann wie bisher? Das kann er vergessen. Bestechung, Drohung und sein Faible für verheiratete Frauen. Was zu viel ist, ist zu viel.«

»Ich bin ganz deiner Meinung«, stimmte ihr Valerie zu. »Integer ist er nicht, aber ein Mörder eben auch keiner. Und ich hatte den Eindruck, dass er sich in diese Susi verknallt hat. Ist dir der Unterton in ihrer Stimme aufgefallen? Und wie sie gemeint hat, dass der Service noch besser werden könne?«

»Ja, das hat mich auch stutzig gemacht. Ich mag mich täuschen, aber es würde mich nicht wundern, wenn Baumgartinger nicht der Einzige ist, den sie datet. Sonst bräuchte sie die App ja gar nicht mehr.«

»Da kann einem der Baumgartinger beinahe leidtun, oder?«

»Du sagst es. Beinahe. Echtes Mitleid habe ich mit einem Typen wie ihm garantiert nicht.«

NEUNZEHN

Nora schloss das Auto auf und stieg auf der Fahrerseite ein. Valerie warf ihre Handtasche auf die Rückbank und ließ sich auf den Beifahrersitz fallen. Das Gespräch mit Baumgartinger hatte sie viel Energie gekostet. Allein wenn sie an den Klammergriff zu Beginn ihrer Auseinandersetzung zurückdachte, pochte ihr Herz wie verrückt.

Langsam rollten sie vom Parkplatz und schlugen den Weg zum Grand Hotel ein. Stille erfüllte den Wagen, bis Nora aussprach, was auch Valerie seit dem Telefonat mit Susi Schmollner beschäftigte.

»Wenn Baumgartinger von unserer Verdächtigenliste fliegt, wird es eng für Fritz. In mir sträubt sich alles, wenn ich daran denke, er könnte Bernhard auf dem Gewissen haben. Er war sauer auf ihn, aber er hat ihm viel zu verdanken. Glaubst du, dass Fritz zu solch einer Tat fähig wäre?«

Valerie hatte sich diese Frage in den letzten Tagen zigfach gestellt. Einerseits schrie alles in ihr »Nein, ganz sicher nicht, der Fritz würde das nie tun«, andererseits konnte sie psychische Erkrankungen, gepaart mit Alkoholismus, zu wenig einschätzen. Fritz hatte schon viele Jahre mit seinen Problemen zu kämpfen, sodass sie nicht wusste, wie sehr sein Grundcharakter sich verändert hatte. Und bei ihrem Besuch hatte er ihr wahrlich Angst eingejagt. Der Vorfall an seiner Wohnungstür hatte gezeigt, wie aggressiv er werden konnte. Und an besagtem Samstagabend hatte er viel zu viel getrunken.

So leid es ihr tat, sie konnte ihn als Täter nicht ausschließen. Es gab Menschen, für die würde sie ihre Hand ins Feuer legen, aber Fritz gehörte nicht dazu.

»Ich weiß schon länger nicht mehr, was ich von ihm halten soll. Er ist anders als früher. Wenn er nach dem Eklat beim Geburtstagsfest noch weitergetrunken hat und zu später Stunde bei Bernhard zu Hause aufgekreuzt ist, kann ich nicht sagen, ob er sich noch im Griff hatte oder im Affekt zugeschlagen hat.«

Nora schwieg. Das war ungewöhnlich für sie. Erst bei der Ortsausfahrt sprach sie wieder. »Ich denke ähnlich wie du, Valerie. Aber wenigstens eine Chance möchte ich ihm noch geben.«

Valerie konnte mit dieser Aussage nichts anfangen. »Wie meinst du das? Hast du schon eine Idee?«

»Eine vage Idee habe ich. Wenn Baumgartinger als Mörder ausscheidet, sind außer Fritz nur noch Sabine und Florian verdächtig. Den Sailer lasse ich außen vor, an den als Täter glaube ich nicht.«

Valerie wiegte den Kopf hin und her. »Das hieße, dass Sabine oder Florian ihren eigenen Vater erschlagen haben. Das ist denkbar, aber es wäre für Sophie besonders schlimm.«

Mittlerweile waren sie am Mozartplatz angelangt, und Nora setzte den Blinker, um runter ins historische Zentrum zu fahren. Sie wartete einige Autos ab und bog links ein. »Darauf können wir aber keine Rücksicht nehmen. Angenommen, einer der beiden hat Bernhard auf dem Gewissen, dann muss er oder sie dafür vor Gericht. Und erfahren werden wir das nur, wenn wir Sabine und Florian eine Falle stellen.«

Valerie wurde hellhörig. »Was für eine Falle?«

»Das, meine liebe Valerie, erkläre ich dir erst, wenn du mir Kaffee und Pralinen offeriert hast. Die brauche ich dringend. Nach der Begegnung mit Baumgartinger bin ich fertig mit den Nerven. Wie er dich daran hindern wollte, die Suite zu verlassen, und wie er dich am Arm nach hinten gerissen hat ... ich hab echt Angst bekommen. Und dann rotgesehen.«

Valerie gluckste. »Deine Handtaschenaktion war sensationell, Nora. Ist dir sein Gesichtsausdruck aufgefallen? Der hatte einen Heidenrespekt vor dir und deiner Tasche.«

Nora stimmte in Valeries Lachen ein. »Ich könnte sagen, dass es mir leidtut, da er dir, wie sich gezeigt hat, gar nichts tun wollte, aber ich denke, dass er sich im Namen von allen Menschen, die er in seinem Leben schon belogen hat, und im Namen von allen Frauen, denen er ungefragt zu nahe gekommen ist, durchaus einmal eine kleine Abreibung verdient hat. Und glaub mir, der unterschätzt die Waffen der Frauen nie wieder.«

»Definitiv.« Valerie lächelte noch immer still vor sich hin, als Nora ihren Wagen auf einem der Hotelparkplätze in der Garage abstellte.

Energisch lotste Nora Valerie am Wasserfall vorbei zum Grand Hotel, damit sie nicht wie üblich stehen blieb.

»Ach, so stressig ist es auch wieder nicht, oder?«, murrte Valerie.

»Doch, das ist es. Wenn ich nicht auf der Stelle Schokolade bekomme, garantiere ich für nichts«, erwiderte Nora mit einem Augenzwinkern.

Um auf dem Weg ins Appartement nicht Leonore zu begegnen – üble Laune aufgrund ihres verlängerten Aufenthalts war sehr wahrscheinlich –, beschlossen sie, lieber im Büro zu bleiben.

Nora ließ sich auf einen Drehstuhl sinken und schwenkte hin und her, wie es auch Dorothea gemacht hatte.

»Verlängerter oder Caffè Latte?«, rief Valerie über die Schulter, als sie vor der Miniküche stand.

»Caffè Latte, bitte.« Erfahrungsgemäß entschied sich Nora immer dafür. Den typischen Verlängerten, wie er in Österreich gern getrunken wurde, mit oder ohne Milch, wählte sie nur, wenn es keine andere Option gab.

Valerie füllte den Wassertank auf und ließ das Gerät warm laufen. Sie war mehr als neugierig, welche Idee Nora ausgeheckt hatte, wollte aber erst darüber reden, wenn sie saßen.

Es dauerte nicht lange, bis sich der aromatische Geruch der Arabica-Bohnen im Raum entfaltete. Während der Kaffee in die Tassen lief, holte Valerie die Pralinendose aus dem Regal. Trotz regelmäßiger neuer Versuche hatten sich im Lauf der

Jahre ein paar Klassiker, die alle liebten, herauskristallisiert. Drei der begehrtesten Sorten waren Erdbeertrüffeln auf Basis weißer Kuvertüre, Milchschokoladentrüffeln mit dunkler Fülle und dunkle vegane Kokospralinen. Die ebenfalls begehrten Kaffeepralinen waren offenbar Viktor zum Opfer gefallen. Sie waren verschwunden. Valerie stellte die Dose vor Nora auf den Tisch, damit sie sich bedienen konnte. Der Kaffee folgte, und Valerie setzte sich ihrer Freundin gegenüber. Beide rührten in ihrer Tasse und ließen die erste süße Verführung im Mund zergehen.

Valerie wartete, dass Nora zu einer Erklärung ansetzte. Diese genoss das sichtlich. Schon als Kind hatten sie sich gegenseitig gern auf die Folter gespannt, wenn die eine etwas wusste, was die andere gern wissen wollte.

Noch immer herrschte Stille im Büro, deshalb entschied sich Valerie für eine andere Taktik. Sie schaltete den Computer an, rief das Mailprogramm auf und heuchelte Desinteresse. Das lockte Nora aus der Reserve.

»Du willst in einem entscheidenden Augenblick wie diesem eure Mails checken? Wir haben Wichtiges zu besprechen.«

Valerie triumphierte innerlich. »Ich dachte, du brauchst noch Zeit«, sagte sie gelassen. »Aber kein Problem. Ich kann das auch später machen.« Sie klickte mit der Maus herum, bis der PC wieder herunterfuhr, und konzentrierte sich auf Nora, die sich ein Blatt Papier und einen Kugelschreiber schnappte. An den oberen Rand schrieb sie: »Sabine/Florian«. Darunter schrieb sie: »Motiv«.

Eine Liste. Sie wollte eine Liste schreiben, das konnte dauern. Valerie seufzte, verkniff sich aber einen Kommentar und hörte Nora zu, während sie alles wiederholte, was sie schon zigfach durchgekaut hatten. Sie wollte ihre Überlegungen niederschreiben, damit sie sie schwarz auf weiß vor sich sah. So war sie eben.

Nachdem sie endlich mit ihren Ausführungen fertig schien, schlussfolgerte Valerie: »Und da haben wir unser Motiv. Eines der einfachsten und ältesten Motive seit Menschengedenken. Geldgier. Dass Bernhard zudem noch heiraten wollte, hat ihnen gar nicht gepasst.«

»Siehst du? Das konnten sie nicht zulassen. Denn dann hätte Mayari als Ehefrau im Falle seines Ablebens ein großer Teil des Erbes zugestanden. Angenommen, sie sind die Täter, dann mussten sie aus ihrer Perspektive rasch handeln.«

Valerie ergänzte Noras Ausführungen. »Meines Wissens haben Sabine und Florian in der Gaststube mit dem Gin vom Fest weitergefeiert. Die anderen beiden sind hoch in die Zimmer gegangen. Sie konnten sich also nur gegenseitig ein Alibi geben.«

Nora war erstaunt. »Woher weißt du das denn plötzlich? Ich dachte, Dorothea gibt dir keine wichtigen Infos mehr weiter.«

»Stimmt, aber sie hat Sophie angerufen, wollte sie auf dem Laufenden halten. Und die hat es mir erzählt.«

Nora trank noch einen Schluck Kaffee. »Da Dorothea sie trotz Motiv und mehr als fraglichen Alibis nicht verhaftet hat, nehme ich an, dass sie keine Beweise gegen sie hat. Vielleicht haben sie ihre Spuren gründlich genug verwischt, sonst hätte die Tatortgruppe doch Fingerabdrücke von ihnen gefunden. Und da kommt unsere Falle ins Spiel. Wenn es keine Beweise gibt, müssen wir sie aus der Reserve locken, damit sie sich selbst verraten.«

Valerie wusste noch immer nicht, worauf Nora hinauswollte. »Was genau hast du vor?«

»Wir fälschen ein Testament.« Nora tat, als ob das das Selbstverständlichste der Welt wäre, und steckte sich eine Erdbeertrüffel in den Mund.

»Warum das denn?«

»Ganz einfach. Ich nehme an, dass sie davon ausgehen, dass Bernhard kein Testament gemacht hat. In diesem Fall würde das Erbe auf alle drei Kinder aufgeteilt. Das wäre ein großer Anteil für jeden von ihnen. Was wäre aber, wenn er doch ein Testament gemacht hätte? Dann müssten sie befürchten, dass

Bernhard unter Umständen auch Mayari schon bedacht hat. Was übrigens das Motiv hinter dem Angriff auf Mayari sein könnte. Immer vorausgesetzt, sie sind die Täter. Das ist noch reine Spekulation. Dass sie noch lebt und hoffentlich wieder gesund wird, war vermutlich nicht geplant.«

Valerie unterbrach Nora ungeduldig. »Aber wenn er Mayari schon in sein Testament aufgenommen hätte, hätten sie keinen Vorteil von ihrem Tod. Dann würde ihr Erbe doch an Kamon gehen, oder liege ich da falsch?«

»Das denke ich auch, aber offen gestanden halte ich die beiden nicht für besonders clever. Ich habe nicht den Eindruck, dass sie viel nachdenken, bevor sie etwas tun.«

»Stimmt auch wieder. Aber sag mir bitte endlich, wozu wir ein fingiertes Testament brauchen. Was machen wir damit?«

»›Wir‹ ist das falsche Wort, Valerie. *Du* machst das. Und zwar musst du in ihrer Gegenwart erwähnen, dass Bernhard als guter Freund, der er war, ein Testament bei euch im Hotelsafe deponiert hat, für den Fall, dass ihm etwas zustößt. Ihr wart seine Zeugen und habt als solche unterschrieben.«

Valerie war mehr als skeptisch. »Das glauben die mir doch nie. Und wie soll das bitte gehen? Ich kann doch nicht bei ihnen in den Gästezimmern aufkreuzen und sagen: ›Ach übrigens, ich habe da ein Testament bei mir herumliegen. Hat wer Interesse daran?‹«

Nora seufzte theatralisch auf und steckte sich noch eine Praline in den Mund.

»Ein wenig erfindungsreicher müsstest du schon sein. Du bist doch eine tolle Gastgeberin. Lass dir was einfallen.«

Das Wort »Gastgeberin« hatte Valeries graue Zellen stimuliert. Eine Idee formte sich. »Ich könnte sie allesamt einladen, quasi ein Familienessen im Grand Hotel organisieren, damit Leonore ihre Kinder ein wenig um sich hat. Und dann erwähne ich bei Tisch, dass ich das Testament, das uns Bernhard anvertraut hat, rausgelegt habe, weil die Kripo sich das abholen möchte.«

Nora hatte rote Wangen bekommen. »Ja, das ist gut. Sollte einer von ihnen der Mörder sein, muss er fürchten, dass durch ein extra verfasstes Testament das Erbe nicht zu gleichen Teilen auf drei aufgeteilt wird, sondern entweder noch Mayari bedacht wird oder Sophie mehr bekommt, weil sie im Unternehmen voll mitarbeitet und Bernhard am nächsten stand. In diesem Fall würden sie sich mit dem Pflichtteil zufriedengeben müssen. Und das wäre bitter für sie.«

Valerie spürte, wie auch ihre Wangen heiß wurden. Endlich kam Bewegung in die Angelegenheit. Das war ihre Chance, den Fall zu klären. Das spürte sie. Sie hatte zwar nicht vorgehabt, den Diener für die Wiener zu spielen, wie sie es kürzlich formuliert hatten, aber dennoch war ein Essen für Bernhards Familie eine leichte Übung. Das war ihr Metier, und im Grand Hotel hatte sie auch keine Bedenken, dass ihr etwas zustoßen könnte. Wie denn, wenn auch ihre eigene Familie, ihre Eltern und Sophie mit von der Partie waren? Das konnte gar nicht schiefgehen.

Auf der Stelle begann sie, Menüpläne zu schmieden, doch bald schon stöhnte sie auf, ließ sich nach hinten in den Stuhl sinken und fühlte sich erbärmlich.

»Was hat du denn? Ich dachte, die Idee gefällt dir.«

»Sie gefällt mir ja auch, aber sie hat einen Haken.«

Nora, die wieder zur Pralinendose hatte greifen wollen, hielt inne. »Welchen denn?«

»Wir haben nicht an Viktor gedacht. Der weiß doch, dass Bernhard uns kein Testament zur Aufbewahrung anvertraut hat. Wir haben folglich nur drei Möglichkeiten. Erstens: Wir versuchen, dass wir ihn an dem Abend außer Haus locken. Das wird schwierig sein. Zweitens: Wir weihen ihn in den Plan ein. Oder drittens: Wir lassen die ganze Sache.« Unglücklich steckte Valerie sich eine Kokospraline in den Mund. Wenn Verzweiflung sie übermannte, war Schokolade wenigstens ein kleiner Trost.

Als sie zu Nora hinübersah, wirkte auch sie betroffen. Dass

sie nicht an das Problem mit Viktor gedacht hatte, war unschwer zu erraten. Wie konnten sie dieses Dilemma nur lösen?

Verflixt, es wäre auch zu schön gewesen. Valerie hätte wetten können, dass Sabine oder Florian in die Falle getappt wären. Und wenn nicht, war aufgrund des Ausschlussprinzips ziemlich klar, dass doch Fritz Derbacher der Täter sein musste.

Es war still im Büro, bis Valerie wieder das Wort ergriff. »Seien wir ehrlich. Die dritte Variante ist keine Option, oder? Der Täter muss gefasst werden. Und wir reden nicht mehr nur von meinem Urlaub oder der nervigen Leonore Grafenstein. Nein, wir reden davon, dass es einen Mörder in unserem Umfeld gibt, der keine Scheu davor hat, auch öfter zuzuschlagen. Wir reden davon, dass auch ich schon bedroht wurde. Mayari schwebt in Lebensgefahr, und dann gibt es da noch Sophie. Was ist mit ihr? Ist sie dem Täter ein Dorn im Auge? Und Kamon? Wir wissen nicht, was in einem kranken oder auch nur bösen Gehirn vor sich geht. Wer auch immer das war, er könnte sich jederzeit ein neues Opfer suchen. Aus diesem Grund denke ich, dass wir die Sache durchziehen müssen.« Valerie war nun fest entschlossen.

»Ich bin ganz deiner Meinung. Die Frage ist nur, wie du es machen willst. Wenn wir Viktor unter einem Vorwand außer Haus schicken würden, ginge das am ehesten über Anton. Denn dem würde es ohnehin verdächtig vorkommen, wenn ich am Abend keine Zeit für ihn hätte. Und dass ich bei dem Essen anwesend sein muss, versteht sich von selbst.« Nora wiegte den Kopf. »Ich denke aber, dass sie es durchschauen würden, wenn wir sie vom Hotel weglocken möchten. Sie haben uns strikt davor gewarnt, uns in die Ermittlungen einzumischen. Sie sind zurzeit garantiert besonders wachsam und würden den Braten riechen.«

»Das heißt, wir sollten sie lieber einweihen?« Valerie hatte Bammel davor.

»Ich fürchte, ja«, erwiderte Nora verhalten, »denn ich weiß, wie Anton reagieren würde. ›*Cara mia*, das klingt, als ob ihr uns aus dem Haus haben möchtet. Ihr seid doch nicht wieder auf Mörderjagd?‹«

Valerie lächelte. Ganz ähnlich hatte er es im letzten Jahr auch ausgedrückt. Viktor und er würden in der Tat misstrauisch werden, wenn sie ihnen einen Männerabend vorschlügen, derweil im Grand Hotel Bernhards Familie zugegen war. Es half nur die Flucht nach vorn in der Hoffnung, dass ihre Männer nicht allzu sauer auf sie waren.

»Okay.« Valeries Tonfall ließ wie der Noras nur wenig Begeisterung erkennen. »Sie würden es merken und wären dann umso enttäuschter von uns. Wir müssen es ihnen beichten. Was anderes bleibt uns nicht übrig, wenn wir die Sache durchziehen wollen. Im besten Fall helfen sie uns dabei.«

»Hoffen wir es. Spaßig wird dieses Gespräch bestimmt nicht. Ich kann mir garantiert eine lautstarke deutsch-italienische Moralpredigt anhören, weil Anton doch immer überbesorgt ist. Du kennst ihn, in solchen Fällen kommt das südländische Temperament seines Vaters durch.«

Valerie lachte. »Du weißt schon, dass Anton der gutmütigste Typ auf Gottes weiter Erde ist, oder?«

»Natürlich weiß ich das. Das schätze ich an ihm, aber ein schlechtes Gewissen wird er mir dennoch machen. Und sagen muss ich es ihm, weil er es sonst von Viktor erfährt. Und das wäre noch blöder.«

»Wie sieht dann unser Plan aus? Heute ist Mittwoch. Laden wir sie doch für morgen zum Abendessen ein. Für heute ist es leider schon zu spät. Wir müssen ihnen Bescheid geben, mit Viktor und Anton reden, ein gefälschtes Testament aufsetzen, einkaufen und kochen.«

»Stimmt. Es gibt noch viel zu tun. Ich komme morgen am frühen Nachmittag vorbei, damit wir das mit dem Testament erledigen. Du fragst sie, während ich in der Schule bin, und heute Abend reden wir mit Viktor und Anton. Ich finde die Idee gar nicht schlecht, dass wir sie mit ins Boot holen. Das gibt ihnen das Gefühl, dass sie uns beschützen können. Was das angeht, sind sie sich sehr ähnlich, dieses Gefühl lieben sie.«

Dass sie ihnen helfen würden, glaubte auch Valerie. Da konnten sie gar nicht aus ihrer Haut. Zuerst würden sie jedoch wegen des tagelangen Detektivspiels stinksauer sein.

Nachdem sie sich verabschiedet hatten, wurde Valerie bewusst, dass es höchste Zeit für sie war, sich zur Abwechslung um ihre Familie und um Sophie zu kümmern. Die hatte sie an diesem Tag alle vernachlässigt. Auch bei ihren Eltern sollte sie noch vorbeischauen, wenn sie ihr schon Leonore vom Hals hielten.

Sie fühlte sich ausgelaugt. Erholung im Urlaub sah definitiv anders aus. Warum nur hatte sie regelmäßig den Eindruck, nicht allem gerecht werden zu können? In dieser Woche ganz besonders.

Sie fieberte auf den Moment hin, wenn diese leidige Angelegenheit vorbei sein würde. Sie konnte es kaum erwarten, dass wieder Ruhe einkehrte. Und ihre Beichte bei Viktor, die hätte sie am liebsten schon hinter sich gebracht.

Es gab wahrhaft bessere Tage als diesen. Doch wie würde der nächste verlaufen? Sie hoffte, erfolgreich, doch tief in ihrem Inneren traute sie der Sache noch nicht. Wenn nur alles gut gehen würde.

ZWANZIG

»Darf ich auf einen Sprung reinkommen?« Valerie stand mit dem üblichen Bäckersackerl vor der Tür ihrer Eltern.

Ihr Vater drückte sie an sich und ließ sie vorbei. »Gern, mein Schatz. Du bist uns jederzeit willkommen, das weißt du doch.« Flüsternd fügte er hinzu: »Und ich kann jede Abwechslung gut gebrauchen. Ein paar Stunden mit Leonore jeden Tag sind anstrengend. Ich bin dankbar, dass sie einen Teil der Zeit allein in ihrem Zimmer verbringt. Sonst würde ich mich wohl in den nächsten Flieger nach Teneriffa setzen, egal ob die Polizei das erlaubt oder nicht.« Verschwörerisch zwinkerte er Valerie zu und deutete mit dem Kinn Richtung Küche, wo Leonore unüberhörbar über ihre Urlaube sprach und sich wortreich über den Service in einem Hotel auf Martinique beschwerte.

Galant ließ Hans ihr den Vortritt, und sie durchquerte das Wohnzimmer, um zur Küche zu gelangen.

Sie begrüßte ihre Mutter mit einer festen Umarmung und nickte Leonore höflich zu, dann setzte sie sich an den Frühstückstisch. Im Handumdrehen stand eine dampfende Tasse Earl Grey vor ihr. Ihre Mutter wusste um ihre Vorliebe für Tee am frühen Morgen und hatte ihr ihre Lieblingssorte zubereitet.

Nach einigen Höflichkeitsfloskeln, die sie mit Leonore wechselte, kam sie auf den Grund ihres Besuches zu sprechen. »Viktor und ich haben uns übrigens gedacht, dass wir euch heute Abend zum Essen einladen möchten. Sophie wird dabei sein, und Sabine und Florian werde ich noch Bescheid geben. Insgesamt sollten wir dann fünfzehn Personen sein, denn Nora und Anton werden auch kommen.«

Ihr Vater lächelte von einem Ohr zum anderen. »Das ist eine prima Idee. Wir kommen gern, oder, Maria?«

»Das wäre wundervoll. Was meinst du, Leonore? Sabine

und Florian würdest du doch bestimmt gern treffen. Und Valerie und Viktor kochen hervorragend, ganz zu schweigen von Anton, Viktors Freund, der nicht umsonst Chefkoch im Grand Hotel ist.«

Leonore drehte an einem ihrer Diamantringe. »Da ich in diesem vermaledeiten Ort festsitze, können wir auch miteinander essen, obwohl ich mir nicht viel davon verspreche«, sagte sie herablassend, nahm ihre Wiener Melange – anderer Kaffee kam für sie nicht in Frage – und trank einen Schluck. Den kleinen Finger spreizte sie dabei in auffälliger Geste ab.

Valerie musste sich zusammenreißen. Beinahe hätte sie genervt mit den Augen gerollt. Ihren Eltern schien es ähnlich zu gehen. Und doch schafften sie es alle drei, nichts Unhöfliches zu erwidern. Welchen Sinn hätte das auch gehabt? Sie waren viel zu wohlerzogen, um sich mit Leonore wegen solcher Lappalien anzulegen. Und sie hatten ein gemeinsames Ziel: diese unerfreuliche Zeit, in der Familie Grafenstein in Bad Gastein festsaß, so harmonisch und erträglich wie möglich über die Bühne zu bringen.

Valerie trank ihren Tee aus, plauderte noch über dies und das, wovon sie wusste, dass es ihre Eltern interessierte, und schob dann den Stuhl nach hinten.

»Ich werde euch wieder verlassen und nach Sophie schauen. Einkaufen für heute Abend muss ich auch noch. Wir treffen uns um neunzehn Uhr im Stüberl. Passt das?«

Ihre Eltern bejahten.

Valerie überließ die drei ihrem Frühstück. Punkt eins auf ihrer To-do-Liste war geschafft.

Als sie ihr eigenes Appartement betrat, hörte sie Viktor und Sophie mit Jakob und Lea in der Küche hantieren. Sie machten Frühstück. Jakob nahm Valerie das Gebäck ab und stellte es in einem Korb auf den Tisch.

»Nanu, ihr seid so gut gelaunt heute Morgen.« Sie war verwundert darüber, wie gelöst die Stimmung in der Thaller'schen Küche war.

Sophie überbrachte ihr die gute Nachricht. »Ja, es gibt Neuigkeiten. Kamon hat vorhin angerufen. Mayari ist heute Nacht aus dem Koma erwacht. Die Schwellung im Gehirn ist deutlich zurückgegangen. Sie ist zwar schwach, aber ansprechbar und in erfreulich gutem Zustand. Die Ärzte müssen noch verschiedene Untersuchungen machen, aber es scheint, als ob sie keine bleibenden Schäden behalten und bald wieder auf dem Damm sein wird.«

Valerie fiel Sophie in die Arme. »Wunderbar, ich bin so froh. Ich hab immerzu an sie denken müssen. Aber sie ist eine Kämpferin, das wusste ich. Bernhard wäre stolz auf sie.«

Mit glänzenden Augen nickte Sophie. »Das wäre er. Es ist so traurig, dass er nicht mehr da ist, um sie zu unterstützen. Aber Kamon und ich werden das für ihn tun.«

»Ihr drei seid ein Team, das niemand auseinanderreißen kann.«

Da Jakob und Lea schon Zeitnot wegen ihrer Lehrveranstaltungen hatten, gesellten sich auch Valerie, Viktor und Sophie zu ihnen. Alle bedienten sich, und Valerie nutzte, nach einem Seitenblick auf Viktor, der ihr aufmunternd zunickte, die Gelegenheit, um mit den Zwillingen und Sophie zu sprechen. Da Andi schon in der Schule war, konnte sie ganz offen reden.

»Wir müssen euch noch etwas sagen. Und, Sophie, bitte sei uns nicht böse. Es geht unter anderem um deine Familie.«

Alles zu erklären war verdammt schwierig. Sie fing mit dem Geständnis an, dass sie wieder mit Nora nach dem Mörder gesucht hatte.

Lea legte ihr Weckerl auf den Teller und starrte sie entgeistert an. »Echt *crazy*. Ihr habt wieder rumgeschnüffelt, das gibt's doch gar nicht. Ich hab gedacht, du hättest aus dem Vorfall im letzten Jahr was gelernt, Mama.«

Auch Jakob musste seinen Kommentar dazu abgeben. »Ich hab das schon vermutet. Du hast uns doch auf diesen Peter Baumgartinger angesetzt, und deine Erklärung dafür war mehr als fadenscheinig. Aber ich wollte dir nicht reinpfuschen. Du bist volljährig und musst wissen, was du tust.« Genüsslich biss er in seinen Kornspitz.

»Ich weiß, es war nicht die glorreichste Idee von uns«, sagte Valerie kleinlaut. »Aber wir waren wirklich vorsichtig und immer nur zu zweit unterwegs. Und gestern haben wir Viktor und Anton alles gebeichtet, weil es heute brenzlig werden könnte. Damit unser Plan aber aufgeht und ihr ihn nicht unwissentlich torpediert, möchten wir auch euch einweihen. Denn ich habe das Gefühl, dass wir den Fall am Abend lösen werden.«

Die Zwillinge und Sophie hatten das Essen eingestellt. Sie wirkten verwirrt und neugierig. Nur Viktor aß gemütlich sein Ei, er wusste schon alles und hatte Valerie am Vorabend eine kleine Moralpredigt gehalten. Dass sie ihn jetzt um Hilfe bat, hatte ihn aber versöhnlich gestimmt.

In aller Kürze schilderte sie ihre anfänglichen Überlegungen in Bezug auf ein mögliches Motiv für den Täter. Sie berichtete von ihrem Besuch bei Fritz Derbacher und davon, dass er noch immer auf der Liste der Verdächtigen stand. Die Story über Baumgartinger und ihre Auftritte bei ihm im Hotel sorgte für Staunen und allgemeines Gelächter am Tisch.

Doch dann wurde Valerie ernst. »Es tut mir leid, Sophie, aber Nora und ich sind zu dem Schluss gekommen, dass wir auch Sabine und Florian verdächtigen. Sie hätten sowohl ein Motiv als auch die Gelegenheit zur Tat gehabt. Ein Alibi können sie sich nur gegenseitig geben, das ist nicht viel wert, falls sie etwas mit der Sache zu tun haben.«

Sophie rollte eine einzelne Träne über die Wange, die sie aber energisch wegwischte. »Das muss dir nicht leidtun, Valerie. Ich frage mich seit Tagen, ob ich ihnen das zutraue. Ich kenne sie kaum. Papa wollte immer, dass sie uns besuchen kommen oder wir öfter bei ihnen in Wien vorbeischauen, aber sie hatten nie Interesse daran. Warum sie jetzt gekommen sind, verstehe ich nicht.«

»Ich leider schon«, erwiderte Valerie. »Ich habe einige Gespräschsfetzen mitgehört. Sie sind nur wegen des Geldes hier.«

»Das hab ich mir schon gedacht. Mir ist auch aufgefallen, dass sie gar nicht traurig über seinen Tod waren. Im Gegenteil, Florian hat sich wie der Chef des Hauses benommen. Ich frag mich, wie er auf so eine Idee kommt, wo er doch nie hier gewesen ist und keine Ahnung von den Betrieben hat.« Sie vergrub für einen Moment das Gesicht in den Händen, dann sah sie wieder hoch. »Meinst du echt, dass sie etwas mit Papas Tod zu tun haben?«

»Ich weiß es nicht. Sie hätten ein Motiv, und sie hatten auch die Möglichkeit. Aber um das rauszufinden, haben Nora und ich einen Plan ausgeheckt. Wir möchten ihnen eine Falle stellen. Tappen sie hinein, steht fest, dass sie die Täter sind oder auch nur einer der beiden. Reagieren sie nicht darauf, bleibt nach dem Ausschlussprinzip Fritz Derbacher als mutmaßlicher Täter übrig. Auch der hatte Motiv und Möglichkeit, wurde sogar zur Tatzeit ganz in der Nähe des Gasthofs gesehen.«

Schnell schilderte sie ihr Vorhaben. Die Finte mit dem Testament, das Bernhard angeblich bei ihnen deponiert haben sollte, fanden die anderen gut. Hoch und heilig versprachen sie, sich beim Essen am Abend nicht zu verplappern.

Sophie erzählte, dass Bernhard ein Jahr zuvor ein echtes Testament aufgesetzt hatte, das bei einem Notar in Bad Hofgastein hinterlegt war. Darin vermachte er das Unternehmen mit den verschiedenen Betrieben einzig und allein ihr. Die Wohnung von Mayari und Kamon sollte an Mayari übergehen. Klar definiert war Bernhards Wunsch, nach dem die drei im Falle seines Ablebens gemeinsam die Geschäfte in gewohnter Manier weiterführen sollten. Sabine und Florian hatte er ihrem Pflichtteil entsprechend Geld zugedacht.

Doch davon würde sie am Abend nichts verraten. Die Gäste sollten von der Tatsache, dass ein Testament existierte, überrumpelt und dadurch aus der Reserve gelockt werden.

Als alles besprochen war, seufzte Sophie. »Ich fühl mich schäbig, dass ich meinen eigenen Geschwistern den Mord an unserem Vater zutraue. Aber es passt alles zusammen, auch der Angriff auf Mayari. Da bin ich ganz bei euch.«

»Ich glaube nicht, dass Fritz Mayari angegriffen hätte«, sagte Valerie. »Obwohl wir auch das nicht ausschließen können. Er hat mit euch allen eng zusammengearbeitet. Da könnte es durchaus sein, dass er seinen Hass auf Mayari und womöglich auch auf Kamon und dich überträgt.« Sie schauderte. Daran mochte sie gar nicht denken.

Damit Lea und Jakob hinter ihre Laptops verschwinden konnten, brachte Valerie noch einmal alles auf den Punkt, was zu beachten war. »Für heute Abend gilt: Nichts Verräterisches sagen. Lea und Jakob, ihr passt bitte auf Andi auf. Er sollte nicht im Haus herumschwirren, sondern im Stüberl bleiben. Falls unser Plan aufgeht und Sabine oder Florian sich heimlich das Testament holen möchten, darf er auf gar keinen Fall in Gefahr geraten. Den Rest erledigen Nora, Viktor und ich. Unter Umständen könntest auch du uns einen kleinen Gefallen tun, Sophie, aber darüber können wir später noch sprechen.«

Nach dem Frühstück fuhr Valerie zum »Schnitzelwirt« hoch, um die vier Wiener zum Essen einzuladen. Daraufhin erledigte sie den Einkauf für das Abendmenü, holte Andi von der Schule ab und wartete im Büro auf Nora. Appetit hatte sie keinen. Dafür war sie viel zu nervös. Wenn alles lief wie geplant, würde in wenigen Stunden der Mord an Bernhard auf die eine oder andere Art geklärt sein. Gleich darauf würden sie Dorothea Oswald informieren, egal, welches Ergebnis der Abend bringen würde. So war es mit Viktor und Anton vereinbart. Genauer gesagt war das die Bedingung der beiden gewesen, ansonsten hätten sie der Polizei sofort Bescheid gegeben, was Valerie und Nora vorhatten. Dann wäre die Aktion garantiert ins Wasser gefallen.

Vor dem Gespräch mit Dorothea hatte Valerie Respekt.

Sie wusste, dass diese nicht erfreut über ihre Alleingänge sein würde. Und den Plan mit dem fingierten Testament hätte sie wohl niemals abgesegnet. So eine Finte fiel nicht unter seriöse Ermittlungsarbeit. Da die Polizei selbst aber den Täter auch noch nicht gefasst hatte – sonst hätte Dorothea bestimmt Bescheid gegeben –, war das Abendessen eine gute Lösung, um die Ermittlungen zu Ende zu bringen. Ob ihre Vorgehensweise üblich war oder nicht, war Valerie herzlich egal. Ein Ergebnis musste her. Wie es zustande kam, war unwichtig.

Als Nora zur Tür hereintrat, fielen sich die beiden Freundinnen in die Arme. Sie hatten schon viele Hochs und Tiefs zusammen erlebt, aber das Vorhaben, einen rücksichtslosen Mörder zu überführen, stellte das meiste davon in den Schatten.

Die Nervosität stieg mit jeder Stunde, die das Abendessen näher rückte. Flugs tauschten sie die letzten Neuigkeiten aus. Nora wollte gleich zu Beginn wissen, wie das Gespräch mit Viktor verlaufen war.

Valerie rümpfte die Nase. »Oh, erinnere mich lieber nicht daran. Leicht hat er mir meine Beichte nicht gemacht. Er hat ewig nichts gesagt, hat nur dagesessen und mich um Kopf und Kragen reden lassen. Dann hat er mir eine kleine Standpauke gehalten und mir im Anschluss versichert, wie heilfroh er sei, dass ich ihn eingeweiht habe.«

»Bei Anton war es ähnlich.« Nora musste nun ihre Geschichte loswerden. »Ich hab dir doch gesagt, dass er in einen Wirrwarr aus Deutsch und Italienisch verfällt, wenn er sich aufregt. Und genau so war's.«

»Geschieht uns doch recht, oder?«, sagte Valerie. »Ihre Sorgen sind durchaus begründet.«

»Stimmt schon. Aber weißt du was, wir müssen uns ranhalten, wir müssen noch viel vorbereiten. Machst du uns bitte eine schöne Tasse Kräutertee? Für Kaffee bin ich zu aufgewühlt, Herzrasen hab ich heute auch so schon genug. Und ich schau an deinem Computer nach Vorlagen für ein Testament. Davon modeln wir eine um, sodass sie authentisch wirkt. Mehr brauchen wir nicht.«

Als Valerie auf dem Weg zum Einbauschrank war, um Wasser zu kochen, rief sie Nora zu: »Ich nehme an, die Pralinendose soll ich auch mitbringen.«

»Logisch, was für eine Frage.«

Valerie brühte den Tee auf. Permanent spielte sie die möglichen Szenarien, die am Abend zu erwarten waren, im Geiste durch. Obwohl sie wusste, dass ihr in Viktors und Antons Anwesenheit nichts passieren konnte, war sie unruhig und hatte Magenflattern. War es reine Nervosität oder eher eine Vorahnung?

EINUNDZWANZIG

»Immer hereinspaziert. Willkommen im Grand Hotel«, hörte Valerie Viktors betont freundliche Stimme, als er Sabine, Hermann und Florian die Tür öffnete.

Sie kam eben aus dem Stüberl, und ihr fiel auf, dass Jenny nicht mitgekommen war. Hatte sie tatsächlich die Nase voll von dieser Sippe? Valerie konnte das nur allzu gut nachvollziehen. Wenn sie selbst die Möglichkeit dazu gehabt hätte, wäre sie auch nicht erschienen. Lieber hätte sie den Abend mit einer Wurzelbehandlung beim Zahnarzt verbracht, als Konversation mit diesen Leuten zu treiben.

Sie schritt auf die Gäste zu und setzte ein formvollendetes Hotelchefinnenlächeln auf. Sabine und Florian reagierten kühl, aber höflich. Einzig Hermann, der wie üblich in einem abgetragenen grauen Anzug erschienen war und neben den anderen reichlich farblos wirkte, brachte ein Lächeln zustande, das ihm gut stand. Wahrscheinlich war er ein anständiger Kerl, der tagtäglich unter der Wahl der falschen Frau litt und sich oft wünschte, in der Haut eines anderen zu stecken.

Als er Valerie begrüßte, bückte er sich und deutete einen Handkuss an. Ein Mann der alten Schule.

Sie führte die Neuankömmlinge ins Stüberl und wies ihnen ihre Plätze rechts und links neben Leonore zu. Die war schon einige Minuten zuvor erschienen. Sie hatte sich extra in Schale geworfen und trug ein Kostüm à la Coco Chanel. Das passte gut zu ihr, wie Valerie fand.

Im Hintergrund hörte sie fröhliches Geplauder. Ihre Eltern kamen mit Sophie, Jakob, Lea und Andi die Treppe herab. Hans betrat als Erster das Stüberl, die anderen folgten auf dem Fuße. Höflich begrüßten sich alle gegenseitig und setzten sich an die lange Tafel.

Viktor und Valerie brachten die gewünschten Getränke,

entschuldigten sich im Anschluss und gingen in die Küche, wo Anton und Nora die Teller mit Kaspressknödelsuppe, einem typischen Gericht in den Alpen, befüllt hatten.

Dass Leonore angewidert den Teller, den sie ihr anbot, von sich wies, wunderte Valerie gar nicht. Die Suppe war wohl zu wenig vornehm für die Dame, doch dadurch ließ sich eine Hotelchefin nicht beirren.

Das Kochen hatte ihr gutgetan. Sie waren alle nervös gewesen und hatten entschieden, sich zusammen um das Essen zu kümmern. So war die Zeit bis zum Abend wie im Fluge vergangen. In dieser Konstellation hatten sie noch nie in der Küche gestanden, waren aber übereingekommen, dass es großen Spaß machte und in erster Linie erfolgreich ablenkte.

Als alle Gäste versorgt waren, war die Stimmung am Tisch verkrampft. Valerie saß zwischen Viktor und Sophie. Anton und Nora verzichteten auf den ersten Gang, um die Hauptspeise anzurichten. Valerie hätte gern mit ihnen getauscht. Sie war so aufgeregt, dass sie noch immer keinen Hunger verspürte. Sie musste sich dazu zwingen, ein paar Löffel zu essen, um den Schein von Normalität zu wahren. Dabei zitterten ihre Hände merklich.

Wie so oft war sie dankbar dafür, dass Viktor in jeder Lebenslage die Ruhe bewahrte. Nach einer anfänglichen Stille hatte er es geschafft, das Tischgespräch ins Laufen zu bringen. Eingehend erkundigte er sich nach Florians künstlerischer Tätigkeit und Hermanns Firma. Bei Sabine und Leonore hatte er Schwierigkeiten, sie einzubinden. Von Pediküre, Maniküre, Friseurbesuchen und der neuesten Kollektion an Gucci-Handtaschen verstand er zu wenig. Zum Glück sprang Maria ein und verwickelte die beiden in ein oberflächliches Gespräch, das sie annähernd zu interessieren schien.

So bald als möglich schob Valerie ihren Stuhl zurück und machte sich daran, die Teller abzuservieren. Leas Angebot, ihr zu helfen, lehnte sie dankend ab. Sie sollte lieber an Andis Seite bleiben wie vereinbart.

Als sie mit dem Geschirrstapel in die Küche kam, ertappte sie Nora und Anton bei einer innigen Umarmung. Sie hüstelte vernehmlich.

»Na, ihr Turteltauben, ihr könnt ja gar nicht die Finger voneinander lassen. Das müsst ihr aber leider verschieben. Wir haben anspruchsvolle Gäste zu versorgen, und ich würde diesen Abend lieber früher als später über die Bühne bringen.«

Anton lächelte, doch die vorgetäuschte Fröhlichkeit erreichte seine Augen nicht. »Valerie, *cara mia*, für ein bisschen *amore* muss immer Zeit sein.« Er entließ Nora mit einem letzten flüchtigen Kuss aus seinen Armen und zeigte auf die Teller, die perfekt angerichtet auf Warmhalteplatten standen. »Außerdem sind wir fertig und setzen uns zu euch. Auf in die Höhle des Löwen.«

Zu dritt servierten sie und wünschten allen einen guten Appetit. Valerie, die Anton um eine sehr kleine Portion gebeten hatte, kämpfte sogar mit dieser. Dabei schmeckte es köstlich. Es machte sich eben bezahlt, wenn man an der Qualität der Lebensmittel nicht sparte und nach Möglichkeit regionale Produkte verwendete.

Dass Anton mit am Tisch saß, hatte den Gesprächen unerwartet Aufschwung gegeben. Auch wenn Leonore sich naserümpfend zurückhielt – mit einem Koch zu sprechen schien unter ihrer Würde zu sein –, waren Florian und Sabine brennend an den Anekdoten über seine Zeit in einem der angesagtesten Wiener Haubenlokale interessiert.

Wie sich herausstellte, hatte ihr Stiefvater sie regelmäßig in die besten Restaurants eingeladen. Manch einen Haubenkoch hatte er persönlich gekannt. Nur was in den Küchen der gehobenen Gastronomie ablief, war stets ein wohlgehütetes Geheimnis geblieben. Dafür waren der Konkurrenzkampf zwischen den einzelnen Sterneköchen und der Drang nach der nächsten Haube, Gabel oder dem nächsten Stern einfach zu groß. Es war eine eigene Welt. Die angesagten Köche galten als Künstler, wurden, obwohl sie für die Reichen und

Schönen kochten, gar selbst zu Prominenten. Und genau das war es, was Florian und Sabine faszinierte. Sie lechzten nach Insiderinformationen, gierten danach, vermutlich um später im Freundeskreis mit ihrem Wissen angeben zu können. Zu Valeries Verwunderung schmiedeten sie Pläne, welche Lokale sie in nächster Zeit besuchen würden. Hatten sie denn Geld dafür? Natürlich würden sie von Bernhard etwas erben, aber jetzt, so kurz nach seinem Tod, schon darüber nachzudenken, welchen Luxus man sich damit leisten wollte, fand Valerie pietätlos. Die Bestätigung dafür, dass sie das taten, kam wenige Minuten später, als Florian sich an Viktor wandte.

»Herr Thaller, Sie kannten doch unseren Vater gut. Sie wissen also genau, welche Gasthöfe und Immobilien er hatte. Können Sie einschätzen, was das alles zusammen ungefähr wert ist? Und haben Sie eine Ahnung, wie hoch die Nachfrage nach den Gasthöfen ist? Mich würde schon interessieren, womit wir jetzt ungefähr rechnen können.«

Plötzlich herrschte erneut Stille am Tisch. Die einen schwiegen, weil sie wohl wie Valerie entsetzt darüber waren, dass Florian, bevor sein Vater noch beerdigt war, bereits über den Verkauf der Betriebe nachdachte und dabei offenbar auch ganz vergaß, dass seine jüngere Schwester dort wohnte und arbeitete. Die anderen, wie Valerie vermutete, weil sie an der Antwort Viktors interessiert waren.

Valerie sah, wie Viktor sich neben ihr verkrampfte, und sie erkannte am Ton, wie sehr er sich zusammenreißen musste, um Florian nicht eine unhöfliche Antwort zu geben. Er war mordswütend, das spürte sie. Dafür war Sophie todtraurig, auch das war unverkennbar. Florians Frage war ein Schlag in ihr Gesicht gewesen. Am liebsten wäre Valerie aufgesprungen und hätte diesen unverfrorenen Kerl vor die Tür gesetzt, doch das hätte den Plan für heute Abend durchkreuzt. Also machte sie gute Miene zum bösen Spiel, genau wie Viktor, der eine diplomatische, aber ausweichende Antwort gab.

Anton rettete die Situation, indem er aufstand, die Teller

abservierte, das Dessert ankündigte und Nora bat, die Gäste nach ihren Kaffeewünschen zu fragen.

So kam Bewegung in die Tischgesellschaft, und die Spannung, die durch Florians Frage entstanden war, löste sich.

In Valeries Innerem passierte das Gegenteil. Sie wurde immer aufgewühlter. Ihre Nerven lagen blank. Den dritten Gang hob sie sich für später auf. Sie konnte keinen Bissen mehr hinunterbekommen.

Das Gefühl, dass die Nervosität ihr die Kehle zuschnürte, wurde mit jeder Minute schlimmer. Schon bald würde die Show beginnen. Nach der Nachspeise sollte sich Nora offiziell in die Küche verabschieden, um mit Anton klar Schiff zu machen. In Wahrheit würde er die Arbeit allein übernehmen, damit sich Nora im Garderobenschrank des Büros verstecken und auf Valerie warten konnte.

Nora und Anton verschwanden wie besprochen, und Viktor hielt unter dem Tisch Valeries Hand. Der Zeitpunkt für ihr Vorhaben war gekommen. Durch sanften Druck gab sie ihm zu verstehen, dass sie bereit war.

Als eine Gesprächspause am Tisch entstand, beugte sich Viktor zu ihr. »Hast du schon Bernhards Testament für die Kripo rausgesucht, Schatz?«, fragte er laut genug, sodass es nicht zu überhören war.

Valerie tat erstaunt. »Als ob ich das vergessen könnte. Ich hab es vor dem Essen aus dem Safe genommen und auf den Schreibtisch im Büro gelegt. Dorothea Oswald wollte es heute Abend abholen. Allerdings wird sie es nicht vor neun Uhr schaffen. Sie hat gerade noch eine Besprechung.«

Auch Sophie trug ihren Teil zu der Farce bei. Dass sie mitspielte, rechnete ihr Valerie hoch an. Sie wusste, dass es ihr schwerfiel. In ihrer emotionalen Ausnahmesituation war es eine Herausforderung, bei diesem Schauspiel mitzumachen. Und dennoch hatte sie sich, ohne zu zögern, dazu bereit erklärt. Sie wollte wissen, ob ihre älteren Geschwister für den Tod ihres Vaters verantwortlich waren oder nicht.

Beeindruckend authentisch nahm sie den Gesprächsfaden auf. »Ach, bei euch war sein Testament? Ich habe schon zu Hause und im Büro danach gesucht und es nicht gefunden. Ich wusste, dass er eines geschrieben hat, bin aber dann davon ausgegangen, dass es beim Notar in Bad Hofgastein hinterlegt ist.«

»Nein, Bernhard hat uns letztes Jahr darum gebeten, dass wir als Zeugen unterschreiben und das Testament in unserem Safe deponieren. Im Fall seines Ablebens sollten wir es an den Notar übergeben. Da Bernhard eines unnatürlichen Todes gestorben ist, hat die Polizei aber Vorrang. Das gehört zur üblichen Vorgehensweise. Meines Wissens tappt die Kripo noch immer im Dunkeln und ist damit beschäftigt, mögliche Motive zu ergründen, Alibis zu überprüfen und alle Spuren auszuwerten. Sie ermitteln in alle Richtungen.«

Mit jedem Wort, das sie gesagt hatte, war Valerie sattelfester geworden. Offenbar war lügen doch nicht so schwierig, wie sie gedacht hatte. Es mochte aber auch daran liegen, dass sie für eine gute Sache log und deshalb kein schlechtes Gewissen hatte.

Aufmerksam beobachtete sie Sabines und Florians Körpersprache. Die Information über ein bestehendes Testament hatte sie nicht kaltgelassen. Sabines Blick irrte im Raum herum, und sie blinzelte viel öfter als zuvor. Florian rutschte unruhig auf seinem Stuhl hin und her und ballte die Hände zu Fäusten, die er dann unter dem Tisch verschwinden ließ.

Zufrieden mit dem Ergebnis erhob sich Valerie. Der Köder war ausgeworfen, nun hieß es abwarten, ob jemand anbiss oder nicht.

Mit ihrem über viele Jahre eingeübten Hotelchefinnenlächeln sah sie in die Runde. »Bitte entschuldigt mich. Ich muss ins Appartement hoch. Dort habe ich noch einen Vorrat an hausgemachten Pralinen als Abschluss. Die Franzosen sagen zwar immer, dass Käse den Magen schließt, aber ich bin der Meinung, dass Schokolade das viel besser kann. Dazu gibt es

Zirbenschnaps, wer möchte. Den bringe ich auch gleich mit. Ein wenig wird's also dauern.«

»Mach dir keinen Stress, mein Schatz. Auf deine Pralinen warten wir doch gern.« Viktor zog Valerie an der Hüfte noch einmal kurz an sich. Auch er war sich wohl bewusst, was nun auf dem Spiel stand. Er würde Sabine und Florian nicht aus den Augen lassen. So war es vereinbart. Sollte sich einer von ihnen unter einem Vorwand nach draußen verabschieden, würde er Augen und Ohren offen halten. Nach ungefähr drei Minuten sollte auch er das Stüberl verlassen und vor dem Büro Stellung beziehen. Erst wenn er von Valerie oder Nora zu Hilfe gerufen wurde oder auf andere Art merkte, dass drinnen nicht alles lief wie geplant, sollte er reingehen.

Valerie ahnte, dass das Sitzenbleiben und Zuwarten für ihn das Schlimmste an diesem Abend war. Am liebsten hätte er wohl persönlich im Schrank gesessen und Valerie in Sicherheit gewusst.

»Rutsch doch bitte ein Stück. Du machst dich so breit«, sagte Valerie wenig später, als sie im dunklen Büro zu Nora in den Schrank schlüpfte.

»Hör mal, als wenn das so einfach wäre. Euer Schrank ist zu klein«, zischte Nora.

Sie quetschten sich nebeneinander und schlossen die Tür so weit, dass einzig ein schmaler Spalt offen stand, durch den ein kleiner Teil des Raumes zu sehen war. Den Eingang zum Büro hatten sie leider aus dieser Position nicht im Blick, doch der Schreibtisch mit dem fingierten Testament stand unmittelbar in ihrer Nähe.

Von dieser Minute an hieß es, Geduld zu haben. Das Ticken der Wanduhr, das Valerie im Büroalltag gar nicht auffiel, war unüberhörbar. Es mischte sich mit dem Pochen ihres Herzens, das sie gegen die Rippen schlagen spürte. Sie schärfte ihre Sinne, um auch nicht den kleinsten Hinweis darauf, dass jemand den Raum betrat, zu verpassen.

Allmählich gewöhnte sie sich an die Dunkelheit, dennoch konnte sie die Möbel im Zimmer nur schemenhaft wahrnehmen. Dicke Wolken hatten sich vor den Mond geschoben, sodass durch die Fenster kaum Licht hereinfiel. Das würde ihr Vorhaben schwieriger machen, aber ein Zurück gab es nicht mehr.

Die Spannung war unerträglich. Außer den Stimmen, die als Gemurmel aus dem Stüberl herüberdrangen, herrschte gespenstische Stille. Jedes Knarzen – in einem alten Gebäude wie dem Grand Hotel etwas Alltägliches – kam Valerie ungewöhnlich vor und ließ sie hochschrecken. Die Hitze, die sich im Schrank ausbreitete, war enorm.

Just zu dem Zeitpunkt, als sie sich zu Nora drehen wollte, um sie zu fragen, wie lange sie noch so ausharren sollten, hörte sie leise das Öffnen der Tür. Jemand kam ins Büro. Valerie ging davon aus, dass es Viktor war, der sie aus ihrem Versteck erlösen wollte. Das Zeitfenster, in dem der potenzielle Täter sich ins Büro hätte schleichen müssen, war aus Valeries Sicht vorüber.

Ebenso leise, wie die Tür geöffnet worden war, wurde sie auch wieder geschlossen. Die Annahme, dass Viktors vertrautes Gesicht vor der Schranktür auftauchen würde, erfüllte sich nicht. Ein Lichtschein glitt durchs Zimmer, der auf eine Handytaschenlampe schließen ließ. Für einen Sekundenbruchteil verweilte er am Schrank.

Valerie erstarrte. Waren sie entdeckt worden, hatten sie sich durch ein Geräusch verraten? Am liebsten hätte sie das Atmen unterdrückt, um nur ja keinen Laut zu verursachen.

Zu ihrem großen Entsetzen spürte sie in diesem Augenblick ein Kitzeln in ihrer Nase. Nur das nicht. Nein, sie konnte, durfte keinesfalls niesen, nicht mit einem mutmaßlichen Mörder im Raum, der, wenn er entdeckt wurde, wusste, dass er nichts mehr zu verlieren hatte.

Einer Schlangenfrau ähnlich, bemühte sie sich, Distanz zwischen Nora und sich zu bringen, damit sie die Hand an die

Nase heben konnte, um sie im Notfall zuzuhalten. Aufatmend nahm sie zur Kenntnis, dass der Juckreiz wieder ein wenig nachließ und der Lichtkegel zum Schreibtisch wanderte.

Durch den schmalen Spalt versuchte sie zu erspähen, wer im Büro stand, doch die Person blieb im Dunkeln. Unmöglich, zu erkennen, wer es war. Hektisch versuchte sie, eins und eins zusammenzuzählen, und kam zu dem Schluss, dass es sich um Florian handeln musste. Sabine hatte wie üblich Stöckelschuhe getragen, die man am Boden hätte hören müssen. Derjenige, der sich heimlich Zutritt ins Büro verschafft hatte, war auf leisen Sohlen gekommen.

Also doch. Valerie hatte darauf getippt, dass Florian seine Finger im Spiel hatte, blieb nur noch die Frage offen, ob er allein oder mit seiner Schwester agierte.

Sie spürte, wie Nora neben ihr unruhig wurde. Auch sie musste die Tür gehört haben, aber von ihrem Platz aus konnte sie nicht beobachten, was vor sich ging.

Ein Knarzen des Holzes war die Antwort auf Noras Unruhe. Valeries Herzschlag raste mit rekordverdächtiger Geschwindigkeit, als sich der Lichtschein wieder auf den Schrank richtete. Schritte umrundeten den Schreibtisch. Würde Florian gleich die Tür öffnen und sie entlarven?

Ihre Hände begannen zu zittern. Durch die Enge im Schrank und den damit einhergehenden Körperkontakt wusste Valerie, dass auch Nora in höchster Alarmbereitschaft war. Jede Sekunde rechnete sie damit, dass die Tür aufflog und Florian mit einem massiven Gegenstand, zum Beispiel dem Briefbeschwerer vom Schreibtisch, vor ihnen stand und auf sie einschlug, wie er es wohl auch bei Bernhard und Mayari gemacht hatte.

Doch nichts dergleichen geschah. Es wurde wieder finster. Die einzig logische Erklärung dafür konnte nur sein, dass Florian nun mit dem Rücken zu ihnen stand. Der schmale Lichtschein musste auf den Schreibtisch vor ihm gerichtet sein. Valerie konnte Papierrascheln und einen Unmutslaut vernehmen. Wie zu erwarten, hatte der Eindringling den Inhalt des gefälschten Testaments entdeckt, in dem Mayari als Erbin angeführt war.

Durch einen minimalen Stoß mit dem Ellenbogen gab Valerie Nora das Zeichen, aus dem Versteck zu stürmen, und öffnete schwungvoll die Tür.

»Leg auf der Stelle das Testament weg, du Schuft!«, schrie sie. »Wir haben dich erwischt. Du hast keine Chance mehr.«

Sie machte einen hektischen Schritt aus dem Schrank heraus, stolperte jedoch über Noras Fuß, die ihrerseits versuchte, ins Freie zu kommen, und landete hinter dem Eindringling auf den Knien. Das war nicht planmäßig abgelaufen. Nora versperrte sie dadurch den Weg, was Florian wertvolle Zeit verschaffte.

Valerie hörte einen Reißverschluss und im Anschluss ein Geräusch, das klang, als ob jemand einen Deckel von einem Lippenstift abzog – und dann spürte sie einen Schwall in ihrem Gesicht, den sie zu Beginn noch nicht zuordnen konnte. Florian musste sich blitzschnell umgedreht und sie angegriffen haben. Doch womit?

Ihre Augen brannten höllisch. Sehen konnte sie nicht einmal mehr das Licht von Florians Handy, geschweige denn seine Silhouette in der Dunkelheit oder das Testament. Tränen nahmen ihr die Sicht. Ihr Hals wurde eng, und das Atmen war beinahe unmöglich. Ein Hustenreiz, wie sie ihn noch nie zuvor erlebt hatte, übermannte sie.

Dumpf und wie durch Watte hörte sie, dass es Nora auch erwischt hatte. Den Symptomen nach konnte es nur ein Pfefferspray gewesen sein.

Sie wurde panisch. Wie sollte sie um Hilfe rufen, wenn sie nicht einmal aufhören konnte, sich die Seele aus dem Leib zu husten? Warum war Viktor noch nicht hier? Es war vereinbart gewesen, dass er, sobald Sabine oder Florian den Raum verließen, kommen sollte. Doch er tauchte nicht auf, sosehr sie auch darauf hoffte.

Erneut war Papier zu hören, dazu ein Husten, das nicht

von Nora zu stammen schien. Bei der hohen Pfefferkonzentration in der Luft war wohl unausweichlich, dass auch Florian darunter leiden würde, aber im Gegensatz zu ihr und Nora hatte er nicht die volle Ladung ins Gesicht bekommen. Er war bestimmt fit genug, um samt Testament zu fliehen. Doch dafür musste er erst den Schreibtisch umrunden, um zur Tür zu kommen. Das musste Valerie unbedingt verhindern.

Im Blindflug und wild nach Atem ringend, mobilisierte sie ihre letzten Kräfte und rappelte sich hoch. Dem Geräusch nach musste Florian eben an ihr vorbeigehastet sein. Mit einem wilden Schrei stürzte sie sich in die Richtung, in der sie ihn vermutete, und bekam ein Stück Stoff zu greifen, an dem sie sich festkrallte. Am liebsten hätte sie ihm entgegengeschrien, dass er aufgeben solle, dass er keine Chance habe, aber ihre Stimmbänder versagten auf voller Linie. Stattdessen war ihr Hals derartig eng, dass sie Angst hatte, zu ersticken, sollten ihre Schleimhäute noch weiter anschwellen.

Trotz Todesangst zerrte sie an dem Stück Stoff, spürte aber, dass Florian eine abrupte Drehung machte. Und dann sah sie durch den Tränenschleier eine Art Schatten, der aus der Höhe auf sie herabschoss. Ein unerwarteter Schmerz lähmte sie und ließ sie endgültig zu Boden sinken. Um sie herum wurde alles schwarz.

ZWEIUNDZWANZIG

»Ich glaube, sie kommt zu sich.«

Viktors vertrauter Tonfall drang dumpf an Valeries Ohr. Sie bemühte sich, die Lider zu öffnen. Jemand beugte sich über sie. Das Gesicht, das sie verschwommen sah, gehörte jedoch nicht zu Viktor. Durch heftiges Blinzeln meinte sie, dass sie das Antlitz des Bad Gasteiner Notarztes vor sich hatte, aber diese Vermutung war mehr als vage.

Das Schauen kostete sie unermessliche Kraft. Da sie ohnehin nicht viel sehen konnte, ließ sie die Augen wieder zufallen, wollte aber nach Viktor rufen, um sich zu vergewissern, dass er in der Nähe war. Sie erschrak, weil sie nicht mehr als ein heiseres Krächzen zustande brachte. Das Schlucken war fast unmöglich, ihre Zunge schien dick und unbeweglich an ihrem Gaumen zu kleben. Doch immerhin spürte sie als Antwort auf ihren Versuch, sich mitzuteilen, wie ihre Hand gedrückt wurde. Es waren Viktors warme, vertraute Finger, die sich um ihre schlossen. Besänftigend strich er mit seinem Daumen über ihren und sprach behutsam auf sie ein, gab Bescheid, dass sie auf dem Weg nach Schwarzach in die Klinik seien, dass sie aber bald wieder auf den Beinen sein werde.

Für Valerie ergaben seine Worte keinen Sinn. Wie durch Watte nahm sie sie wahr, konnte die Botschaft aber nicht deuten. Bei erneutem Blinzeln sah sie schemenhaft noch eine dritte Person, die sich an ihrem Arm zu schaffen machte. Warum waren alle drei bei ihr, wenn sie sich doch besser um Florian kümmern und verhindern sollten, dass er mit dem gefälschten Testament das Weite suchte?

Verzweifelt akzeptierte sie ihre eigene Ohnmacht. Sie war nicht in der Lage, ihnen das verständlich zu machen. Ein neuerlicher Hustenanfall bestätigte ihre Einsicht. Als er endlich abflaute, rang sie nach Luft. Noch immer fühlten sich ihre

Atemwege gereizt und angeschwollen an. Das Luftholen war mühsam. Zudem verspürte sie einen pochenden Schmerz irgendwo unterhalb des Schlüsselbeins. Sie stöhnte.

Im Hintergrund hörte sie das Motorengeräusch des Wagens, in dem sie liegen musste. Ob sie aus dem Tal schon draußen waren und bald bei der Klinik ankommen würden? Sie konnte es nicht sagen. Sie befand sich in einem Dämmerzustand, nickte immer wieder ein, bis ein nächster Hustenanfall sie aus dem flachen Schlaf riss. Die Lider ließ sie inzwischen geschlossen, dadurch war das Brennen der Augen etwas erträglicher.

Sie versuchte, die Bilder von Bernhard, Mayari und Florian, die als Erinnerungsfetzen vor ihrem inneren Auge auftauchten, zu verdrängen und sich voll und ganz auf die wohltuende Wärme von Viktors Händen zu konzentrieren. Bewusst zwang sie sich, langsam zu atmen. Das linderte den Hustenreiz, sodass sie wenig später endgültig in einen tiefen Schlaf fiel.

Beim Aufwachen blickte Valerie als Erstes auf eine weiße Zimmerdecke und eine ebenso weiße Wand, die ihr unbekannt vorkamen. Der Geruch nach Desinfektionsmitteln ließ sie den einzig möglichen Schluss ziehen. Sie lag im Krankenhaus. Doch warum? Was war passiert?

Vom Schlaf noch etwas benommen, bemühte sie sich, sich darauf zu konzentrieren, was vorgefallen war. Schon reihten sich einzelne Bilder aneinander. Sie und Nora, die im Schrank saßen, die schemenhafte Silhouette Florians, den sie erwischt hatte, als er das Testament stehlen wollte, das beißende Gefühl in ihren Augen und die quälende Enge in der Luftröhre, die nur auf einen Angriff mit Pfefferspray zurückzuführen sein konnte, und als krönenden Abschluss der stechende Schmerz unter ihrem linken Schlüsselbein, der ihr das Bewusstsein geraubt hatte.

Behutsam tastete sie mit der rechten Hand nach der Stelle und erkannte, dass sie durch einen Verband geschützt und ihre Schulter durch einen Gurt ruhiggestellt war.

Sie fühlte sich hilflos. Sanft spürte sie eine Berührung. Jemand streichelte ihr Gesicht.

»Greif lieber nicht hin, Valerie.«

Da war sie. Viktors Stimme. Gott sei Dank. Sie drehte den Kopf zur Seite. Er saß auf einem Stuhl direkt neben ihrem Bett. Sein vertrautes Gesicht lächelte ihr zaghaft entgegen. Dunkle Schatten lagen unter seinen blauen Augen, die nicht ganz so hell leuchteten wie sonst. Bartstoppeln zierten Wangen und Kinn, und seine Haare standen für ihn, der großen Wert auf eine akkurate Erscheinung legte, ungewöhnlich wirr vom Kopf ab.

Er betrachtete sie liebevoll. »Schön, dass du wieder wach bist. Als ich dich gestern im Büro gefunden habe, bin ich schier wahnsinnig geworden vor Sorge.«

Valerie sah ihn fragend an. »Hilf mir doch bitte auf die Sprünge. Was ist denn passiert? Habt ihr Florian noch erwischt, oder ist er mit dem Testament abgehauen? Habt ihr die Kripo verständigt? Die muss eine Fahndung nach ihm rausgeben.« Sie hatte so viele Fragen, doch ihre Stimmbänder waren noch immer gereizt, weshalb sie lieber schwieg und auf eine Reaktion von Viktor wartete.

»Florian? Warum denn Florian?«

Valerie war bestürzt. Hatte sie all das auf sich genommen, nur damit Bernhards Mörder ungeschoren davonkam? Sie wollte sich hochrappeln, wurde jedoch von einem heftigen Schmerz zwischen Schlüsselbein und Schulter zurückgehalten. Kraftlos ließ sie sich wieder ins Kissen sinken.

Am besten würde sein, Viktor alles, was vorgefallen war, zu schildern. Falls sie danach nur mehr krächzen konnte, war es das wert. Wichtig war einzig und allein die Wahrheit, der ans Licht geholfen werden musste. Viktor sollte die ganze Geschichte hören und dann Erwin und Dorothea Bescheid geben.

Flüsternd setzte sie zu sprechen an: »Nora und ich haben uns doch wie vereinbart im Büroschrank versteckt. Der Mond war verdeckt, deshalb war es extrem dunkel im Raum. Als ich die Tür aufgehen hörte, konnte ich leider nicht sehen, wer es war. Aber ich habe logisch kombiniert. Es war eine Person ohne Stöckelschuhe, folglich kann es nur Florian gewesen sein. Er schlich durchs Zimmer, bis er am Schreibtisch das Testament entdeckt hat. Als ich ihn stellen wollte, bin ich gestürzt, und Nora konnte nicht an mir vorbei. Dann hat er mir wohl aus nächster Nähe Pfefferspray ins Gesicht gesprüht. Das wünsche ich meinem ärgsten Feind nicht. Ich konnte nichts mehr sehen und musste nur noch husten. Da du uns nicht zu Hilfe gekommen bist, hab ich versucht, ihn irgendwie festzuhalten. Ich wollte ihn einfach nicht entkommen lassen. Das war doch unsere Chance herauszufinden, wer hinter dem Mord steckt. Ich hab ihn tatsächlich erwischt, aber dann hab ich wie aus dem Nichts einen furchtbaren Schmerz gespürt, und ab da weiß ich nichts mehr. Habt ihr ihn erwischt? Wo warst du überhaupt? Ich dachte, du würdest ihm nachgehen, wenn er sich auf den Weg zum Büro macht.«

Valerie, die die letzten Worte nur mehr mit Mühe herausgebracht hatte, sah Viktors Erstaunen, doch ehe er ihr antworten konnte, wurde die Tür zum Krankenzimmer geöffnet. Andi stürmte herein, dicht gefolgt von Lea, Jakob, Nora und Anton. Kurz darauf tauchten auch ihre Eltern und Sophie mit Kamon, der Mayari im Rollstuhl hereinschob, auf. Ein Verband lag um ihren Kopf und ließ sie noch blasser und schmäler wirken als vor dem Angriff. Offenbar war sie aber auf dem Weg der Genesung. Und das war schließlich die Hauptsache.

Liebevoll schaute Valerie in die Runde und begrüßte alle. Da tauchten unerwartet zwei weitere Gäste auf. Besucher, auf die sie nicht eingestellt war. Es waren Sabine und Florian, die in der offenen Tür verharrten. Ihren Gesichtsausdruck konnte sie nicht deuten.

Sie fühlte Panik in sich aufsteigen. Wieder hatte sie das Bedürfnis, alle beschützen zu müssen, sah sich aber nicht in der Lage dazu.

Hastig zog sie Viktor zu sich herunter. »Dort am Eingang.

Rasch. Er ist da«, zischte sie ihm ins Ohr. »Du musst ihn dir schnappen, sonst entwischt er wieder. Er war es. Er hat Bernhard getötet.«

Viktor drehte sich für Valeries Gefühl viel zu langsam nach hinten. Als Nächstes winkte er die beiden Geschwister herein und drückte Valerie, die sich aufrappeln wollte, sanft wieder in die Kissen zurück. Was machte er denn? War er von allen guten Geistern verlassen? Hatte er ihr nicht zugehört?

»Ich glaube, ich muss dir schildern, was gestern Abend passiert ist. Du bist ohnmächtig geworden und hast den Rest der Ereignisse nicht mehr mitbekommen.«

Nun verstand Valerie gar nichts mehr. An der Sachlage gab es nichts zu deuteln. Was konnte Viktor nur meinen?

»Sieh dir doch Nora an. Sie hat auch noch immer ganz rote Augen. Das war doch keine Einbildung von mir, dass Florian uns beide angegriffen hat.«

»Nein, du hast dir gar nichts eingebildet. Ihr beide seid Opfer einer Pfefferspray-Attacke geworden, nur war nicht Florian der Schuldige. Der ist mit Sabine bei mir im Stüberl sitzen geblieben, derweil ihr im Schrank versteckt wart«, antwortete Viktor. »Das war auch der Grund, warum ich euch nicht sofort zu Hilfe gekommen bin. Ich wusste nicht, dass ihr in Gefahr seid. Ich hab mir doch nichts dabei gedacht, als Leonore auf die Toilette ging.«

Leonore? Was hatte Leonore damit zu tun? Worauf wollte Viktor hinaus? Die Geschichte wurde immer rätselhafter.

Nora schien ihr die Verwirrung anzumerken. »Ja, Valerie«, sagte sie heiser. »Es war Leonore, die uns angegriffen hat, nicht Florian. Und nicht nur uns, sondern auch Bernhard und Mayari. Nur weil sie älter ist und einen eher gebrechlichen Eindruck erweckt, haben wir ihr das alle nicht zugetraut. Tatsache ist aber, dass sie uns das Spray ins Gesicht sprühte, dann dir den Brieföffner vom Schreibtisch in die Schulter gerammt hat und im Anschluss daran samt Testament verschwinden wollte.« Ihre letzten Worte waren nur noch ein Flüstern.

Anton legte ihr den Finger an die Lippen und übernahm für sie. »*Sì*, so war es, *cara* Valerie. Und dann habe ich von der Küche aus Nelly wie eine Verrückte bellen gehört. Sie hat gemerkt, dass etwas nicht stimmt. Ich hab alles stehen und liegen lassen und bin raus in die Lobby gelaufen. Dort hab ich Viktor getroffen. Mitten im Raum stand Leonore mit dem Testament in der Hand und ohne Schuhe. Auch sie hat stark gehustet. Sonst hätte sie Nelly garantiert aufs Ärgste beschimpft, denn die hat sich mit gefletschten Zähnen vor ihr aufgebaut und so dafür gesorgt, dass Leonore es nicht bis zur Tür geschafft hat. *Che cane!* Was für ein Hund!«

»Nelly hat Leonore von Anfang an nicht gemocht«, übernahm Viktor. »Hunde haben ein feines Gespür für Menschen. Und ich hab den Ernst der Lage viel zu spät erfasst, weil ich so fixiert auf Florian und Sabine war. Es tut mir so leid, dass ich nicht früher da war.« Er wirkte zerknirscht. »Dann hat sich Anton um Leonore gekümmert, damit sie nicht flüchten konnte. Jakob hat die Polizei gerufen, und ich bin zu euch ins Büro rein, hab das Licht angemacht, die Fenster und die Terrassentür aufgerissen und dich in die Lobby aufs Sofa getragen. Nora hat es ohne meine Hilfe aus dem Zimmer geschafft. Du warst nicht bei Bewusstsein und hast viel Blut verloren … Ein paar Zentimeter unterhalb hätte Leonore dein Herz getroffen. Ich darf gar nicht daran denken.«

Tränen standen in Viktors Augen. Seine sonst so feste Stimme war brüchig geworden. So hatte Valerie ihn noch nie gesehen. Er musste sich furchtbare Sorgen gemacht haben.

»Dann waren es nicht Sabine und Florian?« Ihr Blick glitt von Viktor zu Nora und dann zu den beiden Wiener Geschwistern, die mit gesenkten Köpfen hinter den anderen standen. »Dann … hab ich Ihnen beiden unrecht getan. Aber ich wäre doch niemals auf die Idee gekommen, dass Leonore … dass sie die Täterin sein könnte. Warum nur?« Valerie konnte keine plausible Erklärung dafür finden.

Unerwarteterweise war es Florian, der versuchte, die Frage

zu beantworten. »Ich glaube, sie war sehr verzweifelt. Unser Stiefvater hat nicht nur Sabine und mir die finanzielle Unterstützung aufgekündigt, sondern er hat auch Mutter vor die Tür gesetzt. Verdenken kann ich ihm das nicht. Wir haben ihn alle ausgenutzt, und ihr passte sowieso nichts an ihm. Ein Wunder, dass er das über Jahrzehnte ausgehalten hat.«

Eine späte Erkenntnis. Valerie war erstaunt, dass Florian das vor allen Anwesenden zugab. Hatten ihm die Vorfälle zu denken gegeben? Würde er in Zukunft sein Leben anders gestalten als bisher?

Sie war sich aber noch immer nicht klar darüber, wie es dazu gekommen war, dass Leonore Bernhard erschlagen hatte.

In dieser Sekunde öffnete sich wieder die Tür, und Dorothea betrat mit Erwin den Raum. Das Zimmer wurde immer voller. Die anderen ließen die beiden zu Valeries Bett durch, damit sie sie begrüßen konnte. Streng, aber auch liebevoll, sah Dorothea auf sie herab.

»Gut, dass du wieder wach bist, Valerie. Da hattest du aber wieder einmal Glück, nicht wahr? Ich weiß nicht, wie ich Nora und dich davon abhalten soll, auf eigene Faust zu ermitteln. Ihr beide habt zwar ein Talent dafür, den Täter aufzuspüren, aber leider auch dafür, euch in Gefahr zu bringen. Dabei habe ich mir extra Mühe gegeben, dich da rauszuhalten. Am Anfang habe ich dich mit ins Boot geholt, damit du das Gefühl haben konntest, etwas beizutragen, aber dann wollte ich dich von allen Ermittlungsschritten fernhalten. Hättest du die Finger von der Sache gelassen, wäre das alles nicht passiert. Was mache ich nur mit dir?«

Valerie war diese Frage vor allen anderen mehr als unangenehm.

Und Dorothea war noch nicht fertig. »Ich bete, dass das der letzte Todesfall in Bad Gastein war und wir uns von jetzt an einzig und allein dann treffen, wenn ich für meine Wellness- und Skitage zu euch komme.«

Kleinlaut sah Valerie zu ihr hoch. »Ich weiß, dass es unklug war. Die ganze Aktion mit dem Testament war eine Schnaps-idee, aber immerhin haben wir Viktor und Anton um Hilfe gebeten.«

»Das war ein Anfang, aber trotzdem wäre es um ein Haar schiefgegangen«, brummte Erwin im Hintergrund.

Auch Viktor hatte seinem Gesichtsausdruck nach ein schlechtes Gewissen, weil er seinem alten Schulfreund Erwin die Sache mit der geplanten Falle verschwiegen hatte. Doch das war im Nachhinein nicht mehr zu ändern. Dafür stellte er die Frage, die wohl allen im Raum unter den Nägeln brannte. »Habt ihr schon ein Geständnis von Leonore? Hat sie zuge-geben, dass sie für Bernhards Tod und den Angriff auf Mayari verantwortlich ist?«

»Ja, hat sie«, antwortete Dorothea. »Nachdem wir sie nach eurem Anruf mit auf die Polizeiinspektion genommen hatten, ist sie zusammengebrochen. Unter Tränen hat sie uns noch am Abend geschildert, wie alles abgelaufen ist.«

»Und? Warum hat sie Bernhard umgebracht und es auch bei Mayari versucht? Außerdem ist mir ein absolutes Rätsel, wie sie es geschafft hat, mit ihrem Gehstock bis nach oben zum ›Schnitzelwirt‹ zu gelangen, und das gleich zweimal. Das sind ganz schön viele Höhenmeter vom Grand Hotel aus.« Valerie konnte sich das nicht erklären.

»Ich kann mir vorstellen, dass ihr alles genau wissen wollt.« Erwin zog seine Uniformjacke aus, hängte sie an Valeries Bett-ende und setzte den Bericht fort. »Am besten fange ich vorn an. Leonore, die einen hohen Lebensstandard gewohnt ist, wurde von ihrem Gatten vor die Tür gesetzt. Sie könnte bei einer Scheidung von ihm zwar Unterhalt einfordern, aber das wird nicht viel sein. Als Pensionist hat er monatlich wesentlich weniger Geld zur Verfügung als früher. Und auf sein Ver-mögen hat Leonore keinen Anspruch, weil er sich bei ihrer Heirat vorsorglich für den Fall der Fälle mit einem Ehevertrag abgesichert hat.«

Dorothea klinkte sich in die Erzählung ein. »Leonore Grafenstein war verzweifelt. Sie konnte und wollte mit knapp siebzig nicht in kleinen Verhältnissen leben. Das hätte sie umgebracht, wie sie es formuliert hat. Deshalb kam ihr Bernhards Geburtstag gerade recht. Sie sah das Fest als ihre Chance an, wieder Kontakt zu knüpfen und ihn zu bezirzen. Das hatte sie als junge Frau schon einmal geschafft. Dass er im Lauf der Jahrzehnte sehr wohlhabend geworden war, wusste sie. Aus ihrer Sicht war er die perfekte Lösung für ihr finanzielles Problem. Sie wollte ihn sich zurückholen.«

Maria stieß die Luft aus. »Jetzt verstehe ich die ganze Sache. Ich hab gedacht, ich seh nicht recht, als sie aus heiterem Himmel mit Sack und Pack im Grand Hotel aufgetaucht ist. Ich wusste doch, wie sehr sie damals vor der Scheidung auf den Ort und seine Bewohner geschimpft hat. Auch an Bernhard hat sie kein gutes Haar gelassen. Aber er war dann wohl ihre einzige Option, um im Alter nicht vor dem Nichts zu stehen.«

Dorothea stimmte ihr zu. »Scheint so. Jedenfalls hat sie Bernhards Verlobung aus dem Konzept gebracht. Dass er eine andere heiraten wollte, passte nicht in ihre Pläne. Sie hat bei der Geburtstagsfeier einen Schwächeanfall vorgetäuscht und ist frühzeitig auf ihr Zimmer gegangen. Während das Fest noch in vollem Gange war, hat sie sich dann aus dem Haus geschlichen und ist noch vor dem Unwetter rauf zum ›Schnitzelwirt‹. Geschafft hat sie das leicht, meinte sie. Der Gehstock sei nur Mittel zum Zweck, weil sie es gern mag, wenn sie andere für gebrechlich halten und ihr alles abnehmen. Sie hat den Weg durch die Parkgarage genommen, sodass sie die meisten Höhenmeter mit dem Lift zurücklegen konnte. Die örtlichen Gegebenheiten sind ihr von früher hinlänglich bekannt.«

Valerie war sprachlos. Sie alle miteinander hatten Leonore Grafenstein sträflich unterschätzt. Sie hatte sie einfach an der Nase herumgeführt.

»Oben angekommen, ist sie rund ums Haus gegangen und hat sich auf die Loungegarnitur auf Bernhards überdachter Terrasse gesetzt«, fuhr Dorothea fort. »Dort konnten ihr auch der später einsetzende Hagel und Regen nichts anhaben. Sie kannte Bernhards Angewohnheit, vor dem Zubettgehen im Wohnzimmer noch einen kleinen Zirbenschnaps zu trinken und den Tag Revue passieren zu lassen. Sie musste einfach nur warten. Dass Mayari in ihrer eigenen Wohnung schlafen und er allein kommen würde, war offen am Tisch besprochen worden.

Als er eintraf, hat sie an die Terrassentür geklopft, und er hat sie hineingebeten. Sie haben über frühere Zeiten geredet, und dann hat sie versucht, ihn umzustimmen. Sie wollte ihm einreden, dass sie nach all den Jahren gemerkt hat, dass er der Mann ihres Lebens war und sie nichts lieber möchte, als zu ihm zurückzukehren. Aber Bernhard Lederer hat sie abblitzen lassen. Sie hat uns nicht im Detail geschildert, wie er sich ausgedrückt hat, aber er dürfte von Mayari und ihrer liebenswerten Art geschwärmt haben. Das hat sie zur Weißglut getrieben. Er hat ihr für einen Augenblick den Rücken zugedreht, sie hat die Karaffe genommen und in blinder Wut auf ihn eingeschlagen.«

Valerie staunte. Die Geschichte war schier unglaublich. Aber vieles ergab Sinn. Zum Beispiel, dass Mayari das Licht des Bewegungsmelders nur einmal gesehen hatte. Leonore war so früh gekommen, dass die anderen noch auf dem Fest gewesen waren. Den Sensor musste sie dann beim Weggehen ausgelöst haben. Nur dass sie in ihrer Wut solch eine Kraft entwickeln konnte, um Bernhard zu erschlagen, das hätte sie nie gedacht.

Bildlich stellte sie sich vor, wie alles abgelaufen sein musste. Schauderhaft.

Leise mischte sich Mayari ins Gespräch ein. »Und was war mit mir? Warum hat sie auf mir geschlagen? Ich habe ihr nichts getan. Ich kenne sie nicht.«

»Ich glaube, das hatte mehrere Gründe«, antwortete Erwin. »Sie war wütend auf dich, hat dir die Schuld an ihrem Unglück gegeben. Aus ihrer Sicht warst du es, die ihr Bernhard weggenommen und somit ihr Leben zerstört hat.«

Valerie war ehrlich bestürzt. Die Geschichte war grotesk. Aber sie ging noch weiter.

»Maria und Hans halten jeden Tag ein Nachmittagsschläfchen«, sagte Erwin an Mayari gewandt. »Diese Zeit hat sie genutzt und ist wieder hoch zum ›Schnitzelwirt‹. Dort hat sie die Tür zum Gasthof offen vorgefunden, weil du selbst aufgesperrt hattest, um drinnen arbeiten zu können. Den Rest kannst du dir denken.«

Mayari schüttelte den Kopf. »Ich hab Bernhard ihr doch nicht weggenommen.«

»Natürlich hast du das nicht. Aber Leonore Grafenstein war in einer emotionalen Ausnahmesituation. Sie ist der Typ Mensch, der nie Verantwortung bei sich selbst sucht, sondern immer einen Schuldigen in ihrem Umfeld findet. Das wird sich wohl ein Psychologe ansehen müssen. Jedenfalls hat sie dich, Mayari, bewusst angegriffen. Ich nehme an, sie wollte sich an dir rächen.«

Valerie nahm besorgt wahr, dass Mayari noch blasser als zuvor war. Das alles setzte ihr sichtlich zu.

»Zudem dürfte sie Angst gehabt haben, dass Bernhard dich schon vor der Hochzeit in einem Testament bedacht haben könnte, und das konnte sie nicht zulassen«, fuhr Erwin fort. »Sie hat befürchtet, dass das Erbe von Sabine und Florian durch ein Testament geringer ausfällt. Beim Durchsuchen seines Wohnzimmers hat sie keines entdeckt, sie wollte aber auf Nummer sicher gehen.«

»Was hätte ihr das denn gebracht?«, wollte Nora wissen.

Gute Frage. Auch Valerie war interessiert an der Antwort.

»Ihre Erklärung war etwas wirr. Ich glaube, sie hat Sabine und Florian als ihre letzte Hoffnung angesehen. Ihr Erbe sollte möglichst groß ausfallen. Sie hat gedacht, dass sie ihr einen Teil davon abgeben oder sie wenigstens bei sich aufnehmen würden. Und darum wollte sie dich aus dem Weg haben, Mayari. Dass ihr das gar nichts gebracht hätte, weil in diesem Fall Kamon zum Zug gekommen wäre, wusste sie nicht. Sie hat wohl auch eher instinktiv gehandelt, ohne näher darüber nachzudenken.« Erwin verstummte.

Valerie rieb sich mit ihrer rechten Hand über die schmerzende Stelle unter dem Schlüsselbein. »Und als wir uns die Finte mit dem Testament ausgedacht haben, wusste sie, dass sie es verschwinden lassen musste.«

Mehr zu sich selbst als zu den anderen sagte sie: »Dann war sie es auch, die den Drohbrief an mich auf die Fußmatte gelegt hat. Und ich dachte, den hat jemand von außen unter der Tür durchgeschoben. Doch wir hatten die Mörderin die ganze Zeit im Haus. Sie muss mitbekommen haben, dass Nora und ich nach dem Täter suchen.«

»Ich nehme an, sie hat dich heimlich belauscht«, mutmaßte Nora. »Wir haben doch öfter telefoniert.«

»Denkbar, ja.« Valerie ging alles noch einmal im Geiste durch. Doch dann fiel ihr auf, wie intensiv Dorothea sie musterte. Mit hochgezogener Augenbraue. Sie war ihr dankbar dafür, dass sie nicht vor allen anderen wieder ihre Unvernunft thematisierte. Immerhin hatte sie ihr auch den Brief verschwiegen.

Valerie sah sich um und entdeckte auf ihrem Nachtkästchen eine Tasse Tee. Obwohl sie diese in Krankenhäusern übliche wässrige Früchteteemischung auf den Tod nicht ausstehen konnte, wollte sie danach greifen, zuckte aber zurück, weil ein heftiger Schmerz durch ihre Schulter schoss. Zähneknirschend bat sie Andi, der Viktor von seinem Platz verdrängt und sich direkt neben sie gesetzt hatte, darum, dass er ihr die Tasse reichte. Sie trank einen Schluck und schwor sich, auf raschestem Wege aus dem Hospital zu verschwinden und nach Hause zurückzukehren.

Doch vorher wollte sie noch die restlichen Fragen beantwortet wissen.

»Weshalb habt ihr eigentlich Fritz Derbacher nicht verhaftet?«, fragte sie Dorothea. »Davon bin ich fest ausgegangen, weil ihn Gerti doch zur Tatzeit am Tatort gesehen hat. Und zuvor hat er Bernhard öffentlich bedroht. Ein Motiv hatte er auch.«

Auf diese Frage hin lachte Erwin lautstark, wischte sich eine Träne aus dem Augenwinkel und antwortete an Dorotheas Stelle. »Die Sache mit dem Fritz, die war im Nu geklärt. Der hatte ein bombensicheres Alibi. Die Gerti hat sich mit der Uhrzeit verschätzt. Zwanzig Minuten auf oder ab machen da oft einen gravierenden Unterschied. Zur in Frage kommenden Zeit war Fritz zurück in der ›Big Mountains Bar‹, und das ist amtlich. Auf der Inspektion ist nämlich ein Notruf von Harry eingegangen, der uns um Hilfe gebeten hat, weil Fritz in seinem Rausch und seinem Frust ohne ersichtlichen Grund eine Schlägerei angezettelt hat. Er ist nicht nur auf etliche Gäste losgegangen, sondern hat auch einen guten Teil der Einrichtung demoliert, bis ihn zwei von unseren Leuten stoppen konnten. Harry hat bis heute zusperren müssen, weil so viel Schaden entstanden ist. Und dann war der Fritz in der Ausnüchterungszelle und konnte Bernhard folglich gar nicht ermordet haben.«

Valerie blinzelte ungläubig. An Nora gewandt meinte sie: »Hätten wir das gewusst, hätten wir den ganzen Zirkus mit dem Testament wohl gar nicht veranstaltet. Wir wollten nach dem Ausschlussprinzip vorgehen. Dass Baumgartinger nicht der Täter sein konnte, das wussten wir schon.«

Neuerlich sah sie, wie Dorotheas Augenbraue in die Höhe ging, und schloss daraus, dass sie in Sachen Investor der Polizei gegenüber einen gravierenden Wissensvorsprung hatten. Darüber würden sie noch reden müssen.

»Aber ob Sabine, Florian oder Fritz die Taten begangen hatten, das wollten wir anhand unserer ausgedachten Testamentsgeschichte herausfinden. Auf Leonore wäre ich im Traum nicht gekommen.«

Nora konnte sich einen spitzen Kommentar nicht verkneifen. »Daran sieht man schön, dass es durchaus Sinn haben könnte, unsere Kräfte zu bündeln«, sagte sie an Dorothea und Erwin gewandt. »Nur ihr wolltet uns immer aus allem raushalten. Das ist der Grund, warum wir unser eigenes Ding gemacht haben.«

»Am Ende des Tages hattet ihr Erfolg damit, aber es war unnötig brenzlig«, erwiderte Erwin.

Kurz herrschte Stille im Raum. Die neuen Informationen mussten erst einmal verarbeitet werden. Zu viel war passiert in den letzten Tagen.

Auf einmal fiel Valerie etwas Wichtiges ein. Sie zupfte Viktor am Ärmel. »Ist heute nicht schon Freitag?«

Verwundert gab er ihr Antwort. »Ja, warum fragst du?«

»Warum ich frage? Der Fall ist gelöst. Morgen fliegen wir in unsere Flitterwochen. Ich muss packen. Bring mich nach Hause.«

Ein vielstimmiges Räuspern und Gemurmel ging durch das Krankenzimmer. Viktor fing sich als Erster. »Das ist ein Scherz. Das meinst du nicht ernst, Valerie, gell?«, antwortete er verunsichert.

»Ob ich das ernst meine? Aber natürlich. Glaubst du, ich will nur einen Tag länger im Krankenhaus bleiben und dieses Gesöff trinken?« Sie zeigte auf die Tasse mit dem blassrosa Inhalt.

Nora fand direktere Worte als Viktor. »Valerie, verzeih, wenn ich das sage, aber du spinnst. Viktor hat die Reise heute früh storniert. Du liegst im Krankenhaus. Ihr könnt euren Urlaub sicher nachholen, aber im Moment musst du dich schonen, du kannst dich nicht einmal allein aufsetzen, wie ich vorhin gesehen habe.«

Valerie schaute unglücklich zu Viktor.

»Das stimmt leider. Unser Urlaub ist abgesagt. Dafür hab ich aber gute Neuigkeiten, was deinen Aufenthalt in diesem wunderbaren Krankenzimmer betrifft. Die Ärzte sagen, dass du morgen nach Hause darfst und nur zur Nachsorge wieder vorbeikommen musst. Die Wunde war zwar nicht sehr groß, aber dafür tief. Sie wurde genäht, und es sollten keine Schäden zurückbleiben, aber Stichwunden sind heikel. Aufgrund der Infektionsgefahr musst du dich schonen. Strikte Anordnung des Arztes.«

Valerie war enttäuscht. Aber die positive Nachricht des Tages war, dass Leonore nicht weiter bei ihnen wohnen würde. Zudem waren ihre Eltern vor Ort, deren Aufenthalt sie bisher kaum hatte genießen können. Und auch der Schnitzelkönig musste mit allen Ehren verabschiedet werden. Für Urlaub war wirklich nicht der passende Zeitpunkt.

Sie schluckte. Bernhard. Er war so unnütz zum Opfer geworden und hinterließ eine riesige Lücke. Doch sie vermutete, dass er, wo auch immer er war, mit Freuden sehen würde, dass seine zwei älteren Kinder geläutert schienen. Sie hatte sie die ganze Zeit über im Auge behalten. Verschwunden waren der hochmütige Gesichtsausdruck und das gezierte Getue. Sie hatten sich im Laufe des Gesprächs immer näher zu Sophie gestellt und wiederholt das Wort an sie gerichtet. Valerie hatte den Eindruck, als ob sie guten Willens waren, einiges nachzuholen. Viel zu viel hatten sie bisher in der Beziehung zu ihrer kleinen Schwester verpasst. Die Veränderung hätte Bernhard riesige Freude bereitet. Davon war Valerie felsenfest überzeugt.

Valeries Rezepte

Wiener Schnitzel

Zutaten:
Kalbsschnitzel für ein original Wiener Schnitzel
(alternativ aber auch Schwein, Pute, Huhn)
Mehl
Ei
Semmelbrösel
Salz
Butterschmalz (wahlweise Schweineschmalz oder Pflanzenöl)
Zitrone
eingemachte Preiselbeeren (falls gewünscht)

Zubereitung:
Die vorgeschnittenen Schnitzel sanft klopfen, damit das
Fleisch mürber wird. Auf drei Tellern die Zutaten für die Panade bereitstellen. Auf den ersten Teller kommt Mehl, auf den
zweiten verquirltes Ei, und auf den dritten Teller kommen
die Semmelbrösel. Nun das Fleisch leicht salzen und in Mehl
wälzen. Danach werden die Schnitzel durch das Ei gezogen
und anschließend in den Semmelbröseln gewendet.
Bei mittlerer Hitze die Schnitzel goldbraun in reichlich Butterschmalz herausbacken. Dazu passen sehr gut Petersilienkartoffeln oder Kartoffelsalat. Serviert wird mit einer Zitro-
nenscheibe und Preiselbeeren.
Guten Appetit!

Apfelstrudel

Zutaten Teig:
250 g Mehl (Type 700)
1 Prise Salz
1 Ei
3 EL Öl (geschmacksneutral)
100 ml warmes Wasser

Zutaten Fülle:
2 kg säuerliche Äpfel
100 g Semmelbrösel
100 g Kristallzucker
Zimt nach Geschmack (zum Beispiel 1 TL)
70 g zerlassene Butter
Rosinen nach Geschmack

Zubereitung:
Alle Zutaten zu einem weichen Teig kneten, der sich von den Händen löst. (Damit sich der Kleber darin gut entfalten kann, mit viel Kraft bearbeiten.) Zu einer Kugel formen und in eine Schüssel legen. Mit Öl bestreichen, damit er elastisch bleibt und nicht austrocknet. Für mindestens eine halbe Stunde rasten lassen.
In der Zwischenzeit die Äpfel schälen, entkernen und in dünne Scheiben schneiden. Semmelbrösel, Zucker, Zimt und den Großteil der zerlassenen Butter dazugeben. Rosinen nach Geschmack hinzufügen.
Den Teig halbieren und auf ein großes bemehltes Tuch legen. Anfangs mit dem Nudelholz ausrollen, dann hochheben und mit den Fäusten von der Mitte her auseinanderdehnen. Wieder

am Tuch ablegen und behutsam in alle Richtungen ziehen, bis der Teig hauchdünn ist. Die Hälfte der Fülle darauf verteilen (einen kleinen Rand frei lassen), den Rand einschlagen und dann mit Hilfe des Tuches einrollen. Den Strudel auf ein Blech mit Backpapier legen und den zweiten Strudel vorbereiten. Am Schluss im vorgeheizten Backrohr bei 180 Grad Heißluft etwa 30–35 Minuten backen. Mit Staubzucker bestreuen und warm oder kalt genießen.

Gutes Gelingen!

Buchteln mit Vanillesoße

Zutaten Teig:
150 g Butter
etwa 400 ml Milch
1 Würfel frische Hefe
(1 kleiner Schuss Inländerrum)
800 g Universalmehl
4 Eidotter
120 g Zucker
1–2 Pck. Vanillezucker
etwas Zitronenschale
1 Prise Salz
15 TL Marmelade nach Wahl für die Füllung

Zutaten Vanillesoße:
½ Vanilleschote
500 ml Milch
60 g Zucker
2–3 EL Vanillepuddingpulver
1 Dotter
50 ml Sahne

Zubereitung:
Zuerst die Butter in einem Topf schmelzen und anschließend
die Milch dazugeben und den Topf vom Herd nehmen. Hefe
mit einem Schneebesen einrühren und einen kleinen Schuss
Rum dazugeben. Mehl, Dotter, Zucker, Vanillezucker, Zitronenschale und eine Prise Salz in einer Schüssel vermischen und
die Butter-Milch-Germ-Mischung dazugeben.
Alles mit Knethaken zu einem glatten Teig rühren, bis er sich

von der Schüssel löst. Mit einem Tuch zudecken und an einem warmen Ort etwa 45 Minuten gehen lassen.

Den Teig nun in 15 Teile teilen, die Teigstücke glatt drücken, in die Mitte einen Teelöffel Marmelade geben und zuklappen. Eine Auflaufform mit Butter ausfetten und die gefüllten Teigstücke eng aneinander mit der zusammengeklappten Seite nach unten in die Form geben. Im vorgeheizten Backrohr bei 200 Grad circa 30–40 Minuten goldbraun backen.

Für die Soße die Vanilleschote längs aufschneiden und das Mark auskratzen. Den Großteil der Milch in einem Topf erwärmen und den Zucker hinzugeben. Den Rest der Milch mit Puddingpulver, Dotter und Vanillemark gut vermischen und in die aufgekochte Milch einrühren. Am Schluss mit flüssiger Sahne verfeinern.

Lassen Sie es sich schmecken!

Kaspressknödel

Zutaten:

ca. 250 g Weißbrot oder Semmeln (Brötchen) vom Vortag
250 ml Milch
1 mittelgroße Zwiebel
200 g Bergkäse
Petersilie (Menge nach Belieben)
etwas Mehl
4 Eier
Salz und Pfeffer
etwas Muskatnuss
(ein wenig Semmelbrösel, falls nötig)
Butter

Zubereitung:

Das Weißbrot bzw. die Semmeln in kleine Würfel schneiden und in eine Schüssel geben. Die Milch erwärmen, über die Würfel gießen und gut vermengen. Danach die Zwiebel fein schneiden, in etwas Butter anrösten und vom Herd nehmen. Den Bergkäse in kleine Würfel schneiden (je nach Geschmack eventuell auch Bierkäse oder Gorgonzola). Zuletzt die Petersilie klein hacken.

Nun die Zwiebeln, das Mehl, den Käse und die Petersilie in die Schüssel geben. Die Eier aufschlagen und alles zusammen mit Salz, Pfeffer und Muskatnuss gut vermischen. Ist die Knödelmasse zu feucht, ein wenig Semmelbrösel untermengen. Ist sie zu trocken, noch etwas warme Milch zugeben.

Mit den Händen kleine Knödel formen und diese flach drücken. In einer Pfanne Butter erhitzen und die Knödel von beiden Seiten goldbraun anbraten.

Kaspressknödel werden in Österreich gern mit knackigem Salat oder noch besser mit Sauerkraut gegessen. Alternativ eignen sie sich auch hervorragend als Einlage für eine kräftige Rinderbrühe.

Da sie sich gut einfrieren lassen, lohnt es sich, gleich eine größere Menge zu machen.

Guten Appetit!

Herzlicher Dank …

… gilt vor allem Ihnen, liebe Leserinnen und Leser. Es hat mich außerordentlich gefreut, Sie erneut zu einer Lesereise in den wunderbaren Kurort Bad Gastein mitzunehmen und mit Ihnen gemeinsam im Grand Hotel einzuchecken, um Valerie und Nora bei ihren Ermittlungen zu begleiten.

All das wäre jedoch nicht möglich ohne das wunderbare Team von Emons. Insbesondere möchte ich hier Frau Stefanie Rahnfeld erwähnen. Sie hat erneut an meine Idee geglaubt, was mir sehr viel bedeutet. Die Zusammenarbeit mit dem Verlag ist stets wertschätzend und entgegenkommend. Selbst mit meinen speziellen Wünschen das Cover betreffend bin ich auf offene Ohren gestoßen. Ich hoffe, auch Ihnen gefällt es so gut wie mir. Vielen lieben Dank für diese schöne Zusammenarbeit.

Herzlich danken möchte ich auch all jenen unter meinen Verwandten, Freunden und Bekannten, die mich unterstützen, indem sie mir Mut machen und anderen von meinen Büchern erzählen. Was wäre die Buchwelt ohne Mundpropaganda?

Dasselbe gilt für Buchblogger. Ihr habt einen wichtigen Part im Rädchen der Buchbranche. Vielen lieben Dank dafür, dass ihr euch die Zeit nehmt, meine Bücher zu lesen und zu rezensieren. Den Austausch mit euch finde ich sehr wertvoll.

Ein ganz besonderer Dank geht an meine Eltern. Ihr seid absolute Krimifans und somit prädestiniert dafür, meine Bücher als Erste zu lesen. Danke für eure wertvollen Tipps und eure Unterstützung. Ihr seid die Besten!

Und zu guter Letzt gilt mein Dank meinem Mann und meinen drei Kindern. Ihr habt es geduldig ertragen, dass ich in manchen Phasen kaum hinter dem Bildschirm hervorgekommen bin, dass ich Valerie und Nora mehr Zeit gewidmet habe als euch. Ihr habt für mich die Werbetrommel gerührt und mich immer unterstützt. Vielen, vielen Dank dafür! Ich weiß, dass das nicht selbstverständlich ist. Schön, dass ihr mein Leben so bereichert!

Ulrike Moshammer
LEICHENSCHMAUS MIT KAISERSCHMARRN
Broschur, 224 Seiten
ISBN 978-3-7408-1761-9

Bergsport, Thermalbäder und Entspannung – das ist es, was die Gäste des Grand Hotels in Bad Gastein suchen. Doch als kurz vor der Sommersaison ein brutaler Mord geschieht, ist es mit der Idylle im Tal vorbei. Von einem Tag auf den anderen gerät das beschauliche Leben von Hotelbesitzerin Valerie Thaller komplett aus den Fugen. Als klar wird, dass die Zukunft ihrer Familie auf dem Spiel steht, macht sie sich gemeinsam mit ihrer Freundin Nora auf die gefährliche Suche nach dem Täter.

»Unterhaltsame Krimihandlung mit viel Witz.«
Oberösterreichische Nachrichten

www.emons-verlag.de